La mère porteuse

GUY DES CARS

L'OFFICIER SANS NOM	*J'ai lu* 331/3*
L'IMPURE	*J'ai lu* 173/4*
LA DEMOISELLE D'OPÉRA	*J'ai lu* 246/3*
LA DAME DU CIRQUE	*J'ai lu* 295/2*
LE CHÂTEAU DE LA JUIVE	*J'ai lu* 97/4*
LA BRUTE	*J'ai lu* 47/3*
LA CORRUPTRICE	*J'ai lu* 229/3*
LES FILLES DE JOIE	*J'ai lu* 265/3*
LA TRICHEUSE	*J'ai lu* 125/3*
AMOUR DE MA VIE	*J'ai lu* 516/3*
L'AMOUR S'EN VA-T-EN GUERRE	*J'ai lu* 765/3*
CETTE ÉTRANGE TENDRESSE	*J'ai lu* 303/3*
LA MAUDITE	*J'ai lu* 361/3*
LA CATHÉDRALE DE HAINE	*J'ai lu* 322/4*
LES REINES DE CŒUR	*J'ai lu* 1783/3*
LE BOULEVARD DES ILLUSIONS	*J'ai lu* 1710/3*
LES SEPT FEMMES	*J'ai lu* 347/4*
LE GRAND MONDE	*J'ai lu* 2840/8*
SANG D'AFRIQUE	*J'ai lu* 2291/5*
DE CAPE ET DE PLUME-1	*J'ai lu* 926/3*
DE CAPE ET DE PLUME-2	*J'ai lu* 927/3*
LE FAUSSAIRE	
(DE TOUTES LES COULEURS)	*J'ai lu* 548/5*
L'HABITUDE D'AMOUR	*J'ai lu* 376/3*
LA VIE SECRÈTE DE DOROTHÉE GINDT	*J'ai lu* 1236/2*
LA RÉVOLTÉE	*J'ai lu* 492/4*
LA VIPÈRE	*J'ai lu* 615/4*
LE TRAIN DU PÈRE NOËL	
L'ENTREMETTEUSE	*J'ai lu* 639/4*
UNE CERTAINE DAME	*J'ai lu* 696/5*
L'INSOLENCE DE SA BEAUTÉ	*J'ai lu* 736/3*
LE DONNEUR	*J'ai lu* 809/3*
J'OSE	*J'ai lu* 858/3*
LE CHÂTEAU DU CLOWN	*J'ai lu* 1357/4*
LA JUSTICIÈRE	*J'ai lu* 1163/2*
LE MAGE ET LA BOULE DE CRISTAL	*J'ai lu* 841/1*
LE MAGE ET LE PENDULE	*J'ai lu* 990/1*
LE MAGE ET LES LIGNES DE LA MAIN	
... ET LA BONNE AVENTURE	
... ET LA GRAPHOLOGIE	*J'ai lu* 1094/4*
LA FEMME QUI EN SAVAIT TROP	*J'ai lu* 1293/3*
LA COUPABLE	*J'ai lu* 1880/3*
LA FEMME SANS FRONTIÈRES	*J'ai lu* 1518/3*
LA VENGERESSE	*J'ai lu* 2253/3*
LE FAISEUR DE MORTS	*J'ai lu* 2063/3*
JE T'AIMERAI ÉTERNELLEMENT	
L'ENVOÛTEUSE	*J'ai lu* 2016/5*
LA MÈRE PORTEUSE	*J'ai lu* 2885/4*
L'HOMME AU DOUBLE VISAGE	
LE CRIME DE MATHILDE	*J'ai lu* 2375/4*
LA FEMME-OBJET	
LA VOLEUSE	*J'ai lu* 2660/4*

Guy des Cars

La mère porteuse

Éditions J'ai lu

L'ACCOUCHEMENT

Victor Deliot ne connaissait pas le client qui venait d'être introduit dans son cabinet. Celui-ci avait pris rendez-vous quatre jours plus tôt par téléphone. Il avait dit s'appeler Eric Revard, nom qui n'évoquait rien pour l'avocat. L'homme pouvait avoir une trentaine d'années et ne manquait pas d'allure.

– Maître, si je me suis adressé à vous, c'est parce que je crois sincèrement – ayant suivi en leur temps dans les journaux certaines affaires délicates où vous avez fait merveille – que vous êtes peut-être le seul avocat qui soit capable de me conseiller judicieusement. Le cas que j'ai à vous soumettre ne s'est probablement jamais présenté encore dans la vie d'aucun homme.

– Vraiment ? Monsieur, vous m'intriguez.

– Voici : ancien élève de H.E.C., j'ai été nommé, il y a deux ans, directeur général d'une affaire importante dont mon beau-père, qui en a été le créateur, est toujours le président... Auriez-vous, par hasard, entendu parler des produits Varthy ?

– Il me semble...

– Ce sont des produits d'entretien ménager dont la réputation n'est plus à faire. Varthy, qui est le nom de la marque recouvrant l'ensemble des produits que nous fabriquons, est également celui de mon beau-père : Jacques Varthy. Si je me suis permis de dire « nous », c'est parce que, ayant épousé voici trois ans la fille unique de M. Varthy, celui-ci m'a désigné pour lui succéder plus tard à la tête du groupe.

– Cela me paraît tout naturel étant donné vos diplômes.

– Ma femme se prénomme Nicole et je l'adore... Ce devrait donc être l'harmonie parfaite dans un couple comme le nôtre. Nous aurions tout pour être heureux si nous avions un enfant.

– Mais, cher monsieur, cela peut encore arriver ! Vous ne me semblez pas très âgé et vous venez de dire que vous n'étiez marié que depuis trois ans ; juste le temps de vivre une lune de miel un peu prolongée... Votre épouse doit être jeune ?

– Elle a cinq ans de moins que moi et j'en ai trente et un.

– Alors ? Cinq ans de différence, n'est-ce pas l'idéal ?

– Ce le serait si Nicole, que j'ai épousée quand elle avait vingt-deux ans, pouvait avoir un enfant... Malheureusement, nous en avons eu la certitude absolue à la suite d'examens médicaux effectués il y a un peu plus d'un an, Nicole ne pourra jamais être mère.

– En êtes-vous certain ? Ne pensez-vous pas que... ?

– Ça pourrait provenir de moi ? Non, maître... Moi aussi j'ai subi tous les tests : ils sont formels. Je suis parfaitement constitué et vous devez me croire quand je vous affirme que, si mon impuissance avait été décelée, je n'aurais pas hésité à rendre à mon épouse sa liberté car j'ai compris, depuis le premier moment de nos fiançailles, que son plus grand désir était d'avoir un et même plusieurs enfants. Combien de fois ne m'a-t-elle pas dit : « Eric, tu dois me faire au moins un garçon et une fille ! » Je ne demandais pas mieux, d'autant plus qu'à toutes ses qualités morales, s'ajoute le fait que ma femme est ravissante. Tenez, maître : la voici...

Il avait extirpé de son portefeuille une photographie qu'il présenta à l'avocat avec une fierté aussi juvénile que sympathique.

– N'ai-je pas raison ?

– Je reconnais que vous faites tous deux un couple des mieux assortis. C'est pourquoi les choses devraient pouvoir s'arranger.

– Mais non, maître ! Une malformation congénitale empêchera toujours mon épouse de procréer... A partir du jour où elle a acquis cette certitude, et bien que je sache qu'elle m'aime profondément, elle n'a plus été la merveilleuse jeune femme débordante de vie et d'enthousiasme avec laquelle je m'étais marié en me disant que j'avais toutes les chances. Car non seulement ma compagne était riche et jolie mais en plus elle était gaie ! Ce qui n'est pas toujours le cas dans cette catégorie de jeunes femmes qui ont tendance à croire qu'elles n'ont été épousées que pour leur fortune. Nicole était tout le contraire... C'est d'ailleurs elle qui a voulu de moi ! Je peux vous avouer que je n'étais pas pressé de convoler, estimant que la vie de garçon avait beaucoup de bon et puis... Je peux bien vous le confier aussi : j'avais à cette époque une liaison avec une amie charmante.

– C'est fini de ce côté-là ?

– Complètement ! Ayant pris la ferme décision d'être un bon mari, je n'ai plus revu cette jeune femme à dater du jour de mes fiançailles. Mon épouse ne m'apportait-elle pas tout ?

– Sauf la possibilité d'être père...

– C'est elle surtout qui voulait avoir des enfants ; pas moi ! Non pas que je les déteste, mais souvent ils m'agacent.

– Peut-être parce que vous avez été fils unique ?

– C'est possible mais je sais quand même que le

mariage, qui est une chose sérieuse, est fait pour avoir des enfants. Aussi, comme ma femme ne tenait pas à trop attendre, prétendant que « les enfants de vieux ne sont jamais très réussis », je me suis résigné à l'idée d'être père plus tôt que je ne l'aurais souhaité.

– Et après ces trois années de mariage vous ne l'êtes toujours pas ! Etant donné les sentiments que vous venez d'exprimer, je conçois très bien que vous vous fassiez une raison mais je comprends aussi qu'il n'en soit pas de même pour votre épouse... D'après ce que vous venez de me dire, depuis qu'elle a appris la vérité sur son état, c'est un peu comme si elle avait perdu une certaine joie de vivre ?

– C'est bien cela.

– Etat dépressif qui dure depuis combien de temps ?

– A peu près un an. Ce fut effroyable au cours des premières semaines qui suivirent la révélation médicale. Nicole était désespérée... Et, chose apparemment insensée, et pourtant explicable, elle ne voulait pas que son père, qu'elle chérit, soit mis au courant de son impossibilité d'être mère... J'ai en effet omis de vous dire que mon beau-père est veuf : sa femme est morte en mettant au monde sa fille sur laquelle il a reporté toute son affection. C'est à cause d'elle qu'il ne s'est jamais remarié. Pour lui, Nicole, c'est tout ! La moindre joie ou peine qu'elle peut ressentir le concerne. Ses affaires, d'ailleurs florissantes, ne passent qu'après sa fille et leur avenir même n'existera qu'en fonction d'elle. Pour lui, l'entreprise ne subsistera que si Nicole a un ou plusieurs héritiers qui assureront la continuité de la firme Varthy... C'est vous dire que j'ai été étudié pendant longtemps et de très près avant que celui qui est aujourd'hui mon beau-père consente à ce que son trésor de fille m'épouse ! D'ailleurs il a eu toutes les possibilités de soupeser ce que je valais puisque je suis entré dans son affaire quatre années avant mon mariage. Les produits Varthy recherchaient alors un directeur commercial. Je me suis présenté et j'ai eu la chance d'être choisi... La suite, vous la connaissez.

– Votre beau-père doit vous en vouloir de ce que vous ne l'avez pas encore fait grand-père ?

– Il n'a rien dit mais, s'il avait su la vérité, je crois qu'il serait devenu fou ! Personnellement pris entre lui qui ne comprenait pas pourquoi nous n'avions pas d'héritier en perspective et mon épouse qui, malgré son jeune âge, devenait neurasthénique, je me trouvais dans une situation impossible quand, brusquement, une lueur d'espoir a surgi dans le désarroi absolu de notre couple : on commençait à parler dans les journaux, à la radio et à la télévision des « mères porteuses »... Pourquoi n'aurions-nous pas, Nicole et moi, recours aux bons offices de l'une de ces femmes ?

– Vous pouviez aussi penser à l'adoption ?

– Nous étions beaucoup trop jeunes pour l'envisager ! Personne n'aurait compris – et mon beau-père en tout premier – que nous n'attendions pas encore quelques années avant de prendre une décision aussi grave... Mais nous nous sommes quand même renseignés : les formalités d'adoption sont tellement compliquées que c'est à désespérer les couples les mieux intentionnés. En revanche, le truchement de la mère porteuse est infiniment plus rapide et surtout plus discret ! Si un couple est décidé, il peut parvenir facilement à ce que tout le monde ignore qu'une autre femme que l'épouse légitime a enfanté. C'est pourquoi Nicole et moi avons opté pour cette seconde solution sans que personne de notre entourage ait pu se douter de rien... Après nous être mis en rapport avec un gynécologue qui s'est spécialisé depuis quelques années dans ce genre de « tractation » – un mot terrible, mais en trouvez-vous un meilleur ? –, nous avons repris un immense espoir ! A l'idée que, dans un an tout au plus, elle pourrait pouponner et devenir une maman comme la plupart des autres femmes, Nicole a retrouvé très vite ce bonheur de vivre qui l'avait abandonnée. La mère porteuse fut choisie assez rapidement par le médecin.

– Avec votre accord à tous les deux ?

– Evidemment.

– Donc, cette femme, vous l'avez vue ?

– Non. Nicole et moi nous n'y tenions pas tellement. Ce n'était d'ailleurs pas nécessaire puisque nous avions entière confiance dans le choix du médecin dont le sérieux et la conscience professionnelle sont reconnus par tous ses confrères. Nous savions que la mère porteuse qu'il trouverait ne pourrait que correspondre exactement à celle qu'il fallait pour que l'enfant soit sain et bien constitué. De plus, sachant qui nous étions et ce que ce futur enfant représenterait pour nous, ce praticien ne se serait jamais permis de se lancer à la légère dans une aventure dont les conséquences auraient risqué de retomber sur lui et de compromettre à jamais sa réputation professionnelle.

– Puis-je poser une question un peu délicate ?

– Je vous en prie.

– Cette femme qui a été trouvée par le médecin était-elle mariée ?

– Nous ne l'avons jamais su. La seule chose qui nous ait été certifiée est qu'elle était apte à avoir un enfant : ce qui peut laisser supposer qu'elle était déjà mère. Autre précision qu'on nous a fournie : elle avait le même âge que mon épouse et elle était aussi blonde qu'elle.

– Je croyais pourtant que l'on ne choisissait les mères porteuses que chez les femmes mariées ?

– Ce n'est pas obligatoire. J'ai l'impression que la

législation est assez souple dans ce domaine très particulier.

– Tellement souple, cher monsieur, qu'aucune véritable législation n'a encore été établie. Seules les lois de la procréation régentent le processus provisoirement toléré. Même pas besoin de rapports physiques, ce qui simplifie encore les choses. Une fois les « sujets » consentants trouvés, il suffit que l'homme apporte sa semence. Recueillie dans une éprouvette, elle est presque immédiatement injectée dans l'utérus de la mère porteuse, et le tour est joué. C'est ce qui s'est passé pour vous, n'est-ce pas ?

– Oui.

– Et la fécondation s'étant révélée positive, comme le prévoyait le médecin, vous n'aviez plus qu'à attendre la délivrance... Quand même, vous avez dû vivre alors, votre épouse et vous, des moments angoissants ?

– Ce fut assez pénible. Il nous a fallu une réelle force de caractère aussi bien à Nicole qu'à moi... Ma femme a été merveilleuse. Dès que nous avons été informés par le médecin que la porteuse était enceinte, elle a immédiatement annoncé à son père qu'il y avait de fortes chances pour qu'il soit bientôt grand-père.

– Etait-ce très prudent ? Un accident peut toujours survenir au cours d'une grossesse.

– C'était un peu fou, je le sais, mais nous étions tellement heureux de faire plaisir au cher homme qui attendait avec tant d'anxiété cette nouvelle ! Si vous l'aviez vu le jour où il l'a apprise ! Il a fait aussitôt déboucher un magnum de champagne pour fêter l'événement et il a commencé à chercher des prénoms pour l'enfant. Si c'était un garçon, il voulait que nous l'appelions André comme son propre père que ni ma femme ni moi n'avions connu. Si c'était une fille, pourquoi ne porterait-elle pas le prénom de son épouse, Hélène, morte en donnant la vie à Nicole ? Il était tellement fier, le beau-père, qu'il s'empressa d'annoncer la bonne nouvelle à tous les principaux collaborateurs de sa fabrique... Quant à moi, il me confia : « Je n'en attendais pas moins d'un gaillard tel que vous ! » J'avoue que je me sentais un peu gêné : s'il avait su alors grâce à quel subterfuge il allait être grand-père, je crois bien qu'il aurait fait une crise cardiaque ! Lui, le solide Jacques Varthy, apprendre que sa fille chérie, qui était pour lui l'univers, ne pouvait pas être maman ! C'est pourquoi, aussi bien pour lui qu'à l'égard de tout notre entourage, Nicole commença à jouer le rôle très difficile de la jeune femme qui va être mère... Je dois reconnaître qu'elle sut se montrer prodigieuse, n'hésitant pas à simuler parfois des nausées, à piquer même de fausses crises de nerfs devant son père et des amis auxquels mon beau-père confiait à mi-voix : « Ne lui en veuillez pas. Tout cela est normal chez une femme dans cet état... Sa maman aussi, ma pauvre Hélène, était terriblement nerveuse quand elle l'attendait. »

– Et cela a duré neuf mois ?

– Neuf mois au cours desquels Nicole, utilisant avec un art consommé des coussins en caoutchouc qu'elle gonflait et dissimulait sous ses vêtements, commença à grossir, elle aussi, comme la mère porteuse que nous ne voyions pas mais dont nous avions des nouvelles chaque semaine par l'assistante du gynécologue, le Pr Torvay... une femme remarquable, Mlle Bernier, que tout le monde dans l'entourage du médecin a pris l'habitude, je ne sais trop pourquoi, de n'appeler que par son prénom : Mlle Paule. Ma femme et moi avons fait comme les autres. C'est par elle, plus que par son patron trop occupé, que nous recevions régulièrement, chaque fois que nous téléphonions chez le professeur, des nouvelles de « l'autre »... Et, selon ce que Mlle Paule lui disait, Nicole essayait de se mettre en imagination dans la situation où pouvait se trouver alors celle qu'elle appelait entre nous deux « sa rivale ». Cela, croyez-moi, sans aucune méchanceté à l'égard de la jeune femme enceinte : c'était plutôt par humour... Une fois cependant, alors que « nous » en étions au septième mois, Nicole me dit sans sourire : « Je vais finir par devenir jalouse de cette inconnue qui porte un enfant de toi ! Je ne serai heureuse que quand elle s'en sera enfin débarrassée et qu'elle te l'aura rendu... »

– Ensuite le moment de l'accouchement arrive enfin et la dévouée Mlle Paule vous prévient ainsi que votre femme... Que fait celle-ci à ce moment-là ?

– Elle disparaît de notre domicile pour faire croire à tout le monde – le beau-père, la femme de chambre, les gardiens de l'immeuble, les colocataires, nos amis – qu'elle est entrée en clinique pour la délivrance... Nous avions même retenu une nurse, spécialisée dans les soins à donner aux nouveau-nés. Nous l'avons fait prévenir de se tenir prête à prendre son service chez nous d'un jour à l'autre.

– La clinique était, je pense, un hôtel parisien discret ou une propriété aux environs de Paris ?

– Pas du tout, maître ! C'était une véritable clinique dotée d'un service de maternité où le professeur avait l'habitude de pratiquer ses accouchements. Nicole y avait une chambre retenue : la plus jolie. On avait placé, à côté du lit, le berceau destiné à recevoir l'enfant... Nicole se coucha même. Mais, pour que cette attente ne lui parût pas trop exaspérante, elle avait emporté beaucoup de romans à lire. Il y avait aussi la radio, la télévision et les corbeilles de fleurs envoyées par mon beau-père et par moi. Finalement, c'était très gai ! Nous savions que nous allions passer de l'espoir à la réalité.

– C'est dans cette même clinique qu'allait accoucher la mère porteuse ?

– Justement non ! C'était là toute l'astuce pour assurer une discrétion totale... Elle accouchait dans une autre clinique où le Pr Torvay exerce également. Vingt-quatre heures ou quarante-huit heures après la naissance, enfin dès que l'enfant serait transportable sans risques pour sa santé, Paule l'apporterait dans la chambre de Nicole, en choisissant bien entendu une heure tardive afin d'éviter d'être vue dans les couloirs de l'établissement avec le bébé dans les bras. Seul un minimum de gens, parmi le personnel médical, devait être au courant.

– Formidable, cette substitution de mères ! Avant que ce soit mis au point comme ça l'est aujourd'hui, c'étaient plutôt les substitutions d'enfants que l'on pouvait redouter dans les maternités... Une fois le nouveau-né installé, pardonnez-moi, mais vous n'aviez plus qu'à venir embrasser Nicole pour la féliciter et vous pencher sur le berceau pour voir si la toute petite chose ratatinée qui s'y trouvait vous ressemblait. Ce qui aurait été normal puisque vous êtes le père authentique... La suite des événements n'avait plus qu'à se dérouler logiquement : vous téléphoniez au beau-père anxieux pour qu'il vienne vite, lui aussi, découvrir le visage de l'héritier. Dès qu'il aurait été là, assurant la relève pour la protection de la maman et de l'enfant, vous vous seriez précipité, muni de votre livret de famille, à la mairie de l'arrondissement où se trouvait la clinique pour y déclarer la naissance d'un ou d'une petite Revard. Votre épouse deviendrait la plus heureuse des jeunes mamans, le beau-père rêverait aux anges, l'avenir de l'affaire familiale serait assuré et votre situation sérieusement consolidée. N'est-ce pas ainsi que les choses auraient dû normalement se passer s'il n'y avait pas eu un accident imprévisible qui a fait se gripper tout le subtil mécanisme ? Si je dis cela, c'est uniquement parce que j'ai l'impression qu'au cas où tout aurait baigné dans l'huile, vous n'auriez eu aucune raison de venir me trouver... Suis-je dans l'erreur ?

– Hélas non ! Les accords n'ont pas été respectés.

– Quels accords ?

– En fait d'accords, nous n'en avons signé aucun avec cette femme puisque, faute de jurisprudence établie sur la question, un écrit n'aurait en cas de conflit éventuel aucune valeur juridique ! C'était un accord purement moral, et notre unique intermédiaire était le médecin en qui nous avions entière confiance.

– Vous ne l'avez donc plus ?

– Ce n'est pas ce que je veux dire... Le Pr Torvay est le plus honnête des praticiens... Seulement, comme nous, il a été trompé par la mère porteuse.

– Comment cela ?

– Comprenez-moi, maître... Dans ce genre de tractation, il est tout à fait normal que la femme qui consent à prêter son corps pour l'enfantement et à subir tous les inconvénients qui en résultent reçoive une certaine indemnisation. Comme elle n'a pas le droit de percevoir des indemnités de grossesse puisque, aussitôt après la naissance, l'enfant lui sera retiré...

– Je vous arrête dans vos considérations ! Même si cette femme n'est pas mariée, et si elle ignore qui est le père de son enfant, elle a le droit, en vertu d'une loi promulguée en faveur des mères célibataires, d'être assistée pendant la durée de l'enfantement et même, après la naissance, durant tout le temps qu'il lui faudra pour se rétablir et pour reprendre le travail qu'elle a été contrainte d'abandonner étant enceinte, cela pendant un délai également fixé par la loi. Quand l'enfant vient au monde, cette femme, ne se sentant pas en mesure d'assurer son existence, peut très bien ne pas le déclarer et l'abandonner à l'Aide sociale à l'Enfance qui le prend en charge. Si, après un délai de deux mois, elle n'est pas venue rechercher son enfant, elle n'a plus aucun droit sur lui. C'est définitif. L'enfant peut être alors adopté par quelqu'un d'autre, le plus souvent par un couple. Seulement, comme vous l'avez dit, les formalités sont nombreuses et les parents adoptifs ne savent jamais qui a été le père ou la mère de l'enfant... L'avantage de la solution que vous aviez choisie – et presque réussie – était que le père, c'est-à-dire vous, était au moins connu. Quant à la mère, le médecin l'ayant trouvée, vous aviez beaucoup de garanties sur ses origines et sur sa santé.

– Et si la mère porteuse est mariée ?

– Là aussi il faut un abandon mais double : celui de la mère et de son époux qui ne déclarent pas la naissance de l'enfant à la mairie. Ils ne le reconnaissent pas, la mère parce qu'elle ne veut pas de lui, le mari sous prétexte qu'il le considère comme adultérin et fait par un autre homme que par lui, c'est-à-dire vous en l'occurrence ! Ce qui risque de poser de sérieux problèmes dans le couple de la porteuse... Mais revenons à ce que vous appeliez l'indemnisation. Il ne peut s'agir, bien sûr, que d'argent ?

– Oui. Le paiement, fixé d'un commun accord, toujours par l'intermédiaire du médecin, était divisé en trois : un premier versement le jour où la mère porteuse acceptait l'insémination, le deuxième dès qu'on avait la certitude qu'elle était enceinte, le troisième le jour de la naissance de l'enfant.

– Curieux... Qui a inventé ce mode de paiement par tranches ?

– Le professeur nous l'a conseillé.

– Parce qu'il craignait, au cas où vous régleriez toute la somme dès le jour de l'accord, que la pseudo-mère porteuse ne disparaisse avec l'argent ?

– Il paraît que ça s'est produit.

– Une façon comme une autre pour une aventurière d'arrondir ses fins de mois à défaut d'arrondir sa personne ! Mais si, par exemple, la grossesse se trouve brusquement interrompue par suite d'un accident quelconque, que se passe-t-il ? Le dernier paiement n'est pas effectué par les soins des demandeurs ?

– Je n'imagine pas des gens sérieux se conduisant d'une façon aussi indigne vis-à-vis de la porteuse !

– Oh ! Vous savez, aujourd'hui la mesquinerie est devenue universelle, même chez des gens qui semblent vouloir assurer le bonheur d'un enfant ! Et je suis sûr qu'ils en veulent d'abord pour leur argent : pas de progéniture, pas de monnaie ! Je ne parle pas de vous, bien entendu... Serait-ce indiscret de vous demander à quel montant avait été fixé le coût de l'opération ?

– Cinquante mille francs, auxquels il faut ajouter bien entendu les frais de médecin et de clinique.

– Ce qui finalement met le prix d'un enfant nettement au-dessous de celui de certains manteaux de fourrure ou d'une automobile ! Je trouve ça effarant... A croire que celles qui louent leur corps à un aussi bas prix ont vraiment besoin d'argent ! Et vous pensez qu'on puisse trouver de bonnes mères porteuses à ce tarif ?

– Ce n'est pas une question d'argent, maître, mais plutôt un acte d'amour.

– Expliquez-vous.

– Le Pr Torvay nous l'a bien fait comprendre à Nicole et à moi... Dans la plupart des cas, les femmes – si elles n'étaient pas tenues par de basses contingences matérielles ou par des obligations familiales, particulièrement si elles sont mariées et déjà mamans – ne demanderaient pas un centime pour donner la vie à un enfant.

– En êtes-vous bien sûr, cher monsieur ? Ce n'est quand même pas une sinécure que d'être enceinte et j'ai rarement entendu une femme dire que l'accouchement avait été pour elle une partie de plaisir !

– Il en existe pourtant dont le seul rêve est d'être enceintes et qui ne se portent bien que lorsqu'elles se trouvent dans cet état ! Pour elles, engendrer et donner la vie est un besoin : la femme n'a-t-elle pas été créée pour cela ? Prenons le cas de Nicole. Je suis persuadé qu'elle serait une femme de ce genre... Si vous l'aviez vue pendant la période d'attente, vous auriez eu l'impression qu'elle était enceinte ! Elle s'était complètement identifiée à la vraie mère. Elles « attendaient » l'enfant à deux : l'une moralement et l'autre physiquement... Il lui est même arrivé de me dire, au bout de six mois de sa grossesse simulée : « C'est curieux, Eric, j'ai l'impression que cet enfant que nous attendons remue dans mon ventre et me donne des coups de pied ! »

– Et vous vous êtes bien gardé de lui ôter ses illusions ?

– Pouvais-je faire autrement ? Si j'avais été tenté de la ramener à la réalité, elle ne me l'aurait jamais pardonné. Pendant neuf mois elle a rêvé... Bien plus, quand elle rencontrait une amie qui avait un enfant, elle lui posait des questions pour savoir quelles sensations et quelles émotions elle avait éprouvées pendant sa grossesse. Cela pour pouvoir répéter à d'autres ce qu'elle avait appris, comme si ça venait de lui arriver à elle-même ! Elle ne m'a rien dit mais je suis à peu près certain, au visage qu'elle faisait quand je l'ai emmenée en voiture à la clinique où elle devait séjourner quelques jours dans l'attente qu'on lui apporte l'enfant, qu'elle s'imaginait ressentir les grandes douleurs !

– Peut-être les ressentait-elle en effet dans son subconscient ? Tout ce que vous venez de me dire ne me surprend pas... Donc vous avez versé les cinquante mille francs ?

– Sensiblement plus, maître... Nicole et moi estimions que « notre » enfant ne pouvait pas être acheté à trop bon marché.

– L'héritier des produits Varthy valait en effet beaucoup plus... Je vous approuve de n'avoir pas lésiné. Paiement en trois fois ?

– Il n'y a eu que deux versements, pas de troisième !

– Pourquoi ?

– Pour la simple raison que, quand l'assistante du Pr Torvay, Mlle Paule, est entrée dans la chambre où, assis près du lit, je tenais compagnie à ma femme, elle ne portait pas d'enfant.

– Que s'était-il passé ?

– Elle nous annonça que l'enfant était effectivement né, que c'était un garçon et un magnifique bébé pesant trois kilos mais qu'on ne pourrait pas nous le montrer.

– Il était souffrant ?

– Non, Mlle Paule nous a expliqué, avec la voix la plus naturelle du monde – une voix dont je n'oublierai jamais le ton calme et glacé ! –, que la mère porteuse, dès qu'elle avait vu son enfant, avait éclaté en sanglots et hurlé qu'elle ne s'en séparerait jamais ! Le professeur et elle-même avaient tout fait pour la raisonner mais elle s'était refusée à les écouter. Si on lui retirait cet enfant, disait-elle, elle s'adresserait aux tribunaux en prouvant qu'on lui avait volé son fils alors qu'elle était décidée à ne jamais l'abandonner ! Elle a même exigé qu'on aille à la mairie pour y déclarer immédiatement la naissance de l'enfant, né de père inconnu, qu'elle reconnaissait formellement, et auquel elle a fait donner, on ne sait trop pourquoi, le prénom de Sébastien ! C'est Mlle Paule qui a fait la déclaration.

– Et vous, pendant ce temps, que deveniez-vous ?

– Nous attendions à la clinique. Ma femme était

dans un tel état qu'il fallut la placer sous tranquillisants. Moi, j'étais prêt à offrir à la femme une somme très supérieure à celle qui avait été prévue – et dont elle avait déjà touché les deux tiers – pour qu'elle consente à donner l'enfant. Mais il était trop tard. Elle l'avait déjà reconnu. Nous nous trouvions devant un mur d'incompréhension et d'égoïsme.

– Ce dernier mot est peut-être un peu fort... Lorsque cette femme a découvert à ses côtés le petit être plein de vie qu'elle avait porté enfoui en elle pendant neuf mois, l'amour maternel a sans doute pris le dessus dans une sorte de sursaut de révolte à la pensée que le fruit de sa chair allait lui être retiré pour toujours !

– Pourtant elle avait accepté les conditions !

– Monsieur Revard, ne soyez pas aussi mesquin que ces gens dont nous parlions tout à l'heure ! Vous et votre épouse me semblez être un couple trop harmonieux et trop équilibré pour ne pas admettre qu'un revirement de dernière heure ait pu se produire chez cette femme devant le spectacle prodigieux de l'éclatement de la vie ! Mme Revard me paraît être particulièrement bien placée pour savoir ce que c'est que le manque de maternité ! Alors ? Rien ne prouve non plus que, si cette femme en avait eu les moyens, elle ne vous aurait pas remboursé les deux paiements déjà effectués.

– Mais elle l'a fait, maître... Mlle Paule m'a remis deux jours plus tard l'argent en espèces comme cela s'était passé pour les deux versements.

– Cela prouve que le véritable instinct maternel est capable de balayer en une seconde le mercantilisme le mieux organisé.

– Seulement, pour nous, ce fut terrible !

– Vous êtes rentrés chez vous... Ensuite plus besoin de coussins en caoutchouc pour votre épouse ! Et le beau-père ?

– Ce fut pire que pour nous ! Comme je n'avais pas osé téléphoner pour lui annoncer ce qui se passait alors que, deux jours plus tôt, je l'avais informé que sa fille entrait en clinique parce que le moment décisif approchait, il est venu directement à la clinique dont il connaissait l'adresse puisqu'il y avait fait envoyer des fleurs... Il trouva sa fille dans un état proche du désespoir. Moi-même, je ne savais plus quoi inventer. Il fallut bien lui avouer la lamentable comédie que nous lui avions jouée uniquement pour le rendre fier et heureux... Quand j'eus tout expliqué, ses mots furent très durs : « Vous rendez-vous compte du ridicule qui va rejaillir sur notre nom et sur celui de ma firme ? Qu'est-ce que vous allez bien pouvoir imaginer vis-à-vis de tous les gens que nous connaissons ? Et qu'est-ce que je vais raconter au personnel de nos usines ? J'avais promis – je n'ai même pas jugé bon de vous en parler – que, le jour de la naissance de mon petit-fils ou de ma petite-fille, je donnerais à tout le monde ce que j'appelais une "prime de naissance" représentant un mois de salaire plein ! De quoi vais-je avoir l'air maintenant qu'ils vont apprendre que tout ce qu'on leur a annoncé n'était qu'un stupide canular ? Que pourrons-nous leur dire ? Que c'était une grossesse nerveuse ? Grotesque... Que l'enfant est mort-né ? Bien que cela me répugne, peut-être est-ce la seule explication qui risque d'être prise au sérieux... Mais alors viendra le flot de condoléances, la commisération et tout le reste ! Et l'enterrement du chérubin ? Il faudra faire savoir que cette cérémonie s'est déroulée en cachette, c'est-à-dire à la sauvette... ce qui n'est pas concevable dans la famille Varthy ! De toute façon, votre supercherie a bafoué mon honneur d'homme intègre, qui hait le mensonge. Je ne vous le pardonnerai jamais, ni à toi Nicole, ni à vous mon gendre. Comme vous avez besoin de vivre, je ne changerai rien en ce qui vous concerne à mes dispositions testamentaires, ni à ma décision de faire de vous, Eric, le P.-D.G. de mes affaires à ma disparition ou quand je me serai retiré... Mais je ne veux plus jamais vous voir mettre les pieds à mon domicile. C'est compris ? Je préfère vivre seul. Finalement, c'est encore heureux que je n'aie pas été nanti de ce faux petit-fils fait peut-être par une gourgandine ! Evidemment, pour les nécessités de notre affaire, vous, Eric, et moi nous nous trouverons dans l'obligation de nous rencontrer mais cela restera sur le plan strictement professionnel. Je sais que, grâce à ce que j'ai déjà fait pour vous deux, vous êtes loin d'être dans le besoin. C'est pourquoi je vous souhaite bonne chance en vous donnant un dernier conseil : cessez de prendre pour des imbéciles ceux qui, comme moi, ne vous ont toujours voulu que du bien. Adieu. » Depuis, maître, je ne le croise qu'une fois par semaine, le jour de la réunion du conseil de direction des usines et les quelques mots que nous échangeons se limitent aux affaires. Il n'y a jamais ni de « bonjour, Eric » ni d'« au revoir, Eric ». Quant à ma femme, elle n'a pas revu son père.

– Etant donné tout ce que vous venez de me raconter, il me paraît superflu de vous demander comment va maintenant Mme Revard.

– Mal, maître. Très mal ! C'est même la principale raison pour laquelle je suis venu vous trouver. Chez nous, c'est l'enfer : nous ne nous parlons pratiquement plus. Parfois j'ai l'impression qu'elle m'en veut de tout ce qui s'est passé... Comme si j'y étais pour quelque chose ! Je pense avoir fait, au contraire, ce qui était en mon pouvoir pour tenter de combler son besoin de maternité tout en maintenant aux yeux des tiers la respectabilité de la famille.

– Je pense moi aussi, monsieur, que vous avez fait votre devoir d'époux et de gendre.

– Aujourd'hui ma femme ne veut plus voir personne, ni sortir. Elle reste calfeutrée à la maison, étendue pendant des heures sur son lit, dans le noir, persiennes fermées et rideaux tirés, comme si elle avait peur que des gens ne la montrent du doigt en se riant d'elle et en disant : « Regardez-la donc, la riche héritière ! A jamais stérile malgré ses millions, elle s'est fait jeter à la face l'argent qu'elle avait donné à une pauvre fille pour acheter son enfant ! »

– Cet enfant est quand même à cinquante pour cent le vôtre, monsieur, puisque vous en êtes le père ! Sa mère l'a reconnu. Fort bien ! Mais vous avez sur lui les mêmes droits qu'elle. Et, puisque le scandale a éclaté, pourquoi ne pas aller jusqu'au bout et essayer d'introduire une instance en reconnaissance de paternité ? Pourquoi ne pas faire citer le professeur, au besoin même son assistante qui me semble très au courant de tout ce qui s'est passé ? Comment pourront-ils nier que c'est vous qui avez donné la semence ? Certes, plaider une telle affaire ne sera guère facile, mais qui ne risque rien n'a rien !

– Je suis d'autant plus frappé par vos propos, maître, que, pas plus tard qu'avant-hier, Nicole m'a lancé au cours d'une de ses crises de larmes : « Si tu ne te débrouilles pas pour récupérer ce fils qui t'appartient, je demanderai le divorce ! » C'est d'ailleurs cette menace, qu'elle mettrait certainement à exécution, qui m'a décidé à venir vous trouver. Croyez-vous que vous puissiez faire quelque chose ?

– On peut toujours essayer, monsieur.

– C'est donc que vous acceptez de me défendre ?

– Vous n'avez pas à être défendu : vous n'avez commis aucun acte répréhensible, et vous avez simplement cherché à établir définitivement le bonheur de votre couple.

– Merci, maître... Pour les honoraires je suis à votre entière disposition.

– De toute façon, aujourd'hui vous êtes là pour me

consulter, sans plus. Donc vous ne me devez rien. Plus tard nous verrons... Mais j'ai l'impression que, plutôt que d'étaler devant un tribunal une affaire aussi délicate et aussi pénible, il serait peut-être préférable de manœuvrer en douceur. Cela pour trois raisons : d'abord pour ramener l'harmonie dans votre foyer, ensuite pour l'honneur de votre nom et de celui de la firme créée par votre beau-père qui s'est montré sévère à votre égard mais qui n'a cependant pas eu tout à fait tort, enfin pour l'avenir de l'enfant lui-même. Vous êtes bien d'accord avec moi pour reconnaître que c'est l'intérêt de cet innocent qui passe avant tout ?

– Absolument !

– Dans ce cas, monsieur Revard, laissez-moi réfléchir pendant quarante-huit heures sur la manière dont il va falloir nous y prendre pour amener cet enfant au bercail qui lui avait été préparé avec tant d'amour. Revenez me voir après-demain soir à la même heure.

Eric se présenta à l'heure fixée. Deliot remarqua qu'il paraissait plus détendu qu'au cours de sa première visite mais il ne lui en fit pas la remarque. Dès que celui qui devenait maintenant son client se fut assis, il commença :

– Cher monsieur, après réflexion, j'en suis arrivé aux conclusions suivantes... Premièrement, une mère est toujours libre de reconnaître, de garder et d'élever l'enfant qu'elle a mis au monde, même s'il n'y a pas de père légal. La jurisprudence elle-même fait tout pour l'encourager à jouer son rôle de mère et la défend dans l'exercice de ces trois droits absolus. Deuxièmement, engager une procédure en reconnaissance de paternité me paraît assez hasardeux car il est très possible que le tribunal nous déboute sous prétexte que nous n'apportons pas assez de preuves tangibles de cette paternité.

– Pourtant, le médecin...

– Le professeur gynécologue ? Etes-vous assez sûr de lui pour avoir la certitude qu'il confirmera devant la cour, si nous le faisons citer, que la semence injectée à cette femme est bien la vôtre et pas celle d'un autre client ? Avez-vous seulement obtenu, quand vous avez appris que la mère porteuse refusait de donner l'enfant, qu'il vous révèle l'identité de cette femme qu'il avait jusque-là cachée, cela d'ailleurs en plein accord avec vous et avec votre épouse ?

– Je lui ai posé la question mais sa réponse s'est limitée à ces mots : « Je regrette, monsieur, mais je ne peux pas revenir sur ce qui a été formellement spécifié dans l'accord écrit que je conserve dans un coffre et où vous-même ainsi que votre épouse avez pris l'engagement de ne jamais chercher à connaître l'identité de la mère porteuse, accord que je n'hésiterai pas à produire s'il le fallait. »

– Cette réponse prouve que ce grand patron a pris ses précautions pour le cas où il vous viendrait l'idée de l'attaquer en justice. C'est un homme prudent ! Cet accord, Mme Revard et vous l'avez signé tous les deux ?

– Oui. Dans ce protocole, contresigné par le professeur et dont nous avons le double, ce dernier s'engage de son côté à ne jamais révéler à la mère porteuse qui est l'homme dont elle a reçu la semence.

– Autrement dit, cet accord réciproque est une pièce dont nous ne pourrons jamais faire état dans une procédure. Elle se retournerait automatiquement contre notre demande de reconnaissance de paternité... Le seul élément qui pourrait la contrecarrer serait que le professeur, outré de l'attitude de la mère porteuse, revienne sur son engagement de silence et révèle son nom. Mais cela me paraît douteux parce que ça irait à l'encontre du secret professionnel auquel il est tenu. Il ne le fera pas.

– Je le crains.

– Laissons donc le professeur de côté et venons-en à son assistante. Etant au courant de tout, celle-ci connaît non seulement le nom de la porteuse mais également l'endroit où elle a accouché puisque c'est elle qui devait transporter l'enfant jusqu'à la clinique où vous l'attendiez avec votre femme. Pensez-vous que nous pourrions, si nous savons nous y prendre, tenter de connaître l'identité de la vraie mère par cette Paule ?

– J'ai essayé en utilisant tous les arguments, même financiers. Non seulement elle a refusé de se laisser attendrir, mais elle m'a menacé de porter plainte contre moi pour tentative de corruption professionnelle. C'est une infirmière diplômée. Aussi n'ai-je pas insisté.

– Quelle impression vous a faite cette femme ?

– Avec moi, elle s'est montrée assez distante pendant toute la durée de la grossesse. Un peu comme si je ne comptais pas ! Je sentais qu'elle se moquait éperdument que je sois le père de cet enfant qui devait naître. Pour elle, la seule chose qui importait était l'état de santé de la mère porteuse. Chaque fois que je lui téléphonais chez le professeur, comme il avait été convenu entre elle et nous, pour avoir des nouvelles, elle me répondait que « tout suivait son cours normal », et cela sur un ton tellement désagréable que je me faisais l'impression d'être un inconnu qui se mêlait de choses ne le regardant pas ! Avouez que c'est quand même un peu fort ! En revanche, quand ma femme l'appelait, elle se montrait plus aimable. Nicole, qui n'avait fait que l'entrevoir la seule fois où elle m'avait accompagné au cabinet du professeur, le jour où nous étions venus lui expliquer ensemble nos souhaits, a trouvé ensuite, quand elle lui parlait au téléphone, que cette assistante avait, dans la voix, une certaine chaleur, malgré le timbre grave. Voulez-vous mon impression sur cette femme ? Elle m'a fait l'effet de détester les hommes. Pire : de les mépriser !

– Physiquement, comment est-elle ?

– Grande, brune, assez belle...

– Une femme de quel âge ?

– La quarantaine.

– Je vois... Eh bien, j'ai l'impression que ce n'est pas non plus de ce côté que nous pourrons obtenir des renseignements sur l'identité de celle que nous recherchons... Qui avez-vous vu d'autre dans l'entourage du Pr Torvay ?

– A son cabinet ? Personne à l'exception de Mlle Paule. C'est elle qui m'ouvrait la porte chaque fois que je m'y rendais.

– Toujours aussi hermétique à votre égard ?

– Toujours.

– Pardonnez-moi de vous demander un renseignement assez spécial, mais il me paraît avoir une certaine importance. Quand votre semence a été recueillie, où cela s'est-il passé ?

– Dans le cabinet du professeur.

– Vous étiez seul avec lui ?

– Seul.

Il y eut un moment de silence, puis l'avocat reprit :

– Si nous parvenions à savoir où la femme a accouché, nous ferions un pas de géant ! Il suffirait ensuite de faire parler certains témoins secondaires tels que filles de salle ou autres en faisant au besoin quelques menus cadeaux... Comme le professeur et son assistante ne nous confieront jamais rien, je ne vois que ce moyen détourné pour pouvoir obtenir des renseignements. Vous me donnez carte blanche ?

– Cela va de soi.

– Je vous préviens : il y aura peut-être quelques frais à régler mais je n'ai pas lieu de penser que cette question vous gêne ?

– Nullement, maître.

– Tout à l'heure, pendant que vous parliez, il m'est venu une idée que je ne vous révélerai que si elle apporte un résultat. Cela pourra demander deux ou trois jours, peut-être même une semaine. Pendant ce temps, je ne vous donnerai pas signe de vie, mais ne vous inquiétez surtout pas... Ah ! une dernière question : vous souvenez-vous quel jour Paule est venue vous annoncer – à la clinique où vous attendiez avec votre épouse – la double nouvelle : que l'enfant venait de naître et que sa mère refusait de vous le céder ?

– Il y a aujourd'hui exactement quinze jours de cela.

– Ce qui, si nous consultons le calendrier, nous reporte au mardi 24 avril ?

– Oui.

– Elle est venue le matin ou le soir à la clinique ?

– Je me souviens très bien : tout à fait au début de l'après-midi, vers 14 heures.

– Ce qui laisse supposer que l'enfant serait né dans la matinée ou même pendant la seconde partie de la nuit, entre 0 heure et 6 heures...

– Après nous avoir apporté la nouvelle, l'assistante a ajouté – alors que, comme je vous l'ai dit, je proposais d'offrir à la porteuse un gros supplément financier – qu'elle arrivait de la mairie. Elle s'y était rendue, selon la volonté expresse de la mère, pour y faire la déclaration de naissance.

– Quelle précipitation ! Ne trouvez-vous pas que cela donne l'impression d'un coup monté, soigneusement préparé à l'avance ?

– Un peu. Ça nous a beaucoup choqués, Nicole et moi.

– Et ça semblerait confirmer, puisque tout a été fait apparemment en quelques heures, que la déclaration a été enregistrée dans une mairie pas trop éloignée, c'est-à-dire l'une des vingt mairies de Paris ou des communes avoisinantes telles que Neuilly, Boulogne, Vincennes ou autres... Maintenant allez-vous-en. Avez-vous dit à votre femme que vous étiez venu me consulter ?

– Pas encore.

– N'hésitez pas à le lui annoncer en rentrant chez vous ce soir. Ça la rassurera peut-être de penser que désormais nous allons être trois – elle, vous et moi – à tenter l'impossible pour essayer de récupérer cet enfant. L'union ne fait-elle pas la force ? Dites-lui aussi que c'est toujours quand une situation paraît le plus désespérée qu'une solution favorable se présente. Je vous appellerai. A bientôt.

Après le départ de son visiteur, Victor Deliot forma un numéro sur les touches de son téléphone :

« – Allô ! c'est vous, Bourgeol ?

» – Oui, maître. Je reconnais votre voix bien qu'il y ait pas mal de temps que nous n'avons conversé ensemble.

» – Ce qui prouve que vous avez pour moi au moins une fidélité auditive... Vous avez beaucoup de travail en ce moment ?

» – On ne peut pas dire que les affaires s'emballent...

» – Eh bien, je vais vous donner une occupation... Combien êtes-vous à votre agence ?

» – Six moi compris : quatre hommes et deux femmes.

» – Ce qui nous en fait cinq disponibles puisque je présume que vous ne quittez pas votre bureau pour pouvoir répondre aux appels et recevoir la clientèle ?

» – Il faut bien qu'il y ait quelqu'un au siège, et comme c'est généralement moi que les gens demandent...

» – L'illustre Bourgeol, le plus sympathique des officiers de police en retraite doublé du président-fondateur de la célèbre agence privée *BOURGEOL et Cie, filatures et recherches en tout genre, discrétion assurée.* Je sais... Alors, vous allez me mobiliser toute votre équipe – je vous informe que j'ai des crédits illimités mais je sais aussi que pour moi vous saurez vous montrer raisonnable – qui va momentanément lâcher les affaires en cours pour se lancer dès demain matin sur celle que je vous apporte. Est-ce possible ?

» – Qu'est-ce qu'on ne ferait pas pour vous ! C'est d'accord. Quel genre de travail ?

» – Commencer par visiter les mairies des vingt arrondissements de Paris pour y consulter au service de l'état civil les registres où sont mentionnées les déclarations de naissance. Notez bien la date. Je veux savoir si, dans l'une ou l'autre de ces mairies, une déclaration de naissance d'un enfant de sexe masculin a été faite le 24 avril dernier. Cet enfant serait né entre 0 heure et 14 heures au plus tard. Sous quels nom et prénom a-t-il été déclaré ? On m'a laissé entendre que le prénom serait Sébastien, mais c'est à voir... Ladite déclaration aurait été faite par une certaine Paule Bernier ayant la profession d'infirmière diplômée ou assistante médicale. Il faudra relever soigneusement son adresse, qui a été obligatoirement mentionnée sur le registre par l'employé de l'état civil avant la signature de la déclarante. Voilà... C'est tout ce que je veux savoir, mais le plus rapidement possible. Et si, par hasard, le renseignement ne vous était fourni par aucune des mairies de Paris, il faudra sans tarder vous attaquer à toutes celles – j'ai bien dit toutes, Bourgeol ! – des communes limitrophes. Cela demandera évidemment plus de temps. Vous avez bien compris ?

» – Tout est noté, maître.

» – Alors exécution ! J'attends de vos nouvelles. »

Le surlendemain matin, convoqué par un appel téléphonique, Eric était pour la troisième fois chez l'avocat.

– Nous progressons, dit celui-ci d'emblée. Je sais où habite Mlle Paule Bernier, l'assistante : en plein cœur de Paris, dans le IIe arrondissement, 8, square Louvois, à proximité de la Bibliothèque nationale. C'est du moins l'adresse mentionnée sur la carte d'identité qu'elle a présentée à la mairie du XVIIIe arrondissement le jour où elle a déclaré, comme elle vous l'avait laissé entendre, la naissance de l'enfant. Selon cette déclaration, celui-ci est né dans une clinique privée du XVIIIe. C'est un garçon qui porte bien le prénom de Sébastien ainsi que le nom de sa mère, une femme âgée de vingt-six ans, qui s'appelle... Attendez que je jette un regard sur cette note qui m'a été apportée ce matin : Sylvaine Varmet... Ça ne doit pas vous dire grand-chose puisque ni vous ni votre femme ne la connaissez.

En entendant le nom, Eric avait pâli.

– Maître, vous venez bien de dire : Sylvaine Varmet ?

– Mais oui.

– Alors c'est épouvantable !

– Qu'est-ce qui est épouvantable ?

– La première fois que vous m'avez reçu, je vous ai parlé d'une amie charmante que je fréquentais avant mes fiançailles avec Nicole : ce qui fait que je n'étais pas tellement pressé de me marier...

– En effet, je me souviens.

– Eh bien... cette amie avec laquelle j'ai rompu, assez brusquement je dois l'avouer, pour épouser Nicole se nommait Sylvaine Varmet. C'est tout !

– Voilà évidemment une précision qui jette une lueur nouvelle sur l'affaire et qui expliquerait pourquoi cette mère porteuse s'est refusée à vous céder l'enfant comme elle en avait pris l'engagement vis-à-vis du médecin.

– Son adresse est-elle mentionnée dans la déclaration de naissance faite à la mairie du XVIIIe ?

– Obligatoirement... Attendez que je consulte à nouveau la note : oui, elle est domiciliée 5, quai aux Fleurs, dans le IVe.

– C'est bien l'appartement où nous avons habité, elle et moi, pendant deux ans, et dont je lui ai laissé la jouissance quand nous nous sommes quittés. Je l'avais loué à son nom, mais c'était moi qui payais le loyer.

– Vous avez continué à le faire après la rupture ?

– Je voulais le lui proposer mais elle aurait sûrement refusé : c'était... enfin c'est une fille très fière !

– Vous m'avez bien dit aussi qu'à dater de cette séparation, vous n'avez plus jamais revu cette jeune femme ?

– C'est exact.

– L'envie ne vous en est même pas venue ?

– Ma réponse va sans doute vous paraître assez cynique : même pas ! J'ai toujours eu pour principe que, quand une chose est finie, c'est bien fini.

– Vous êtes un peu comme Napoléon qui disait qu'en amour le courage, c'est la fuite... En somme, cette femme vous a plu mais vous ne l'avez pas réellement aimée ?

– Je... je ne sais plus.

– Et elle ? Pensez-vous qu'elle vous ait sincèrement aimé ?

– C'est possible. Elle était très exclusive et même assez jalouse.

– Peut-être a-t-elle souffert plus que vous de votre séparation. Et sans doute n'avait-elle pas alors, comme ce fut le cas pour vous, de projets matrimoniaux. Ne s'est-elle pas retrouvée très seule après votre départ ?

– C'est également possible mais, la connaissant bien, je peux vous assurer que ce sentiment de solitude et, pourquoi ne pas le reconnaître ? le chagrin d'être abandonnée n'ont pas dû se prolonger longtemps chez elle... Sylvaine est une femme forte, au caractère solidement trempé. Elle sait surtout très bien s'occuper. Or, le travail n'est-il pas le plus puissant des dérivatifs ?

– Que faisait-elle ?

– Dessinatrice de mode. Elle travaillait régulièrement pour des magazines de haute gamme et parfois, au moment de la préparation des collections, pour certains grands couturiers. Elle gagnait bien sa vie.

– Aujourd'hui, grâce à votre mariage avec la fille de M. Varthy, vous vivez certainement sur un tout autre pied. Mais ne vous est-il jamais arrivé de regretter l'appartement du quai aux Fleurs ? C'est charmant, le quai aux Fleurs : on y voit paresser la Seine... Je comprends assez bien que votre ex-amante y soit restée... Ex-amante qui semble se trouver maintenant, si nos investigations sont vérifiées, la mère porteuse de cet enfant dont vous êtes le père.

– C'est ça qui est effarant !

– Disons plutôt : gênant... Néanmoins, cette situation offre pour vous et même pour votre épouse un avantage : celui de savoir que la mère de cet enfant présente les garanties d'éducation, d'honorabilité et de bonne santé que vous étiez en droit de souhaiter. Ne m'avez-vous pas laissé entendre vous-même que cette jeune femme était charmante ?

Eric ne répondit pas.

– Auriez-vous un doute, reprit l'avocat, sur l'une des trois qualités que je viens d'énumérer ?

– Aucun.

– Alors ! De ce côté au moins, vous êtes rassuré... Evidemment, l'ennui c'est qu'elle n'ait pas voulu abandonner l'enfant : peut-être vous en veut-elle plus que vous ne le pensez d'avoir été délaissée au profit d'une autre ? Dites-moi : pendant les deux années de votre liaison, il n'est pas arrivé qu'elle soit enceinte ?

– Non. Je l'aurais su.

– Si cela avait été, l'auriez-vous épousée ?

– Je ne sais pas... Je vous ai dit que je ne tenais pas tellement à devenir père de famille.

– Tandis qu'après votre mariage, parce que Mme Revard voulait être mère et qu'un héritier ou une héritière était ardemment souhaité par votre beau-père, ce fut très différent... Cela se comprend. C'est tout de même regrettable que la fatalité ait voulu que l'enfant choisi par le gynécologue avec les meilleures intentions du monde et en prenant toutes les précautions nécessaires soit issu du ventre de votre ancienne maîtresse ! On pourrait même se demander s'il s'agit bien là d'un hasard ou, au contraire, d'une manœuvre diaboliquement organisée.

– Je me pose aussi la question. Que pouvons-nous faire ?

– A mon avis, pas grand-chose, puisque Mlle Sylvaine Varmet, ayant reconnu l'enfant, est devenue automatiquement une mère célibataire... L'enfant lui appartient entièrement. Si vous-même n'étiez pas marié et si vous teniez, pour des raisons infiniment louables, puisque l'enfant est également le vôtre, à lui donner votre nom, ce serait on ne peut plus simple : vous n'auriez qu'à épouser sa mère en faisant une reconnaissance de paternité qui régulariserait la situation. Malheureusement, ce n'est pas le cas. Et même si, comme je le suggérais, nous entamions, de votre part, une procédure en reconnaissance de paternité, cela ne conviendrait nullement à votre femme ! Si j'ai bien compris, ce qu'elle désire, c'est un enfant considéré aux yeux de tous comme étant bien le sien et nullement l'enfant déclaré comme ayant été fait par une autre ! Vous ne devez pas non plus souhaiter divorcer de votre épouse pour vous remarier avec cette demoiselle Varmet ?

– Certainement pas !

– C'est compréhensible : cela flanquerait définitivement par terre l'édifice familial que vous cherchiez à consolider... Ce que je vais vous dire maintenant va probablement vous paraître assez saugrenu : pourquoi n'abandonneriez-vous pas carrément l'idée de recueillir l'enfant de Mlle Varmet à votre foyer et n'en chercheriez-vous pas un autre en vous adressant, par mesure de précaution, à un autre médecin ? Que diable ! Le Pr Torvay n'est pas le seul gynécologue à s'être penché sur ce délicat problème des mères porteuses ! Il en existe sûrement, je ne dis pas « beaucoup », mais « quelques » autres tout aussi compétents que lui !

– Mais comment faire partager ce point de vue à Nicole ? Cette regrettable affaire l'a mise dans un tel état qu'elle ne voudra plus jamais entendre parler d'une autre mère porteuse !

– Qui sait ? Veut-elle avoir un enfant, oui ou non ? Tout le problème est là.

– Et le beau-père ? Comment voulez-vous, alors que nous lui avons tout caché la première fois, que nous lui fassions avaler ça ?

– Ne vous occupez pas plus de lui qu'il ne s'intéresse à vous en ce moment ! Il ne s'agit pas de lui faire plaisir mais d'établir le bonheur de votre épouse et, par voie de conséquence, le vôtre. Ne m'avez-vous pas dit que l'harmonie de votre couple ne sera complète que si vous avez un enfant ? Il reste aussi l'adoption...

– Je vous répète que Nicole et moi ne souhaitons pas un enfant dont nous ne connaîtrions ni le père ni la mère et qui n'aurait aucune consanguinité avec l'un de nous... Et puis, quand un enfant est adopté dans un milieu tel que le nôtre, tout le monde le sait très vite ! Les gens ne seraient pas longs à chuchoter : « L'enfant des Revard ? Il n'est pas d'eux ! » Ça non plus, nous ne le voulons pas.

– Au fond, malgré votre belle assurance et votre jeunesse, vous me faites l'effet de ne pas être un homme tellement courageux... C'est vrai : vous ne vous occupez que de l'opinion des autres !

– Pas courageux, maître, c'est possible mais ce dont je suis sûr, c'est d'être aujourd'hui un homme dans un pétrin épouvantable !

– Ce n'est nullement votre faute, mais celle de la vie qui n'est jamais très bien faite : on abandonne une femme qui peut vous donner un fils – et elle vient de le prouver ! – pour en épouser une autre qui ne peut rien vous apporter du tout à l'exception d'une dot !

– Qu'est-ce que vous faites de l'amour que Nicole a pour moi ? Ça ne compte pas ?

– C'est essentiel, cher monsieur. Je suis convaincu que Mme Revard vous adore, mais rien ne prouve que « l'autre » ne vous ait pas aimé tout autant ! Hélas, elle n'était qu'une gentille dessinatrice de mode et pas l'héritière des produits Varthy...

– Maître, vous devenez cruel.

– Je reste simplement lucide et croyez bien qu'il faut l'être pour vous tirer de ce que vous-même appelez un pétrin... C'est pourquoi vous allez m'écouter et, si ce que je vais vous dire ne vous convient pas, vous serez libre de vous adresser à un autre conseil : ce n'est pas ce genre de personnage qui manque ! Je peux même vous en dresser une liste sur laquelle vous n'aurez qu'à choisir... Mais ça me surprendrait qu'après avoir fait le tour d'horizon du problème qui vous préoccupe, ce confrère ne vous répète pas, mot pour mot, tout ce que je viens de vous expliquer. Bien sûr, il s'en trouvera peut-être un qui vous conseillera la manière forte, c'est-à-dire de faire enlever à sa vraie mère l'enfant dont vous êtes le père et de l'emporter très loin dans un autre pays en compagnie de votre épouse légale qui l'élèvera et le verra grandir en le faisant passer pour son fils à elle. Seulement cela comporterait un risque... Vous n'avez pas l'air de vous douter de ce que peut devenir une mère à qui l'on vole son enfant : une tigresse ! Et, étant donné les circonstances pour le moins curieuses dans lesquelles s'est produit le refus de Mlle Varmet de céder son enfant, rien ne prouve qu'elle ignore qui en est le père. S'il en est ainsi, elle ne craindra pas d'aller jusqu'au bout, ni d'exiger le témoignage du médecin. Et celui-ci se trouvera dans l'impossibilité de ne pas révéler devant un magistrat le nom de celui qui est venu lui apporter sa semence... Qu'avez-vous à répondre à cela, monsieur Revard ?... Rien ! Aussi écoutez-moi : le tout dernier moyen de mettre un terme à cette situation impossible n'est pas de faire agir un avocat, que ce soit moi ou n'importe quel autre, ni de prodiguer des menaces, ni de tenter d'acheter une adversaire qui n'a pas hésité à vous rendre l'argent que vous lui aviez déjà versé, mais d'agir au contraire avec une extrême habileté en essayant de ramener votre ancienne amie à des sentiments plus tendres. De deux choses l'une : ou cette femme vous aime encore, et vous aurez une chance de réussite, ou elle vous méprise parce que vous l'avez quittée pour une autre et il n'y aura rien à faire !

– Quelle pourrait être la chance de réussir puisqu'elle a déjà reconnu l'enfant ?

– Même si elle l'a reconnu, elle peut toujours renoncer à l'élever en faisant valoir qu'elle n'en a pas les moyens et le confier à la personne qu'elle estime le plus indiquée pour l'élever : son père, c'est-à-dire vous.

– Ce n'est pas pour cela que Nicole et moi pourrons donner notre nom à l'enfant.

– Ça viendra plus tard : il y a toujours des accommodements possibles. Par exemple, on peut adjoindre un nom à un autre. Et que faites-vous du trait d'union ? Il peut arranger beaucoup de choses... Varmet-Revard, ça ne sonne pas mal et, grâce à la patine du temps, le Varmet peut s'estomper progressivement. Il ne reste alors que le Revard... Bien sûr, pendant les premières années, il vous faudra faire preuve de beaucoup de discrétion, quand vous nommerez votre enfant. Devant les amis, les relations, les domestiques, vous n'utiliserez que son prénom...

– Sébastien ? L'horrible prénom que lui a choisi sa mère ?

– Mais non : vous lui donnerez celui de son pseudo-arrière-grand-père, André, auquel votre beau-père tient tant !

– Mais toutes ces démarches, qui me paraissent bien compliquées et plutôt aléatoires, qui pourra les entreprendre ? Vous ?

– Ce serait la pire des erreurs. Je ne vois qu'une personne pour les faire : vous.

– Moi ?

– Eh oui ! N'êtes-vous pas le seul à bien connaître la mère porteuse et à pouvoir, peut-être, vous faire écouter d'elle ? Je reconnais que la tâche ne sera pas aisée mais il faut quand même l'entreprendre le plus tôt possible ! Imaginez ce que les choses deviendraient s'il prenait brusquement l'envie à cette mère célibataire de se marier et de donner à l'enfant, grâce à ce stratagème, le nom d'un autre père que vous. Les chances d'aboutir à une sorte de compromis seraient irrémédiablement perdues... Comment vous y prendre ? Si vous parvenez à vous retrouver seul devant Sylvaine, sachez vous montrer aussi charmeur que persuasif... Vous y étiez bien arrivé quand vous aviez fait sa conquête il y a cinq ans... Il n'y a qu'à recommencer !

– Vous croyez que ce sera facile ? Justement cinq années sont passées et il y a l'enfant qui constitue un sérieux obstacle entre nous.

– Je ne le pense pas : c'est plutôt lui le premier trait d'union... Avant toute chose, faites valoir aux yeux de sa mère que l'intérêt de cet enfant est de devenir l'héritier des produits Varthy... Je vais même vous donner un affreux conseil : au besoin mentez ! N'hésitez pas à jouer la comédie de celui qui est redevenu éperdument amoureux de cette merveilleuse jeune femme à laquelle il a fait, sans l'avoir voulu, un enfant alors que cela n'a pas été possible avec une autre...

– Maître, ce que vous me demandez là est affreux ! Jamais je ne pourrai me comporter ainsi, d'autant plus que j'aime profondément Nicole.

– Précisément : quand on aime quelqu'un à ce point-là, on tente tout pour assurer son bonheur. Celui de votre épouse ne sera-t-il pas le plein épanouissement de son besoin de maternité ? Vous m'avez bien dit que vous n'aimiez plus Sylvaine ?

– Je commence même à la haïr pour ce qu'elle vient de faire.

– La haine est un sentiment des plus stériles. Mieux vaut le charme et vous n'en manquez pas !

– Mais comment retrouver Sylvaine ?

– En vous rendant chez elle, quai aux Fleurs, elle doit, sinon vous y attendre, du moins s'y trouver avec votre fils... N'avez-vous pas l'impression que de telles retrouvailles risquent même d'être émouvantes ? Voir son enfant pour la première fois, n'est-ce pas quelque chose ? Vous n'avez plus une minute à perdre : courez là-bas... Il est encore tôt, nous sommes samedi, elle doit être chez elle, l'enfant aussi...

– Ne serait-ce pas plus élégant de dire auparavant à ma femme que je vais aller voir Sylvaine ?

– Attendez, avant de lui parler de cette visite, de

voir comment les événements vont se dérouler. Mais n'oubliez pas de me tenir au courant de ce qui se sera passé. Surtout ne prenez aucun engagement avant de m'avoir consulté. Montrez-vous habile... Bonne chance !

Contrairement à ce qui avait été mentionné dans la déclaration de naissance de Sébastien, faite par Paule Bernier, à la mairie du XVIIIe, Sylvaine n'habitait plus quai aux Fleurs : elle avait déménagé sans laisser d'adresse. Quelqu'un, cependant, connaissait son nouveau domicile : cette Mlle Paule, l'assistante du professeur. Et, comme elle semblait demeurer square Louvois, pourquoi ne pas s'y rendre tout de suite ? Eric verrait bien...

Sans être d'une construction récente, l'immeuble du 8, square Louvois reflétait un certain confort : il avait surtout bon genre et même une gardienne assez avenante. « Sixième à droite, en sortant de l'ascenseur », répondit-elle complaisamment à la demande qu'on lui faisait. Sixième : c'était le dernier étage. Arrivé sur le palier devant la porte de droite, le visiteur eut une courte hésitation avant de sonner. Devant qui allait-il se trouver ? L'assistante elle-même ou quelqu'un de son entourage ? Une servante ? Peut-être même n'y aurait-il personne ? Mais, si Mlle Paule se trouvait là, comment serait-il accueilli par cette femme qui s'était toujours montrée distante à son égard ? N'allait-elle pas estimer pour le moins intempestive cette visite à son domicile ? Consentirait-elle à lui indiquer l'adresse de celle qu'il recherchait ? Tant pis ! Il sonna et attendit un certain temps avant que la porte ne s'entrouvrît avec précaution...

C'était bien elle. Il la reconnut tout de suite, avec son front dégagé et ses cheveux bruns coupés à la garçonne, bien que, au lieu de la blouse blanche, elle portât un pantalon gris surmonté d'une chemisette de soie noire qui lui donnait une allure très masculine. A l'apparition d'Eric, le visage de l'assistante se ferma.

– Qu'est-ce que vous venez faire ici ? demanda-t-elle de sa voix grave par l'entrebâillement de la porte.

– Il faut absolument que je vous parle.

– A quel sujet ?

– Au sujet de mon fils.

– Je vous ai dit ainsi qu'à votre femme tout ce que vous pouviez savoir sur cet enfant... Je n'ai rien d'autre à vous apprendre. Cet enfant n'appartient qu'à sa mère. Elle l'a reconnu et lui a donné son nom.

– Ce qui, si je comprends bien, signifierait que je ne suis pour rien dans sa naissance ?

– Il existe évidemment un père, mais celui-ci ne compte pas légalement puisque, étant marié, il ne peut pas reconnaître l'enfant.

– Ce que je veux ? Savoir où habite la mère de l'enfant. Sans doute avec lui ?

– C'est une excellente mère.

– La connaissant, j'en suis persuadé.

– Ah ? On s'est renseigné...

– N'était-ce pas mon devoir de père ?

– Votre devoir ?

Elle avait répété le mot avec une intonation où le doute s'alliait au mépris. Et son regard froid le fixa sans indulgence pendant quelques secondes.

– Vous estimez être un homme de devoir ? reprit-elle enfin. Sachez que ce n'est pas l'opinion de Sylvaine, ni la mienne !

– La vôtre m'importe peu. Où est Sylvaine ?

Après un nouveau silence, la voix, qui était presque celle d'un homme, répondit :

– Ici.

– Quoi ?
– Ça vous ennuie ?
– Et l'enfant ?
– Ici également. On ne sépare pas une mère de son enfant.
– Je veux les voir !
– Non.
Elle avait repoussé la porte et mis rapidement en place la chaîne de sûreté.
– Vous n'entrerez pas ! ajouta-t-elle par l'entrebâillement beaucoup plus réduit. Si vous insistez, je referme et j'appelle la police pour tentative de violation de domicile. C'est ça que vous voulez ? Un scandale dont vous ne pourrez sortir que ridiculisé ? Ce n'est pas, me semble-t-il, le genre qui convient à votre famille !
– Mais, mademoiselle Paule, je ne veux que du bien à Sylvaine et à son fils ! Ne comprenez-vous pas que je ne suis venu ici que dans un esprit de conciliation et avec l'espoir de régler les choses à l'amiable ?
– A l'amiable ! Il n'y a plus rien à faire. Sylvaine est libre de disposer comme bon elle l'entendra de l'avenir de l'enfant qu'elle a mis au monde. Allez-vous-en !
– Je ne partirai pas !
– Vous n'avez pas l'impression que ce dialogue à travers une porte, sur un palier, est grotesque ?
– C'est vous qui le dites et non pas Sylvaine. Elle ne sait même pas que je suis là... Pourquoi n'allez-vous pas le lui annoncer ?
– Elle ne tient plus à vous revoir. Et je l'approuve.
– Seriez-vous devenue sa protectrice ?
– Je le suis en effet depuis le jour où vous l'avez abandonnée pour épouser une riche héritière. Et je suis fière de l'avoir recueillie ! Pour la dernière fois, allez-vous-en...
– Je ne le ferai que quand j'aurai vu Sylvaine. Je

veux que ce soit elle qui me demande de partir... Si c'est le cas, je vous promets, sur mon honneur d'homme, que vous ne me verrez plus, ni elle ni vous.

– Votre honneur d'homme ? Qu'est-ce que vous me chantez là ? Et croyez-vous que j'aie peur que Sylvaine, en vous retrouvant, redevienne amoureuse de vous et qu'elle cède encore à vos boniments ? Mais, mon pauvre monsieur, tout ça, pour elle, c'est de l'histoire ancienne... Elle ne pense même plus à vous !

– Vraiment ? Alors pourquoi a-t-elle voulu être la mère porteuse d'un enfant dont je serais le père ? Vous n'allez tout de même pas me faire croire qu'elle ignore le nom de celui qui lui a donné sa semence ?

– Vous voulez absolument savoir pourquoi elle ne veut plus de vous ? Eh bien, puisque tel est votre souhait, elle va vous le dire elle-même... Attendez là.

Elle lui referma la porte au nez, le laissant, désarmé et ridicule, sur le palier. Il n'était plus que le quémandeur attendant qu'une femme qui naguère l'avait aimé – il en était sûr – lui dise, en présence d'une sorte de garde-chiourme, qu'il ne comptait plus dans son existence, et cela au moment même où elle venait de donner la vie à un enfant dont il était le père ! C'était atroce. L'attente lui parut interminable et même inutile : il avait la conviction que la porte resterait close... Pourtant, elle se rouvrit.

– Sylvaine va vous recevoir dans mon living-room, annonça avec calme Mlle Paule. Je tiens à vous rappeler qu'elle n'est pas chez elle ici mais chez moi d'où je vous expulserai si vous faites le moindre esclandre. A seule fin que vous vous rendiez compte que c'est de son plein gré que votre ancienne amie ne veut plus entendre parler de vous, je n'assisterai pas à votre entretien. Vous serez seul face à elle, mais je ne serai pas loin... Maintenant vous pouvez entrer.

Il la suivit dans le vestibule et se retrouva dans une pièce agréable, meublée très moderne, mais avec un goût sûr. Une large baie donnait accès à un balcon-terrasse d'où l'on avait une vue étonnante sur les toits du centre de la capitale. La porte de communication avec le vestibule se referma sur Mlle Paule et une nouvelle fois il attendit. Des roses trémières, réparties dans des vases harmonieusement placés autour du living-room, indiquaient nettement une présence féminine. Le silence était complet : bien que la baie fût grande ouverte en cette fin d'après-midi printanière, aucun bruit ne parvenait du square jusqu'à ce sixième. Eric tendit quand même l'oreille dans l'espoir de surprendre un vagissement quelque part dans l'appartement. Rien. Incapable de s'asseoir, il resta debout, dos à la fenêtre, le regard rivé sur la porte, s'attendant à tout moment à voir apparaître Sylvaine. Comment serait-elle après plus de trois années ? Toujours aussi blonde avec ses yeux toujours aussi bleus ? La maternité l'aurait-elle embellie ou, au contraire, marquée de cette empreinte dont certaines femmes, même jeunes, ne parviennent plus à se débarrasser dès qu'elles ont enfanté ? Quel serait l'accueil ? Il pouvait redouter le pire vu la sérénité manifestée par Mlle Paule pour annoncer qu'elle le laisserait seul en présence de son ancienne amante : cela n'indiquait-il pas que cette dernière s'était complètement détachée de son amour ? Et lui-même, Eric, comment Sylvaine le considérerait-elle ? Trois années de plus, quand on n'a encore que trente et un ans, c'est plutôt un avantage : on est devenu *l'homme* dans toute la force du terme. Peut-être apprécierait-elle de le retrouver mûri ? A moins qu'elle ne l'eût aimé que pour sa jeunesse ?... Et comment les choses se passeraient-elles dès qu'ils parleraient de l'enfant, de *leur* enfant ? Tout cela était angoissant.

Brusquement il sentit derrière lui une présence. Il se retourna et il la vit sur la terrasse, dans l'encadrement de la baie, immobile, telle une apparition se détachant sur le ciel encore lumineux de Paris, un ciel aux teintes pastel dont la douceur constituait le fond idéal pour mettre en valeur la blondeur de la femme et aviver l'éclat des yeux qui le regardaient avec plus de curiosité que d'affection. Oui, Sylvaine avait beaucoup changé ! Elle était infiniment plus belle et plus désirable qu'à l'époque où ils s'étaient séparés, plus éclatante aussi, tout en donnant l'impression d'être plus calme et plus sûre d'elle. Malgré sa limpidité, le regard était étrangement absent, comme détaché de tout, indifférent.

– Bonjour, Sylvaine... Sais-tu que ça me fait un grand plaisir de te revoir.

Comme elle restait muette, il reprit d'une voix mal assurée :

– Et toi ? Ça te fait quelque chose de me retrouver ?

N'obtenant encore aucune réponse, il continua :

– Ça ne te fait sans doute rien ? Tu m'en veux toujours ?

– Même pas. Voilà longtemps que je t'ai oublié et dis-toi bien que jamais je ne serais allée te rechercher.

– Pourtant notre fils ?

– Tu parles de mon enfant ? Il n'est qu'à moi.

– C'est toi qui as eu l'idée de l'appeler Sébastien ?

– C'est Paule. Ce prénom lui plaisait et, comme elle a accepté d'être sa marraine, je l'ai laissée le déclarer ainsi : Sébastien Varmet.

– Sachant que j'étais le père, tu aurais pu y ajouter mon prénom. Sébastien-Eric Varmet, tu ne trouves pas que ça sonne mieux ? Que c'est plus élégant ?

– L'élégance n'a rien à faire là-dedans. D'autant plus que tu n'en as pas tellement fait preuve à mon égard le jour où tu m'as liquidée ! Et je préfère Sébastien tout seul... C'est beaucoup moins prétentieux.

– Un point m'intrigue : quand as-tu su que c'était moi le donneur de semence ?

– Le père qui s'offrait, si j'ose dire, pour satisfaire le besoin de maternité de son épouse ? Eh bien, je l'ai appris par Paule le soir même du jour où ta femme et toi êtes venus, désespérés, rendre visite au Pr Torvay.

– Je suis surpris que l'assistante du professeur...

– Paule ne me cache rien. Moi non plus.

– Pourtant, quand nous vivions ensemble, tu ne m'as jamais parlé d'elle ?

– C'est normal puisque je ne la connaissais pas... Sais-tu quand nous nous sommes rencontrées toutes les deux ? Le jour où tu as quitté notre nid d'amour du quai aux Fleurs en m'annonçant que tu n'y reviendrais jamais. Je dois reconnaître que tu as scrupuleusement tenu parole.

– Jusqu'à aujourd'hui... Car je me suis d'abord rendu là-bas en pensant que tu y habitais toujours. Ayant appris que tu avais déménagé, je suis venu ici.

– Comment as-tu eu mon adresse ?

– Tu me permets d'avoir quelques petits secrets ?

– Après tout je m'en moque ! J'habite ici depuis plus de temps que tu ne vis, toi, avec ta femme ! Je m'y sens chez moi.

– Heureuse ?

– Ça ne se voit pas ?

– En somme, cette Paule m'a complètement remplacé dans ta vie ?

– Quand tu es parti, tu n'avais quand même pas la prétention de croire que j'allais vivre isolée, me morfondant dans le désespoir de ne plus avoir un garçon aussi brillant que toi auprès de moi ? Ça t'ennuie qu'une Paule se soit présentée pour meubler ma solitude ?

– Ça me surprend... Quand nous étions amants, tu ne m'as jamais donné l'impression d'être une femme à ça...

– Cela veut dire quoi : ça ?

– Je me comprends... En tout cas, ta belle amie n'a guère respecté le fameux secret professionnel. Je croyais que le donneur de semence et celle qui est fécondée ne devaient pas se connaître ?

– Je t'ai déjà dit que Paule et moi n'avons aucun secret l'une pour l'autre.

– Et le professeur, lui qui apparemment prend tant de précautions pour ses fameuses transplantations, il a admis cette dérogation ?

– Paule et moi ne la lui avons pas révélée. Ce qu'il fallait trouver pour cet excellent homme, après la demande faite par ton couple, c'était une femme qui consentirait à devenir la mère porteuse. C'est tout. Paule m'a présentée à lui et, comme j'offrais toutes les garanties de bonne santé requises, j'ai été agréée. Il n'a pas demandé d'autres explications quand il a su que je travaillais et que je n'étais pas mariée. Je n'allais tout de même pas lui expliquer que j'avais été ta maîtresse !

– C'est donc toi qui as tout manigancé dès que tu as su que Nicole et moi voulions avoir un enfant ?

– Paule et moi nous avons préparé ensemble cet heureux événement... Avoue que nous n'avons pas si mal réussi ?

– Sais-tu que vous mériteriez d'être dénoncées !

– A qui ? A la police ? Et à quel titre ? Pour l'utilisation à mon profit du sperme d'un homme qui était tout disposé à le donner à n'importe quelle femme ? Si une pareille affaire venait à être plaidée – ce dont je doute puisque mon fils m'appartient entièrement –, tu aurais bonne mine, mon pauvre Eric ! Et ta femme que tu adores, paraît-il... Oui, je le sais : tu n'as pas pu t'empêcher de le confier au Pr Torvay, et celui-ci s'est empressé de le répéter à Paule pour lui faire comprendre qu'il y avait urgence à trouver une porteuse... Ta femme bien-aimée, de quoi aurait-elle l'air dans cette aventure ? Tu ne voudrais pas lui faire de la peine ? Alors...

– Sylvaine, tu es devenue ignoble !

– Avoue que ça t'ennuie beaucoup que j'aie réussi à avoir un enfant de toi qui ne t'appartient pas et qui, surtout, ne portera jamais ton nom ! Seulement, là, je ne te comprends plus : tu es en contradiction avec toi-même et avec toutes tes belles théories... Combien de fois ne t'ai-je pas entendu me dire que tu n'aimais pas les enfants, qu'ils t'agaçaient et que pour rien au monde tu ne voudrais que je sois enceinte parce qu'un enfant serait le moyen le plus sûr de tuer notre grande passion ? Pourtant tu savais très bien que mon seul rêve était d'avoir un enfant de toi... Je t'ai quand même obéi... Enfin, tu l'as cru. Car tu ne t'es jamais douté qu'un matin, je me suis rendu compte que j'étais enceinte. Je ne t'ai rien dit parce que j'avais trop peur de te perdre. Tu ne peux pas savoir à quel point je t'aimais à cette époque-là ! Ne voulant pas non plus te créer de soucis, j'ai attendu pendant de longues semaines... Tu m'avais expliqué que tu allais être obligé de t'absenter pendant une dizaine de jours pour les affaires Varthy... Souviens-toi : tu es parti en effet pour Dakar et Abidjan... J'ai profité de ton voyage pour faire passer l'enfant. Celui qui a fait le travail m'a dit que c'était un garçon... Tu ne t'étais aperçu de rien ! J'étais pourtant enceinte de trois mois ! Reconnais que j'ai bien triché. Quand tu es revenu à Paris, les choses étaient rentrées dans l'ordre. Elles auraient peut-être pu continuer entre nous pendant des années si, cinq mois plus tard, tu ne m'avais annoncé que tu allais te marier, mais pas avec moi ! Il ne me restait plus qu'à attendre que tu ne sois plus du tout dans ma vie pour me faire faire un autre enfant...

– Tout en vivant avec cette Mlle Paule ?

– Heureusement ! Elle m'a protégée. Sans elle, je

ne sais pas ce que je serais devenue. Peut-être serais-je morte de chagrin ? Trois années ont passé et, le soir où elle est rentrée de son travail en m'annonçant la visite au Pr Torvay d'Eric Revard et de sa femme, j'ai eu comme un éblouissement : c'était le destin qui voulait qu'il en fût ainsi... Je serais cette mère porteuse que vous recherchiez sans vouloir la connaître ! Ainsi, j'aurais quand même un enfant de toi ! Ce serait un garçon, j'en étais sûre. Il remplacerait l'autre dont je m'étais débarrassée et dont je n'avais même pas osé te parler. Mais celui-ci, il ne serait qu'à moi !... Au fond tu devrais me remercier de m'être montrée si discrète !

– Et, pendant les neuf mois de l'attente, tu as joué la comédie, au point d'accepter même l'argent que nous te versions par l'intermédiaire du professeur...

– Dis plutôt par l'intermédiaire de Paule. C'est elle qui assurait la liaison entre le cabinet du gynécologue et moi installée ici.

– ... La porteuse se faisait payer mais elle était fermement décidée à rendre l'argent dès la naissance de l'enfant pour bien montrer qu'elle s'était moquée de nous depuis le premier jour où elle avait dit oui à notre offre ! Mais pourquoi cette abominable comédie ?

– Elle était nécessaire, Eric ! Je voulais que mon fils soit de toi tout en te donnant une leçon que tu n'oublierais jamais ! L'amante que tu as répudiée a fait l'enfant que ne pourra jamais te donner l'épouse pour laquelle tu l'as quittée...

Ces derniers mots avaient été prononcés avec un calme ahurissant. C'est à peine si Sylvaine avait bougé pendant toute la conversation. Drapée dans un déshabillé de soie blanche, elle ressemblait un peu à une déesse de l'Antiquité qui aurait consenti à expliquer comment elle comprenait le sentiment de justice : une Vénus des temps modernes qui aurait acquis la sagesse d'une Pallas Athéna.

– Et ton fils, où est-il ?

– J'aime que tu dises « ton » fils et non plus « notre » fils puisqu'il ne sera jamais à toi... Il vit ici, dans son berceau placé à côté de mon lit, et bien gardé, crois-moi, par une nurse qu'a trouvée Paule. L'appartement est assez vaste. Sébastien se trouve y être le seul homme, entouré de femmes. Ne penses-tu pas que tout est bien ainsi ?

– Pourrai-je le voir ?

– Non, puisque tu n'as aucun droit sur lui.

– Et si je forçais les portes ?

– Tu ne le ferais pas parce que, malgré la muflerie dont tu as fait preuve à mon égard, tu es quand même un homme bien élevé. Peut-être te le montrerai-je un jour. Mais je ne sais pas quand. Et crois-tu que ce soit urgent puisque tu détestes les enfants ? Mieux vaut attendre... Au fait, pourquoi es-tu venu ici ?

– Je voulais avoir une explication.

– Tu dois être satisfait : je viens de te la donner... Maintenant il faut t'en aller. Ta femme est au courant de ta démarche ?

– Ça ne te regarde pas.

Paule venait d'apparaître sur la terrasse. Elle s'approcha de Sylvaine et lui mit affectueusement le bras autour du cou dans un geste de protection.

– Alors ? Ces retrouvailles se passent bien ? demanda-t-elle doucereusement.

Interloqué, Eric les regardait enlacées, blotties l'une contre l'autre, se regardant amoureusement comme si sa présence à lui n'avait aucune importance. Et, pour la première fois de sa vie, lui qui jusque-là avait su faire plier tout le monde devant sa volonté, il se sentit incapable de dominer la situation. Ces deux femmes étaient plus fortes que lui.

Fou de rage, il hurla avant de s'enfuir :

– Vous êtes des monstres ! Je vous jure, sur la tête de mon fils, que ce rapt d'enfant vous coûtera cher !

– Quel rapt ? demanda Paule en souriant à Sylvaine. Ton ex-ami aurait mieux fait de dire ce « sauvetage » d'enfant ! Ma chérie, n'avons-nous pas réussi à garder Sébastien alors qu'on voulait te le prendre ?

LA RIVALE

Malgré sa virulente sortie, Eric se sentait plutôt déprimé quand il se retrouva dans la rue. En plus, d'avoir été bafoué par les deux femmes ne le rendait pas fier de lui... Que cette Mlle Paule le détestât l'indifférait : chez elle, ce devait être une règle de conduite face à tous les hommes. Haine viscérale provenant peut-être de ce que l'un d'eux l'avait fait souffrir ! Mais Sylvaine ? Elle qu'il avait toujours connue amoureuse, douce et compréhensive à son égard, comment avait-elle pu changer à ce point-là ?

Physiquement – c'était incontestable – elle avait embelli. Etait-il possible que cela soit dû à la maternité ? Avec son égoïsme de mâle un peu trop sûr de lui, l'ex-amant avait du mal à réaliser que la tendre Sylvaine appartenait à l'immense cohorte de celles qui ont besoin d'être fécondées et d'enfanter pour atteindre leur plein épanouissement. Pourtant, la majorité des femmes ne sont-elle pas ainsi ? Son épouse Nicole ne se trouvait-elle pas dans le même cas ? N'était-ce pas la raison pour laquelle sa stérilité devenait un véritable drame ? Les autres femmes, celles qui ne veulent pas d'enfant, ne constituent-elles pas une minorité qui donne des vieilles filles, des refoulées, parfois des anormales, des lesbiennes aussi...

Lesbienne ? Parbleu, c'est ça qu'était cette Paule ! Ça crevait les yeux ! La façon dont elle était bâtie, sa carrure masculine, ses bras solides comme des mâts de charge, ses jambes bien charpentées, sa coiffure à la garçonne, son regard dur pour l'homme et tendre pour la femme, sa voix aux résonances profondes, tout faisait d'elle la femme à femmes...

Un sentiment très secret portait cependant Eric à croire qu'en dépit de sa froideur apparente envers lui Sylvaine l'aimait toujours. Aurait-elle refusé de lui montrer son fils si elle n'avait pas été sous la coupe de cette Mlle Paule ? D'ailleurs, celle-ci avait su réapparaître au moment opportun et tout briser par une question volontairement sarcastique : « Alors ces retrouvailles se passent bien ? » Quelle garce ! pensa-t-il. Réflexion faite, il n'était qu'à moitié surpris que Sylvaine se sentît, sinon heureuse, du moins rassurée sous la domination d'une femme pareille. Contrairement à Nicole qui, trop gâtée par son père, avait toujours fait ce qu'elle voulait, Sylvaine était une faible : après lui avoir cédé à lui, Eric, elle obéissait maintenant aveuglément aux ordres d'une virago qui avait réussi à lui faire comprendre qu'elle n'agissait que pour assurer son bonheur.

Mais d'où pouvait bien venir la redoutable Paule ? Sans doute de l'une de ces écoles d'infirmières dont l'enseignement est complété par des stages dans les hôpitaux. A force de passer des nuits de garde, elle avait fini par prendre en haine les internes masculins à la désinvolture et aux plaisanteries souvent douteuses... Au bout de dix années, peut-être plus, après avoir franchi tous les stades de son ingrate profession, la petite stagiaire du début avait fini par atteindre le grade envié d'infirmière-chef qui règne en maîtresse absolue sur le personnel subalterne de tout un service médical. Une sorte d'adjudant-chef en jupon qui possède l'aptitude au commandement et l'autorité indispensable pour faire régner la discipline. Ensuite, elle s'était probablement lassée de ce métier de cerbère, ou bien le Pr Torvay l'avait remarquée pour sa réelle compétence. Il lui avait fait quitter l'hôpital et l'avait choisie comme assistante dans son propre cabinet de consultation... Ainsi avait-elle pu manigancer, avec quelle jouissance ! cette diabolique histoire dont lui, Eric, était devenu la victime.

« Et maintenant, se dit-il, comment agir pour récupérer mon fils ? » Il ne le savait trop. Aussi jugea-t-il préférable de ne rien révéler de cette visite à son épouse. En revanche, dès demain, il retournerait chez l'avocat, devenu son conseiller, pour tout lui raconter. Seul ce dernier saurait peut-être trouver la solution. Car ce Victor Deliot méritait certainement la plus grande confiance. N'avait-il pas choisi, en premier lieu, de placer son client – au risque de le perdre – devant une réalité qui était loin d'être encourageante ?

Allongé dans le noir auprès de Nicole qui dormait assommée par les tranquillisants, Eric Revard repassait dans sa tête la suite des événements qui l'avaient conduit à la situation plus qu'ambiguë où il se trouvait aujourd'hui.

Tout avait commencé par la rencontre avec Sylvaine, la séduisante styliste de mode, un soir, à un dîner chez des amis. Ce fut le coup de foudre pour la jeune femme. Au point qu'elle eut vite fait d'abandonner le photographe avec qui elle vivait et dont la situation était beaucoup plus modeste que celle de ce jeune cadre qui occupait déjà un poste important dans une grosse affaire industrielle : l'amant sérieux capable de devenir plus tard l'homme de sa vie. Sans hésiter, elle accepta d'habiter avec lui dans l'appartement un peu vieillot, mais imprégné de poésie, qu'ils avaient déniché ensemble quai aux Fleurs. Lui-même quitta sans regret la garçonnière du VIIIe arrondissement où il avait vécu jusqu'alors en solitaire.

Ainsi passèrent deux années, sans qu'il fût question entre eux de mariage. Sylvaine l'aurait peut-être souhaité, mais elle n'en manifesta rien. Quant à lui, il ne l'avait jamais envisagé : il ne se sentait pas mûr pour ce genre de liens. Chacun continua donc, de son côté, à exercer sa profession. Ils se retrouvaient le soir pour dîner, pour sortir, pour s'amuser. Ils profitaient aussi des week-ends et des périodes de congé pour s'évader, selon la saison, soit sur la Côte d'Azur, soit aux sports d'hiver. En somme, ils étaient heureux et leur bonheur donnait l'impression d'être complet. Sylvaine avait un caractère en or : jamais une colère, jamais une plainte, toujours d'accord avec les décisions que prenait son amant. Aussi douce que jolie, elle n'était cependant pas alors ce qu'on pouvait appeler « une beauté »... Ce n'était qu'aujourd'hui, pensa Eric, remâchant dans la nuit ses souvenirs, qu'elle était devenue belle, depuis son accouchement : beaucoup plus belle – il fallait le reconnaître – que ne l'était Nicole son épouse ! Et cette transformation physique et morale l'obsédait. A se demander si l'évolution ne s'était pas produite à dater du jour où il l'avait quittée. Ce n'était quand même pas le pouvoir insolent de Paule Bernier qui pouvait avoir engendré une pareille mutation ! Il avait fallu autre chose, un motif beaucoup plus fort. La maternité ? Et dire qu'il n'avait jamais voulu d'enfant d'elle !

Avec Nicole les choses s'étaient passées tout différemment. La première fois où il l'entrevit, au cours d'une réception donnée par son père dans le somptueux appartement de l'avenue de Suffren en l'honneur des principaux cadres des établissements Varthy, la jeune fille ne l'intéressa guère. Certes, elle était loin d'être laide, mais ni sa blondeur, ni ses yeux bleus, ni sa silhouette n'attirèrent son attention. Son plus grand mérite était, au fond, d'être l'unique héritière des produits Varthy. A cette époque, Eric était encore très heureux avec Sylvaine. Elle lui suffisait.

Et puis, les mois passant, il revit cinq ou six fois la blonde héritière. Sylvaine aussi était blonde mais le handicap pour elle venait de ce que sa blondeur ne pouvait pas s'abriter derrière le moindre héritage ! Les différentes rencontres avec Nicole se produisirent fortuitement. Un matin, dans le bureau directorial de papa où elle était venue le rejoindre pour l'accompagner à l'enterrement d'un vieux cousin ; ce jour-là, vêtue de noir pour la circonstance, Nicole parut à Eric plus jolie : le deuil ne sied-il pas aux blondes ? Un autre jour, alors qu'elle attendait son père devant la porte d'entrée du siège social, au volant d'une *Porsche* vert bouteille : Mademoiselle ne se refusait rien et le jeune homme dut reconnaître que la teinte de la voiture s'harmonisait parfaitement avec celle de la chevelure... Trois semaines plus tard enfin, au cours d'un déjeuner imprévu au domicile de Jacques Varthy où celui-ci l'avait entraîné pour continuer à parler avec son jeune directeur commercial d'un nouveau marché étranger.

– Où déjeunez-vous ? avait brusquement demandé le P.-D.G. après avoir consulté sa montre.

– Mais comme d'habitude : dans un petit restaurant qui n'est pas loin d'ici et qui n'est pas mauvais. Je n'ai pas le temps de rentrer chez moi.

Chez lui ? C'était quai aux Fleurs où Sylvaine, elle non plus, ne rentrait pas pour midi. Et puis, chez lui, qui était aussi bien « chez Sylvaine », on n'avait jamais pris l'habitude bourgeoise de faire la cuisine. Le seul repas que Sylvaine était à peu près capable de préparer était le petit déjeuner, et encore ! C'était une artiste, non une maîtresse de maison !

– Aujourd'hui, mon cher Eric, avait déclaré le patron, vous ne déjeunerez pas dans votre restaurant, mais chez moi... Je vous préviens tout de suite : ça se passera en toute intimité. Il n'y aura que ma fille et moi. Quant au menu, je ne garantis rien, mais enfin Nicole et moi sommes gourmands et nous avons une bonne cuisinière.

– Ne craignez-vous pas que ma venue à l'improviste n'importune Mlle Varthy ?

– Je voudrais bien voir ça ! Cela prouve aussi que vous ne la connaissez pas ! Nicole ne rêve que d'imprévu... Il n'y a chez moi qu'une personne qui m'en voudra de vous avoir amené : Octave, mon valet de chambre qui joue aussi les maîtres d'hôtel. Il déteste rajouter un couvert à la dernière seconde, sous prétexte que cela dérange la belle ordonnance de la table ! Une table d'ailleurs beaucoup trop grande pour Sylvaine et moi. Nous ne sommes presque toujours que tous les deux, à nous regarder en chiens de faïence, sans grand-chose de nouveau à nous raconter ! Depuis des années que dure ce tête-à-tête, je crois que nous nous sommes à peu près tout dit ! Avec une jeune fille de vingt et un ans, on ne peut quand même pas parler uniquement de produits d'entretien !

– Mais n'est-ce pas ce que nous allons faire si vous m'emmenez chez vous ?

– Ce sera différent, jeune homme ! Nous ne parlerons pas exactement des produits, mais plutôt de la façon dont nous devrons nous y prendre pour les vendre dans un pays étranger. La vente, c'est plus gai ! Venez.

Nicole ne parut pas surprise de voir son père revenir avec l'un de ses subalternes : ce qui fit penser à Eric que ce n'était peut-être pas la première fois... Et tout à coup, cette nuit, alors que continuait sa méditation silencieuse auprès de l'épouse endormie, il se demandait s'il n'avait pas été la victime d'une manœuvre paternelle. M. Varthy, connaissant l'isolement de sa fille, ne lui amenait-il pas de temps en temps quelque garçon à peu près de son âge, susceptible de devenir un compagnon de sortie ? Et – qui sait ce qui peut se passer dans l'esprit d'un homme chérissant son unique enfant ? – peut-être même plus ? Pas un amant, bien sûr. Les solides principes du papa interdisaient d'envisager une pareille solution : Nicole Varthy ne pouvait pas être offerte à n'importe qui sous le prétexte qu'elle commençait à s'ennuyer auprès de son brave homme de père !

Nicole ne dit pas grand-chose pendant le repas. Il est vrai que M. Varthy parlait pour deux. Et, tout en lui répondant, Eric ne pouvait s'empêcher, de temps en temps, de jeter un regard rapide, presque à la dérobée, vers la jeune fille, car il sentait que les yeux bleus ne cessaient pas de l'observer. C'est à la fois désagréable et charmant, gênant et troublant, le regard d'une jeune fille de vingt et un ans qui ne vous lâche plus ! Désagréable parce qu'il y a souvent, dissimulé derrière une attention aussi soutenue, un côté inquisiteur, charmant parce que les yeux manquent rarement de luminosité. Gênant parce qu'on ne sait pas comment leur répondre en présence du chef de famille. Troublant, enfin, parce qu'il n'est plus courant à notre époque qu'une jeune fille vous dévisage ainsi !...

Quatre années plus tard, cette nuit même, Eric s'apercevait soudain que, la première fois où son regard avait croisé celui de Sylvaine, celle-ci ne l'avait pas du tout observé de la même façon que Nicole pendant le déjeuner avenue de Suffren. Les yeux de Sylvaine, bleus eux aussi, mais tirant sur le gris, lui avaient tout de suite fait comprendre qu'elle le voulait. Et, instinctivement, ceux du garçon avaient répondu par un oui plus ou moins discret alors qu'ils avaient plutôt cherché à fuir ceux de Nicole pendant le « déjeuner d'affaires ». Ces yeux-là, d'ailleurs, ne demandaient rien, parce qu'ils savaient d'avance qu'ils obtiendraient tout ce qu'ils voudraient. L'héritière ne possédait-elle pas des arguments trébuchants auxquels il était difficile de résister ?

Quand Eric se retrouva dans son bureau après le déjeuner, il n'était pas rêveur – un garçon aussi pratique et aussi calculateur que lui n'était pas né pour perdre son temps à rêvasser – mais songeur... N'était-il pas évident que celui qui parviendrait à séduire la fille unique d'un Jacques Varthy aurait toutes les chances de succéder un jour au créateur de l'empire des produits d'entretien, surtout s'il s'agissait de quelqu'un qui, comme Eric, était parfaitement au courant de la marche de la firme ? Il restait cependant deux obstacles susceptibles de faire échouer le vaste projet : Sylvaine et Nicole.

La première était éperdument amoureuse de lui : aucun doute à avoir sur la question. Amoureuse non pas en amante tyrannique mais en compagne aussi compréhensive que tendre : le genre de femme dont on se sépare difficilement parce que l'on n'a aucun reproche à lui faire ni la moindre envie de lui causer de la peine. S'il prenait la décision de rompre, il lui faudrait agir avec infiniment de doigté, sinon cela risquerait d'être un véritable drame...

La deuxième, Nicole, n'était-elle pas trop pourrie par le luxe pour avoir l'envie d'aliéner sa propre personnalité au profit de celle d'un époux ? L'héritière Varthy ne donnait nullement l'impression d'avoir compris que le secret de l'amour vrai est l'altruisme. C'était probablement une égoïste, autant que lui-même, Eric... Voilà pourquoi, s'il y avait un jour union entre eux, ce serait obligatoirement un mariage de convenance ou, à la rigueur, de raison, jamais de cœur.

Il eut lieu ce mariage, six mois plus tard, après une pénible scène entre Eric et Sylvaine. Et celle-ci découvrit alors, contrairement à ce qu'elle avait cru, qu'elle n'avait été qu'une maîtresse de parade. Cette scène, Eric ne l'oublierait jamais. Cette nuit, chaque excuse, chaque reproche, chaque réplique, chaque mot échangé ressuscitait dans sa mémoire...

C'est lui qui avait commencé :

– *Chérie, il va falloir que nous nous séparions... Mais, je m'empresse de te le dire, nous resterons toujours les meilleurs amis du monde.*

– *C'est donc ça qui a empoisonné les dernières semaines que nous venons de vivre ensemble ! Je sentais bien que tu me cachais quelque chose. Ces prétendus « dîners d'affaires », ces absences répétées de deux ou trois jours sous prétexte de séminaires en province, c'était une femme !*

Devant son mutisme, elle reprit, sur un ton qui était plutôt celui de l'étonnement que du reproche :

– *Tu ne m'aimes donc plus ?*

– *Ce n'est pas ça...*

– *Ce qui veut dire que tu m'aimes toujours un peu, mais moins qu'elle ?*

– *Sûrement pas !*

– *Alors je ne comprends pas.*

– *Laisse-moi t'expliquer. Ma petite Sylvaine, je crois que je vais me marier... Toi et moi, tu comprends, ce n'était qu'une liaison. Ça ne pouvait pas durer, tandis que le mariage...*

– *C'est du sérieux ! C'est sans doute pourquoi tu n'as pas voulu m'épouser ?*

– *Si je me marie, je te le dis franchement, c'est seulement pour assurer l'avenir.*

– *Quel avenir ? Je présume qu'il ne s'agit que du tien et nullement du mien auquel tu n'as même pas dû penser ! Après tout, peut-être as-tu raison, puisque moi non plus je ne m'en suis pas préoccupée. Je me trouvais déjà comblée de pouvoir vivre avec toi... Eh bien, maintenant, puisque tu veux t'en aller, ce présent n'appartiendra plus qu'à mon passé ! Comment est-elle ? Brune, blonde, rousse ?*

– Aussi blonde que toi.

– Elle et moi devons être ton type de femme ! Plus jeune que moi ?

– C'est encore une jeune fille.

– Tu m'en diras tant ! Qu'est-ce qu'elle fait ?

– Elle se contente d'être la fille unique du propriétaire de la boîte où je travaille... Tu comprends ?

– Moins mal... Ainsi tu vas avoir toutes les chances de devenir un jour le grand patron de l'affaire ?

– Tu es très intelligente... Voilà !

– Dis-moi : je me demande brusquement si tu ne m'apprécies pas beaucoup moins que les produits d'entretien ? Si tel est le cas, je pense que nous n'avons plus grand-chose à nous dire... Quand pars-tu ?

– Aujourd'hui si cela t'arrange.

– Tu es donc tellement pressé d'habiter avec elle ?

– Tu n'y penses pas ! C'est à peine si nous sommes fiancés.

– Et, chez les bourgeois, il n'est pas convenable de coucher avec sa fiancée avant d'être passé devant le maire et sans doute aussi devant le curé ?

– Nous nous marierons certainement à l'église. Mon futur beau-père y tient absolument.

– C'est un homme de principes... C'est fou comme tous ces bons principes parviennent à flanquer par terre l'existence d'un couple qui s'adorait ou qui, du moins, l'imaginait...

– Mais nous nous aimerons toujours, chérie !

– Parce qu'il est dans tes intentions de continuer à me voir tout en étant le mari d'une autre ?

– Pourquoi pas ? Nous pourrions nous retrouver de temps en temps ?

– Je croyais bien te connaître après deux années de vie commune mais je me trompais. Jamais je n'aurais pensé que tu pourrais te révéler un pareil mufle ! Sais-tu que je plains ta future femme ? A moins qu'elle ne soit pas plus amoureuse de toi que tu ne l'es d'elle ! Dans ce cas, ça pourra s'arranger entre vous... Vous me dégoûtez tous les deux. Va-t'en !

– Nous n'allons tout de même pas nous séparer comme ça ! Tu ne veux pas que je t'embrasse ?

– Ne l'as-tu pas fait hier soir avant qu'on s'endorme ? C'est suffisant, non ? C'était d'ailleurs un vrai baiser de Judas puisque tu savais déjà ce que tu m'avouerais ce matin... Peut-être vas-tu me demander aussi de quitter les lieux ?

– Reste ici : tu es chez toi.

– Chez moi ? Provisoirement. Je sais que tu t'es arrangé pour payer hier les trois mois de loyer. Tu as dû te dire qu'ajoutés aux trois autres, déjà versés à titre de caution quand nous nous sommes installés, ça me donnerait le temps de me retourner. Ce qui te permet de partir la conscience tranquille ! Mon pauvre Eric, tu es peut-être un brillant directeur commercial chez Varthy, mais dans ta vie sentimentale tu ne vaux rien du tout ! Tes valises sont prêtes ?

– Je vais m'en occuper.

– Je te donne deux heures. Pendant ce temps, je sortirai. J'ai une furieuse envie de prendre l'air ! Quand je reviendrai, j'espère que tu auras eu la décence de déguerpir... Et tu voulais aussi un baiser ? Ah, non ! c'est trop drôle !

Elle s'enfuit, claquant la porte du palier.

Il se retrouva seul dans l'appartement qui les avait tellement enthousiasmés le jour où ils l'avaient découvert. Pendant quelques minutes il tourna en rond, ne sachant trop que faire et mécontent. La rupture ne s'était pas du tout passée comme il l'avait souhaité... Machinalement, il finit par se diriger vers le dressing-room où ses valises étaient entassées à côté de celles de Sylvaine. Il les apporta dans la chambre à coucher pour les déposer sur le lit et commença à les remplir.

Moins de deux heures plus tard, il les déposait sur le palier, et appelait l'ascenseur. Il eut alors une hésitation avant de refermer la porte de l'appartement : devait-il conserver le double des clés ? Finalement il revint dans la chambre et les jeta sur l'une des tables de chevet. Ainsi Sylvaine comprendrait à son retour que tout était bien fini.

Ce que le fil des souvenirs d'Eric ne pouvait pas ressusciter, c'était ce qui s'était passé pour Sylvaine après qu'elle eut brusquement quitté ce qu'elle appelait « leur nid d'amour » du quai aux Fleurs. Elle avait commencé par courir comme une folle, suivant le quai de Corse, puis le quai de l'Horloge. Arrivée au square du Vert-Galant, elle s'arrêta le long de la berge en regardant le fleuve. Et là il s'en fallut de peu qu'elle ne fît le geste irréparable qui la débarrasserait de son chagrin. Car, contrairement à ce que son calme relatif avait pu faire croire à Eric, elle était à bout... Elle avait tellement cru en lui qu'elle en était venue à penser que, même s'il ne l'épousait jamais, leur liaison durerait ! La seule chose importante pour elle était leur amour réciproque. Ou on aime, ou on n'aime pas ! Sylvaine venait d'avoir la preuve cinglante que l'homme qui était tout pour elle ne l'aimait pas et ne l'avait sans doute jamais aimée. Elle n'était pour lui qu'une aventure de jeunesse, une passade. Il tournait brutalement la page pour arriver vite au nouveau chapitre : le beau mariage avec la riche héritière qu'il n'aimait pas non plus. D'ailleurs un garçon comme lui n'aimerait jamais personne à l'exception de lui-même... Et le plus désespérant pour elle, c'était de voir que les gens de cet acabit sont ceux qui réussissent le mieux dans l'existence. Leur égoïsme ne s'embarrasse pas des frontières du cœur, qu'ils franchissent allégrement, en les piétinant s'il le faut, sans en ressentir la moindre honte. Ils savent que seule la désinvolture paie.

Sylvaine avait fait appel à toutes ses forces pour garder un certain contrôle face à son amant. S'il l'avait vue sangloter au moment des adieux, il se serait cru le personnage irrésistible dont elle ne pouvait plus se passer ! N'avait-il pas paru étonné de découvrir qu'elle n'aurait aucune envie de continuer à le voir et à l'aimer, lorsqu'il serait l'époux d'une autre ? Maintenant, seule dans le square à peu près désert, elle se sentait perdue. Touchant aux limites du désespoir, elle se revoyait profitant d'une absence d'Eric pour faire disparaître le fruit de leur amour, cela parce que monsieur ne voulait pas entendre parler d'enfant ! Au fait, ce prétendu voyage d'affaires à Dakar et à Abidjan, motif de l'absence, avait-il seulement eu lieu ? Le traître n'était-il pas plutôt resté à Paris pour faire sa cour à l'héritière ? Alors qu'elle, Sylvaine, pendant ce temps... C'était monstrueux !

Ce qui l'empêcha d'accomplir le saut fatal dans cette Seine où tant de détresses ont pris fin depuis des siècles, ce fut une voix grave derrière elle. Alors qu'elle ne parvenait plus à détacher son regard du mouvement fascinant de l'eau dont le courant avait cette lenteur qui mène inexorablement vers l'infini, cette voix lança avec autorité :

– Ne faites pas ça !

Et une main, aussi ferme que l'avait été la voix, s'abattit sur son épaule, l'obligeant à se retourner. Elle se trouva devant une grande femme brune aux cheveux coupés court, vêtue d'un tailleur noir et dont le regard profond la fixait avec une telle intensité qu'elle se sentit presque vaincue. Il se passa un long moment durant lequel les yeux sombres de l'inconnue semblaient ne pouvoir s'arracher à la contemplation du regard bleu qui reflétait toute la désespérance du monde. Puis la main secourable quitta l'épaule de Sylvaine et la voix grave reprit :

– Aucune douleur, aucune maladie, aucun être au monde ne mérite que vous abrégiez votre existence. C'est pourquoi vous ne devez pas rester ici. Vous allez venir chez moi.

– Mais j'habite tout près !

– Ce n'est pas une raison pour y retourner trop vite ! Si vous êtes partie de chez vous avec l'intention de commettre une sottise, c'est qu'il doit y avoir une raison sérieuse. Vous me l'expliquerez ailleurs, dans une atmosphère plus détendue. J'ai ma voiture. Partons.

– Mais vous-même, pourquoi êtes-vous ici ?

– Par hasard. J'aime ces rives de la Seine et je ne déteste pas, quand mes heures de repos me le permettent, venir m'y promener... Je vous ai vue arriver en courant et je vous ai observée. J'ai tout de suite compris que vous étiez bouleversée. C'est pourquoi je suis intervenue. Vous m'en voulez ?

– Je ne sais pas.

– Venez.

Sylvaine se laissa entraîner jusqu'à la voiture. Un quart d'heure plus tard, elle se retrouvait dans le living-room de l'appartement du square Louvois.

– Asseyez-vous, ordonna la femme brune. Que diriez-vous d'un verre de champagne ? Rien de tel pour remonter le moral : chaque fois que je me sens déprimée, j'y ai recours. C'est pourquoi j'ai en permanence une ou deux bouteilles au frais. Attendez-moi ici.

L'invitée remarqua que le cadre où elle venait d'échouer, guidée par une volonté qui la dépassait, ne manquait ni d'agrément ni de goût. L'hôtesse improvisée revint, portant un plateau sur lequel se trouvaient une bouteille enfouie dans un seau à glace et deux verres en cristal. Elle les remplit et lui en offrit un.

– Je bois à votre féminité, dit-elle en levant son verre.

– Et moi, je dois boire à quoi ?

– A une amitié qui commence.

Toutes les deux vidèrent leur verre.

– Vous vous sentez mieux ? demanda la femme.

– Il me semble. Vous aviez raison. C'est un excellent remède.

– Puis-je connaître votre nom ?

– Sylvaine Varmet.

– Moi, Paule Bernier... Profession ?

– Styliste de mode.

– Moi, infirmière assistante d'un gynécologue. Ce qui vous permet peut-être d'avoir confiance en moi. Un autre verre ?

– Non, merci.

– Racontez-moi maintenant pourquoi vous couriez aussi vite vers la Seine.

– C'est une malheureuse et banale histoire, commença Sylvaine. Je pensais qu'elle ne regarderait que moi mais, après tout, je n'ai rien à cacher, surtout à quelqu'un de votre profession.

Elle parla. Et, à mesure qu'elle avançait dans son récit, elle éprouvait une sensation de soulagement, comme si de se confier à quelqu'un, même inconnu, la déchargeait du poids de son chagrin. Puis elle se tut. Alors sa confidente, toujours calme et grave, prit la parole :

– Votre histoire est cruelle mais, en effet, pas très nouvelle ! N'est-ce pas celle de tous les amants qui se quittent pour une raison ou pour une autre ? C'est pourquoi il ne faut pas vous mettre dans un pareil état... Je sais, il y a eu le regrettable incident de l'avortement. Pour une femme aussi sensible que vous, c'est une blessure longue à se cicatriser ; parfois même elle ne se cicatrise jamais ! Ma profession m'a amenée à me pencher très souvent sur ce cas de femme meurtrie. Mais, maintenant que tout est consommé, vous devez oublier cet enfant aussi bien que celui qui vous l'a fait. Vous êtes jeune et solide : vous pourrez avoir un autre enfant et même plusieurs, si le spécialiste auquel vous avez eu recours ne s'est pas trouvé dans l'obligation de pratiquer certaines ablations regrettables.

– Il m'a dit que j'étais faite pour enfanter à nouveau.

– Alors, soyons optimistes !

– Mais c'est d'Eric que je voulais un fils ! De lui seul !

– Vous dites ça parce que vous êtes encore sous le choc d'une déception. Il existe certainement d'autres hommes tout aussi attrayants et beaucoup plus intéressants que celui qui vient de se conduire d'une façon aussi ignoble avec vous ! Car son attitude a été celle d'un parfait mufle, non ?

– Je ne me suis pas gênée pour le lui dire.

– Croyez-vous qu'il en ait été seulement atteint ? Gentille Sylvaine – vous me permettez de vous appeler ainsi ? –, je connais bien les hommes et aucun d'eux ne m'a jamais enthousiasmée ! Ce ne sont pour la plupart que des jouisseurs, des égoïstes et des lâches. Les femmes sont infiniment plus courageuses ! C'est pourquoi je suis sûre que vous saurez sortir vite de vos ennuis. Cet Eric, bientôt vous l'aurez oublié... Regardez-moi : je me suis toujours passée très facilement des hommes. Aucun d'eux ne m'a jamais rien apporté.

– Pourtant un enfant ?

– Un enfant ? Ne m'avez-vous pas dit que cet

homme les déteste ? Que seriez-vous devenue avec un enfant de lui ?

– J'aurais quand même été heureuse de le garder.

– On dit ça avant que l'enfant vienne au monde, mais après, quand les ennuis et les difficultés commencent – car ce n'est pas rien que d'élever un enfant ! –, on se demande par quelle aberration on s'est laissé engrosser ! Parce qu'on croyait aimer un homme qui se moquait éperdument de vous et qui ne recherchait que la jouissance physique ? Parce qu'on voulait un enfant à tout prix, même sans aimer cet homme ? Parce qu'on ne pensait soi-même qu'aux sensations charnelles ? A laquelle de ces trois catégories croyez-vous appartenir ?

– Probablement à la première.

– C'est pourquoi vous avez sacrifié l'enfant plutôt que l'homme ?

– Oui.

– Alors pourquoi regretter de vous être fait avorter ?

– Parce que ça n'a servi à rien : l'homme m'a quand même quittée !

– Et qu'à défaut de lui vous vous sentiriez moins seule aujourd'hui si vous aviez encore auprès de vous l'enfant qu'il vous a fait ?

– Ce doit être ça.

– Ecoutez un bon conseil : s'il vous arrive à l'avenir d'avoir à nouveau envie d'être mère, évitez la présence du père dans votre existence en ayant recours à la fécondation artificielle. Vous serez beaucoup plus tranquille et vous vous épargnerez le chagrin d'une séparation tel que vous venez de l'éprouver. Quel rêve d'être mère célibataire dans de telles conditions ! Répondez-moi franchement : vous aimez faire l'amour ?

– Connaissez-vous beaucoup de femmes qui détestent ça ?

– Il en existe plus que vous ne le croyez ! Il y a même d'innombrables femmes auxquelles le seul fait de s'accoupler avec un homme fait horreur... Moi la première !

– Vous n'avez donc jamais fait l'amour avec un homme ?

– Si. Il y en a un qui a essayé quand j'avais dix-huit ans... Une vraie brute ! Ce fut horrible ! Un cauchemar pour moi ! Depuis, je me suis juré que plus jamais un homme ne me toucherait ! J'ai tenu parole.

– Mais n'avez-vous pas l'impression que votre existence est vide ?

– Pourquoi vide ?

– Mais tout simplement vide d'amour !

– L'amour ? Pour moi il se présente très différemment de celui, bestial, que vous avez connu. L'amour c'est fait de douceur, de mille et une attentions, de prévenances, de générosité, de tendresse permanente, de caresses aussi... Un jour viendra où je t'apprendrai le véritable amour. Ça ne t'ennuie pas que je te tutoie et que je t'appelle par ton prénom ? Il est si joli et il te va si bien ! Toi aussi tu dois me dire « tu » et m'appeler par mon prénom : Paule... Tu aimes ?

– Je ne sais pas encore... En tout cas, ce n'est pas un prénom tellement fréquent pour une femme.

– Ne trouves-tu pas qu'il est infiniment plus évocateur au féminin ?

– C'est possible...

– Tu verras, tu t'y habitueras. Tout le monde s'est familiarisé avec lui autour de moi, aussi bien quand je travaillais dans les hôpitaux que maintenant au cabinet de mon patron, le Pr Torvay.

– C'est un professeur ?

– L'un de nos plus grands gynécologues. On commence à beaucoup parler de lui parce qu'il se lance dans des expériences passionnantes.

– Quel genre d'expériences ?

– Justement : la fécondation de femmes qui désirent être mères sans être contraintes de subir le contact de l'homme... C'est là le véritable avenir de la femme de notre époque !

– Mais si elle adore comme moi faire l'amour avec un homme ?

– Elle n'aime cette façon de s'offrir que parce qu'elle ignore l'autre manière d'être aimée. Si tu y goûtes un jour, tu ne pourras plus jamais t'abandonner à un homme, je te le jure !

– Vous permettez que je réfléchisse avant de me laisser convertir ?

– Mais tu es libre de faire ce que tu veux ! Actuellement mon rôle à ton égard, lié à ma profession même, se limite à essayer de te soigner. Physiquement tu n'en as pas besoin, mais moralement... La véritable infirmière ne doit-elle pas se pencher avec clairvoyance sur les peines psychiques, souvent plus longues à guérir que les douleurs physiques ? Et si tu ne tiens pas à me revoir, tu peux me le dire tout de suite. Je saurai disparaître de ton existence aussi promptement que j'y suis entrée tout à l'heure : ce que je ne regrette d'ailleurs pas. Car, j'en suis persuadée, ma rapide intervention était absolument nécessaire au moment où je t'ai vue... J'ose quand même espérer que tu ne garderas pas un trop mauvais souvenir de notre rencontre ? Si elle n'avait servi qu'à faire de nous des amies de passage, ce serait déjà un résultat appréciable. Et si cette amitié voulait bien se prolonger, ce serait encore plus merveilleux ! N'es-tu pas de mon avis ?

– La véritable amitié entre deux femmes doit être plutôt rare ! Les quelques amies que j'ai se montraient jalouses de me savoir avec Eric... C'est vrai qu'il est bel homme !

– Voilà un détail que tu as omis de me signaler au cours du récit de tes malheurs... Je suis très contente d'apprendre que cet Eric est joli garçon. Pendant que tu me confiais ce que tu avais sur le cœur, je ne cessais de me demander : « Mais enfin, pour qu'elle ait adoré cet homme à ce point et qu'elle ressente un tel chagrin à l'idée de le savoir dans les bras d'une autre, il faut qu'il y ait une raison majeure ! » C'était la beauté mâle ! Mon plus grand tort a été de ne pas penser à elle ! Je reconnais, tout en n'appréciant guère les hommes, qu'elle existe parfois. Ce n'est pas fréquent, mais enfin ! Pour moi, un bel homme, dont la virilité s'allie à un visage harmonieux et à un corps bien proportionné, ça me fait penser aux éphèbes de l'Antiquité, tels qu'ils ont été immortalisés par le ciseau des sculpteurs. Malheureusement, quand les hommes sont très beaux, je crains qu'ils n'aient que l'intelligence et la sensibilité des statues ! En tout cas, cet Eric n'a guère su comprendre ta féminité. Mais trêve de réflexions sur les attraits masculins ! Je sens que tu aimerais rentrer chez toi... Maintenant que je te vois plus raisonnable, tu le peux. Et si je t'accompagnais, pour le cas où « il » ne se serait pas encore décidé à vider les lieux ?

– Ça m'étonnerait ! Il avait plutôt l'air pressé de partir.

– Je vais quand même te reconduire en voiture jusqu'à la porte de ton immeuble. J'attendrai en bas. Je ne serai tranquille que lorsque tu m'auras avertie que tout va bien pour toi dans l'appartement.

– C'est très gentil à vous. Nous partons ?

Paule n'eut pas longtemps à patienter à son volant, quai aux Fleurs. Sylvaine, la mine triste, ressortit bientôt de son domicile.

– Il est bien parti, dit-elle. Il a même laissé le double des clés et emporté tout ce qui lui appartenait... J'étais, hélas, certaine que sa décision serait irrévocable.

– Que vas-tu devenir ?

– Aujourd'hui je préfère ne pas bouger d'ici. Dès demain matin, je retournerai à l'atelier me remettre au travail sur les projets de maquettes que m'a commandés un couturier pour sa prochaine collection.

– Ta profession et la mienne sont nos meilleures armes pour essayer d'oublier ce qui nous fait mal... Prends ce bristol : j'y ai inscrit les deux numéros de téléphone où tu peux me joindre s'il y avait urgence ou même simplement en cas de cafard, car tu le connaîtras, le cafard ! C'est normal ! Le premier numéro est celui de l'appartement du square Louvois d'où nous venons : tu m'y trouveras durant la semaine à partir de 20 heures et jusqu'à 7 heures du matin, car je commence tôt mon travail. Tu peux m'y appeler aussi les samedis après-midi, les dimanches et jours fériés toute la journée. Je déteste les fêtes ! Je préfère rester chez moi quand tout le monde est dehors. Et toi ?

– Du temps d'Eric...

– Tu dis déjà « du temps d'Eric » ? C'est bon signe. Tu verras, il va s'éloigner très vite dans tes souvenirs...

– Enfin, lorsqu'il était là, nous partions presque tous les vendredis en week-end : c'était merveilleux... Maintenant je ne sais plus trop ce que je vais faire ! Je ne peux pas supporter la solitude.

– Même si, comme tu me l'as dit, tu n'as pas beaucoup d'amies sûres, tu dois bien en connaître quelques-unes ?

– Je me le demande. Il est vrai qu'auprès d'Eric je n'ai guère pris le temps de penser à elles !

– Tu étais donc si heureuse que ça ?

– J'en avais au moins l'impression.

– Ma pauvre petite ! Bon ! Le deuxième numéro est celui du cabinet de Torvay. Je n'en bouge pratiquement pas de la journée... Et maintenant j'espère que tu ne te sentiras plus tout à fait abandonnée puisque tu peux me joindre à tout moment au bout du fil.

– Merci.

– Toi aussi, tu devrais me laisser ton numéro. On ne sait jamais. Je peux avoir, un jour, quelque chose d'important à te dire.

Sylvaine le lui donna.

– Bien. Je te laisse, reprit Paule. Et, surtout, plus d'enfantillages dangereux ! Promis ?

– Promis.

– Je ne t'embrasse pas : c'est un peu trop tôt... Ça viendra plus tard quand je sentirai que tu manques vraiment de tendresse... Mais ne va pas t'imaginer qu'une telle réserve gêne l'amitié ! Ce serait plutôt le contraire ! Et je suis patiente : j'attendrai que tu m'appelles. Tu te souviendras au moins de mon prénom ?

– Paule...

Après avoir ressassé ses souvenirs une partie de la nuit, Eric jugea urgent de rencontrer Victor Deliot. A 17 heures, il était à nouveau chez l'avocat. Celui-ci écouta sans l'interrompre le récit que l'autre lui fit de l'entrevue avec l'infirmière et sa protégée.

– Il est évident, dit Deliot à la fin de l'exposé, que nous nous trouvons devant un autre problème : la présence permanente de Mlle Paule dans la vie de Sylvaine Varmet. Drôle de bonne femme, cette infirmière ! On se demande où elle veut en venir. Agit-elle uniquement parce qu'elle est amoureuse de votre ancienne amie ou bien mijote-t-elle une sorte de chantage qui lui permettrait de gagner gros ?

– Comment ça ?

– Cette femme a pas mal d'atouts en main... Elle sait qui vous êtes, elle se doute de l'état de dépression dans lequel se trouve votre épouse et n'ignore pas ce que représente votre situation ni surtout celle de votre beau-père ! Elle n'est pas assez sotte non plus pour ne pas prévoir que, si vous suscitiez un scandale en racontant à la presse le mauvais coup dont Mme Revard et vous venez d'être les victimes, les conséquences d'une telle révélation risqueraient de se retourner contre son patron, le gynécologue, et nullement contre elle qui pourrait toujours dire qu'elle n'a été qu'une exécutante subalterne... Donc elle ne risque pas grand-chose ! En revanche, elle pourrait retirer de substantiels bénéfices de cette affaire, si elle proposait, d'une façon ou d'une autre, de jouer l'intermédiaire discrète, prête à rendre service à tout le monde : à votre femme en lui obtenant de la mère porteuse cet enfant qu'elle souhaite élever, à vous en donnant satisfaction à votre légitime orgueil de père, à votre beau-père enfin.

– Et à Sylvaine, qu'est-ce que ça rapporterait ?

– Vous m'avez dit avoir été surpris, hier, par le changement complet de son comportement. Cela ne signifierait-il pas que cette jeune femme est totalement sous l'influence de cette Mlle Paule ? Qu'elle a – si j'ose dire – radicalement viré de bord et ne s'intéresse plus à l'homme avec toute sa virilité ? Que ses désirs les plus intimes la portent maintenant vers l'amante plutôt que vers l'amant ? Ce ne serait pas la première fois qu'un tel bouleversement se produit.

– Ce que vous dites, maître, est d'autant plus inquiétant que j'ai malheureusement eu, hier, l'impression que ce pourrait être vrai... C'était comme si je me trouvais brutalement en état d'infériorité face au pouvoir terrifiant d'une femme et dans l'incapacité de lutter à armes égales avec elle pour arracher Sylvaine à son emprise !

– Pour y parvenir il faudrait d'abord que vous le vouliez sincèrement ! Vous venez de revoir votre ancienne amie après plus de trois années de séparation.

Estimez-vous que vous pourriez encore l'aimer, elle que vous avez délibérément abandonnée ?

– C'est difficile à dire. Je dois avouer cependant que cette nuit, où je n'ai presque pas dormi, je ne pouvais m'empêcher d'établir des comparaisons entre mon épouse et mon ex-maîtresse... Eh bien, c'est cette dernière qui triomphait ! Je ne peux pas affirmer que j'aime à nouveau Sylvaine, mais je l'ai trouvée merveilleusement belle et follement désirable... C'était une nouvelle Sylvaine. Elle n'avait plus rien de la jeune femme d'il y a quatre ans qui se montrait toujours de mon avis et ne cessait de me regarder avec admiration... Ce qui, à la longue, me gênait et m'agaçait ! La Sylvaine d'hier, au lieu de chercher à m'obéir, m'a plutôt donné l'impression de n'avoir qu'une idée en tête : me voir agenouillé à ses pieds. Et c'est moi qui guettais, de sa part, un vague regard de condescendance amoureuse ! Que cela m'arrive à moi, Eric Revard, est impensable...

– ... mais normal ! Cette beauté que vous venez de découvrir avec stupéfaction n'a-t-elle pas sur celle qui porte votre nom l'écrasante supériorité d'avoir réussi à vous donner un fils ? La stérilité d'une épouse n'est-elle pas l'un des plus grands drames du mariage ?

– Ce qui va sans doute vous paraître dément est que cet enfant que j'ai fait commence à m'obséder ! Je n'attends plus que le moment où l'on va enfin me le présenter !

– Peut-être commencez-vous également à l'aimer ? Eh bien, cher monsieur Revard, puisque je vous sens dans de telles dispositions... Car vous n'êtes plus du tout le même homme que celui que j'ai vu hier, assis dans ce fauteuil, et qui m'avait paru n'être que la lamentable incarnation de l'homme bafoué... Vous aussi êtes aujourd'hui tout autre ! Et dire qu'il a suffi, pour que cette transformation se produise, que vous vous retrouviez pendant quelques minutes non pas en présence d'une quelconque mère porteuse mais bel et bien devant la véritable mère de vos deux fils. L'un, hélas, n'est plus de ce monde, par la faute de votre égoïsme ! Mais voilà que l'instinct paternel est en train de se réveiller en vous. C'est cet instinct qui vous fait chuchoter dans le secret de votre cœur : « Eric, tu dois réparer ! Le Ciel ou le destin a voulu qu'un nouvel enfant, destiné à remplacer l'autre, surgisse d'une façon imprévisible dans ton existence. Cet enfant-là, tu n'as pas le droit de ne pas tout tenter pour le placer sous ta protection. Il lui faut son vrai père... »

– Je vous en supplie, maître, assez !

– Jamais assez, monsieur, lorsqu'il s'agit d'aller jusqu'au fond d'un problème pour tenter de le résoudre. Etes-vous venu me consulter, oui ou non ? Alors continuez à m'écouter et nous sortirons d'une situation qui, au départ, paraissait insoluble. M'écouter, cela signifie qu'il faut persister à suivre la ligne de conduite que je vous ai tracée au cours de notre précédent entretien, c'est-à-dire tout tenter pour essayer de reconquérir celle qui donne l'impression de se désintéresser actuellement de vous... Si elle agit ainsi, c'est qu'elle est sous l'emprise de cette conseillère malfaisante que nous commençons à connaître. Ce qui m'amène aussi à la conviction que votre grande ennemie est moins la jeune Sylvaine que l'infirmière. C'est elle qui mène le jeu. C'est elle qu'il faut considérer comme votre pire rivale dans le cœur et dans l'esprit de Sylvaine. En revanche, je ne crois pas qu'il puisse exister une sérieuse opposition entre votre épouse et la mère porteuse : chacune de ces femmes s'est contentée de jouer son rôle, l'une en enfantant et l'autre en se préparant à être une maman tout aussi capable de chérir l'enfant que si elle en était la vraie mère. C'est cette Paule qui a tout faussé ! C'est donc contre elle qu'il faut vous dresser. Mais attention ! en fonction de ces éléments nouveaux, il faut que le travail de rapprochement avec Sylvaine Varmet se différencie sur deux points très précis de celui que nous envisagions hier.

... Premièrement, il faudra que la demoiselle Paule n'assiste pas à votre prochaine rencontre avec Sylvaine. Elle ne doit même pas savoir qu'elle va se produire, ni où elle se passera ! Qu'elle l'apprenne après, parce qu'il est fort possible que sa « protégée » le lui raconte, me paraît beaucoup moins grave. Entretemps, vous aurez su manœuvrer avec, j'espère, plus d'habileté que vous n'en avez fait preuve hier ! Votre seule excuse est d'avoir été pris au dépourvu en découvrant que les deux femmes cohabitaient.

... Deuxièmement, au cours de cette nouvelle rencontre avec votre ex-maîtresse, sachez vous montrer convaincant. Cela devrait vous être moins difficile que la première fois, puisque vous êtes redevenu un peu amoureux d'elle après l'avoir retrouvée transformée et embellie. Inutile de jouer la comédie ni de mentir comme je vous l'avais conseillé. Vous vous contenterez d'être vous-même et de lui parler franchement en exprimant vos vrais sentiments, comme vous venez de le faire devant moi. Croyez-moi : elle saura apprécier ! Comme toutes les femmes sincères, elle comprendra que vous ne vous moquez plus d'elle et, qui sait ? peut-être se laissera-t-elle attendrir et vous montrera-t-elle enfin votre fils, en cachette de la virago. Si cela se produisait, tout le mystérieux mécanisme qui fait, comme l'a écrit le père Hugo, que *lorsque l'enfant paraît le cercle de famille applaudit à grands cris* se déclencherait et nous serions sauvés !

– Mais si nous renouons, Sylvaine et moi, que deviendra ma femme ?

– Mme Revard ? Son plus grand souhait n'est-il

pas que vous récupériez l'enfant ? Alors ! Qui veut la fin... J'espère au moins que vous n'avez pas commis l'erreur de raconter à votre épouse ce qui s'est passé hier ?

– Je m'en suis bien gardé !

– Continuez à ne rien lui dire : ce sera plus sage.

– Mais, en admettant que tout se passe au mieux, c'est-à-dire que je parvienne à faire une trêve avec Sylvaine, à embrasser mon fils, à écarter la Paule, et que nous réussissions à mettre sur pied un projet d'accord malgré la reconnaissance de maternité faite à la mairie du XVIIIe, il arrivera bien un moment où il faudra faire sauter les derniers obstacles pour conclure... Qui s'en chargera ? Toujours moi ?

– Je pense que ce sera le moment où je devrai officiellement entrer en action... Sur ce, filez, cher monsieur ! Vous avez de moins en moins de temps à perdre. Et continuez à me tenir au courant. Je ne vous dis pas « bonne chance » puisque je sais, depuis que vos sentiments se sont modifiés, qu'il y a un bon Dieu pour les amoureux.

Chaque fois qu'il revenait de son bureau pour rentrer chez lui, Eric était plus inquiet : dans quel état retrouverait-il Nicole dont la prostration silencieuse alternait avec des colères épouvantables où elle brisait tout ce qui lui tombait sous la main. Ou bien c'étaient des pleurs, des plaintes interminables, parmi lesquelles l'une revenait, lancinante, presque quotidienne :

« Pourquoi une telle malédiction s'est-elle abattue sur moi ? »

Son époux, observant les consignes données par Deliot, semblait assister impuissant et presque résigné à ces scènes qui rendaient l'atmosphère de plus en plus pesante. Et, pourtant, il n'y avait pas eu de jour, alors qu'il était censé se trouver encore au bureau, où il n'avait été rôder aux alentours de l'immeuble du square Louvois avec l'espoir très chimérique d'y entrevoir Sylvaine et peut-être aussi son fils auquel elle aurait fait prendre l'air. Mais il ne vit ni la mère ni l'enfant. Il est vrai, se dit-il, que ce dernier respirait tout aussi bien et même mieux sur la vaste terrasse du sixième étage. Dans ces conditions, comment rencontrer Sylvaine, toujours calfeutrée, peut-être séquestrée dans le repaire de l'infirmière ? Justement, la jeune femme avait parlé d'une autre garde qui restait en permanence à côté de l'enfant au fond de l'appartement. Qui pouvait-elle être ? Sans doute une consœur de Paule, infirmière comme elle, qui haïssait peut-être les hommes, elle aussi. Eric imaginait très bien une sorte de mafia féminine créée et dirigée par la redoutable Mlle Paule afin de l'empêcher de revoir Sylvaine et surtout de faire la connaissance de son fils : cela en vertu de la loi du talion, pour lui faire payer très cher sa lâcheté et son égoïsme.

Egoïste ? Ça c'était vrai. Et cet égocentrisme le poussait aujourd'hui à se croire le plus malheureux des hommes. Si ses qualités de commerçant diplômé, ajoutées à son ambition démesurée, avaient mérité un avancement fulgurant dans la hiérarchie financière et sociale, pourquoi le destin s'acharnait-il contre lui ? N'était-il pas profondément injuste que son épouse se soit révélée stérile, que son ancienne maîtresse se soit fait faire un enfant par lui à son insu, qu'une abominable lesbienne ait mis le grappin sur cet enfant et sur la mère, que son beau-père soit devenu son pire ennemi au lieu d'être l'allié familial qui s'apitoie sur la multiplicité de tant d'ennuis, que les gens enfin autour de lui se gaussent de sa situation d'époux ridicule ! C'était surtout ce dernier point qui l'obsédait et qui le rendait à demi fou, lui le très brillant Eric Revard dont tout le monde avait envié jusqu'à ce jour la réussite exceptionnelle. Il y avait aussi, ajoutée à cette avalanche de catastrophes qui l'obligeaient pour le moment à baisser la tête, une blessure toute personnelle mais profonde. Il avait beau refuser, par orgueil, d'en reconnaître l'existence, elle était là, toute prête à s'agrandir et à se rouvrir continuellement. Cette blessure, c'était l'immense désarroi d'un père qui ne parvient pas à voir son fils. Et, pour lui, cette atteinte était absolument imprévisible puisque, quatre ans plus tôt, il ne voulait même pas entendre parler de progéniture...

Accablé par ses propres malheurs et passant le plus clair de son temps à rechercher comment il pourrait y remédier pour retrouver la sérénité, Eric n'avait même pas l'idée de se demander ce qui avait bien pu se passer dans le camp adverse, après la rupture du quai aux Fleurs, pour que Sylvaine en arrivât à ce degré de mépris à son égard. Comme beaucoup de cadres brillants, frais émoulus de ces grandes écoles qui sont faites pour ouvrir toutes les portes, il manquait d'imagination. Et la vie l'avait trop gâté pour qu'il tentât de se mettre à la place des autres, c'est-à-dire d'aimer vraiment. S'il avait su s'oublier quelque peu, peut-être aurait-il pu, ainsi que le lui conseillait l'avocat, rétablir le contact plus facilement avec son ancienne amante en essayant de comprendre comment les événements s'étaient déroulés pour elle depuis trois années.

La première nuit passée seule dans l'appartement déserté par Eric fut atroce pour Sylvaine. Ses pensées erraient sans cesse du vide laissé par l'amant perdu à l'étrange sollicitude manifestée par cette Paule dont elle ne savait trop que penser. Au regret du passé se mêlait en elle l'inquiétude de l'avenir. Comment supporter la solitude ? Où se réfugier pour trouver non pas l'oubli, mais un semblant de paix ? Pourrait-elle jamais aimer quelqu'un d'autre ? Non ! se disait-elle avec une certitude qui l'effrayait. Autre chose certaine : elle ne pourrait continuer à vivre ici, dans ce lieu tout imprégné de souvenirs accumulés à deux. Ce lieu d'où le bonheur s'était définitivement enfui. Incapable de dormir, elle allait du salon à la chambre à coucher, tournant autour du lit sans oser le regarder. Elle s'assit à plusieurs reprises sur le pouf placé à proximité du guéridon où était posé l'appareil téléphonique. Peut-être la sonnerie allait-elle retentir ? Peut-être Eric, pris de remords, allait-il l'appeler pour annoncer son retour ? Mais il n'en fut rien : la sonnerie demeura silencieuse et la nuit s'écoula, interminable. Heureusement, dès demain matin elle retrouverait ses chères maquettes à l'atelier et tout ce labeur de création qui lui permettrait de reprendre goût à la vie. Cela la rassurait un peu. Plus en tout cas que les paroles prononcées par cette femme qui l'avait retenue au bord du gouffre : « Aucune douleur, aucune maladie, aucun être au monde ne mérite que vous abrégiez votre existence... » Facile à dire ! Quand aucun être n'est auprès de vous, comment ne pas sombrer dans le désespoir ? Le lendemain, à l'atelier, à l'une des stylistes qui lui faisait remarquer qu'elle n'avait pas bonne mine, elle répondit brièvement :

– Je sais. J'ai mal dormi. C'est tout.

Mais en se retrouvant toute seule chez elle, le soir, elle s'avoua incapable de passer une deuxième nuit comme la précédente. Elle saisit le téléphone.

« – Allô ! C'est vous, Paule ? Déjà rentrée ?

» – Mais oui... Je ne suis pas femme à traîner le soir, après toutes les misères que j'ai vues se succéder dans la journée ! Tu me vouvoies encore, ma petite Sylvaine ?

» – Je ne vous ai pas tutoyée hier.

» – C'est exact, mais je pensais que, le jour où tu m'appellerais, ça s'arrangerait..

» – Je ne voudrais pas que vous vous mépreniez. Ce dont j'ai besoin avant tout, c'est d'une confidente, une véritable amie qui comprenne la solitude dans laquelle je viens de sombrer et qui me pèse d'une façon atroce !

» – Mais je l'ai très bien compris ! Dans vingt minutes je serai là et je t'emmènerai dîner dans un endroit très gai. Tu y rencontreras des jeunes femmes charmantes et bien élevées, qui te changeront les idées... A quel étage habites-tu ?

» – Troisième droite.

» – Je serai en pantalon. Toi aussi, j'espère ? Pas de chichis ! On sort en filles... A tout de suite ! »

Tandis qu'elle reposait l'appareil, Sylvaine se demanda si elle ne venait pas de commettre une erreur en appelant à son aide cette femme qu'elle connaissait à peine. Tant pis ! Un dîner n'engage à rien. Elle verrait bien...

En entendant le timbre de la porte d'entrée, elle eut un choc, comme si le passé revenait, dissipant brusquement le silence qui avait envahi l'appartement depuis la veille. Le présent, hélas, avait moins de séduction, bien que Paule eût beaucoup de chic en pantalon. Elle montrait un visage radieux.

– Je t'avais prévenue que tu n'échapperais pas au coup de cafard, dit-elle. Ce soir, c'est fini : chasse-le ! La tristesse ne convient à personne... Tu vas voir que la vie à deux peut être encore très belle.

– La vie à deux ?

– La nôtre... C'est étrange, mais je crois que moi aussi je m'ennuyais avant de te rencontrer... Sais-tu qu'il n'est pas mal du tout, cet appartement ? Et quelle vue !

– Tant qu'Eric y habitait, je le trouvais idéal. Maintenant je ne peux plus le voir. Nous partons ?

– J'espère que tu es gourmande ?

– Comme toutes les amoureuses ! L'ennui, c'est que je n'ai plus personne à aimer.

– On croit ça et puis, un jour, ça change... As-tu ton permis de conduire ?

– Non.

– Donc pas d'auto ?

– Qu'est-ce que j'en ferais, grands dieux ?

– Tu as raison : une femme préfère généralement se laisser conduire. A l'avenir, je serai ton chauffeur. J'adore tenir un volant !

– Eric pilotait en vrai champion.

– Eric... toujours Eric ! On ne pourrait pas parler de quelqu'un d'autre ? De toi, par exemple ? Nous roulerons vers le restaurant. Tu devrais me raconter un peu ton enfance... Et maintenant, en route pour Montmartre.

Dès qu'elles furent installées dans la voiture, Paule s'empressa d'interroger Sylvaine :

– Où es-tu née ?

– A Paris.

– Moi aussi.

– Fille unique ?

– J'ai trois frères.

– Tu les vois ?

– Le moins possible. Je ne me suis jamais entendue avec eux.

– Ça ne m'étonne pas... Tu n'es pas du tout faite pour les hommes. Trois frères, quelle horreur ! J'ai eu la chance d'échapper à ce supplice : j'étais seule.

La circulation était dense, mais Paule se faufilait avec maîtrise dans les encombrements.

– Tu vois, dit-elle, si je n'avais pas été infirmière,

je crois que j'aurais pu faire un excellent chauffeur de taxi.

– Infirmière, c'est par vocation ?

– Ce n'est pas que j'aime tellement soigner les autres, mais j'adore commander. Et, pour peu qu'on persévère dans ma profession, on monte en grade et on finit par régner sur beaucoup de gens qui vous craignent.

– Ça te plaît donc qu'on te craigne ?

– J'aime surtout qu'on m'obéisse... Ma petite Sylvaine, nous progressons : sais-tu que tu viens de me tutoyer ?

– Moi ? C'est sans le faire exprès.

– Cela prouve que tu te sens déjà plus en confiance avec moi.

– J'avoue que je me sens beaucoup mieux qu'avec certaines de mes camarades d'atelier.

– Tu les tutoies ?

– Pas toutes.

– J'aimerais tant que tu ne tutoies plus que moi ! Voilà « notre » restaurant.

L'établissement s'appelait *La Réserve*, et cette enseigne se justifiait doublement : l'entrée des lieux était interdite aux hommes – qu'ils fussent du clan des consommateurs ou de la cohorte du personnel – et les femmes qui s'y côtoyaient, soit aux tables, soit au bar, soit à la discothèque aménagée au rez-de-chaussée, faisaient preuve d'une certaine réserve. Ces dames ou demoiselles parlaient entre elles à mi-voix dans une ambiance de confessionnal ; ce n'étaient que chuchotements et confidences ponctués de soupirs. Tout cela échangé sous un éclairage tamisé... Les visages étaient à peine maquillés et les tenues vestimentaires, où le pantalon dominait, assez discrètes. Aucune excentricité, aucun geste, aucune attitude déplacée ne venait ternir l'ambiance feutrée. *La Réserve* était une maison de bonne tenue.

C'est précisément ce que ressentit la novice en découvrant les lieux. Paule, elle, semblait se trouver là tout à fait chez elle. Sourires entendus et regards complices accueillirent la brune infirmière et sa conquête blonde. Il en fut de même pour tous les couples de femmes qui apparurent à l'entrée. Il aurait fallu être rétrograde pour s'étonner d'un tel état de fait. Heureusement pour elle, Sylvaine était bien de son époque : rien ne pouvait plus la choquer, à l'exception de la rupture qu'elle venait de connaître. Aussi ne fut-elle pas longue à s'adapter. Et puis *La Réserve* présentait au moins l'attrait de lui faire voir certaines facettes de la vie très différentes de celles qu'elle avait connues jusqu'à ce jour.

Après avoir dégusté au bar deux cocktails maison, baptisés « pousse-rapières » et préparés par une barmaid accueillante répondant au prénom d'Ambroisine, les deux amies s'installèrent à une petite table, où elles se sentirent immédiatement observées avec curiosité par toutes leurs voisines, en majorité des couples féminins plus ou moins bien assortis. Ainsi pouvait-on voir une grande maigre dînant en compagnie d'une petite plus rebondie, deux fortes filles ensemble, deux mignonnes plutôt chétives, deux « moyennes » sans grand charme... La variété des coiffures et de leurs teintes était également illimitée : toutes sortes de roux (de l'auburn au rouge vif), de brun ou de blond, chevelures frisées très longues ou tondues au ras de la nuque... On découvrait aussi tous les types de femmes : une Asiatique avec une Nordique, une splendide Noire avec une Anglaise à la peau laiteuse, une Slave avec une Mexicaine... Les yeux, enfin, révélaient toutes les gammes de couleurs : bleu pâle, bleu-gris, vert pailleté d'or, marron truffé de minuscules noisettes, noir vraiment noir,

noir un peu moins cruel... Bref, il y avait de tout dans la salle dont les éclairages soigneusement voilés permettaient de faire croire que chacune de ces femmes était dans son genre une beauté. Mais, fait indéniable, et dont Paule avait conscience, parce qu'elle était aussi experte que passionnée, il était impossible de repérer dans le lot un couple mieux assorti ni plus réussi que celui qu'elle-même formait avec Sylvaine.

Cette évidence rendait l'assistante du Pr Torvay folle d'orgueil. N'était-ce pas pour elle, la dénicheuse de jolies filles, une sorte de consécration que de se sentir ainsi jalousée par toutes ses sœurs embrigadées dans la cause féminine ? Dieu sait pourtant si les habituées de *La Réserve*, dont Mlle Paule était depuis longtemps l'une des vedettes, l'avaient déjà vue en compagnie de blondes ravissantes ! Mais jamais aucune de ses conquêtes n'avait encore égalé en personnalité la styliste... La seule qui ne se rendait nullement compte des ravages qu'elle était en train de provoquer était Sylvaine elle-même. Celle-ci, tout en répondant aux questions brûlantes que ne cessait de lui poser sur son passé celle qui s'était érigée en protectrice, ne rêvait encore qu'à son Eric... Où pouvait-il être en ce moment ? Dînait-il avec la riche chipie qui le lui avait volé ? Avait-il seulement, de temps en temps, une toute petite pensée pour elle, la délaissée ?... Enfin la jeune femme commença à regarder plus attentivement autour d'elle et se mit, à son tour, à poser des questions :

– Mais toutes ces femmes sont comme toi ? Elles détestent les hommes ?

– Même si elles ne les détestent pas, ils ne les intéressent pas.

– Est-ce parce que l'un d'eux leur a fait du mal, comme à toi ?

– Ou à toi. Ton Eric...

– Il n'est plus « mon » Eric. Il est celui d'une autre... et pourtant !

– Pourtant quoi ?

– Il me manque.

– C'est normal. J'ai déjà tenté, hier, de te faire comprendre que les blessures de cœur sont parfois très longues à cicatriser. C'est pourquoi il te faut une véritable infirmière. Tu verras : si tu me laisses agir, si tu ne te rebiffes pas comme beaucoup de femmes victimes du mal d'amour, je parviendrai à te guérir. Tu ne penseras plus à cet homme !

– Crois-tu ?

– J'en suis sûre, si tu m'écoutes. Non seulement tu ne le regretteras plus mais tu n'auras plus jamais envie d'un autre homme ! Car il est faux de dire que, dans la vie d'une femme, il y a toujours un homme pour en remplacer un autre !

– Eric, lui, avait complètement supplanté dans la mienne celui qui l'a précédé !

– Qu'est-ce qu'il faisait, celui-là ?

– Photographe.

– Une relation de métier, sans doute. Tu as dû le rencontrer dans un atelier de mode ?

– En effet.

– Ce genre d'aventure ne dure jamais bien longtemps ! C'est exactement comme pour nous, les infirmières, quand nous débutons dans les salles de garde : les internes ne valent pas mieux que les photographes.

– Celui qui s'est conduit en brute à ton égard était un interne ?

– Oui. Seulement j'ai tout de suite compris : j'ai su lui résister. Si tu avais agi ainsi avec ton photographe, tu ne serais pas tombée sous la coupe de ton Eric !

– Mais le photographe n'était pas le premier !

– Tu as donc aimé les hommes à ce point ?

– Je n'ai jamais pensé aux femmes... Je crois que ce n'est pas dans ma nature. Elles ne me disent rien ! Je ne comprends même pas comment toutes celles qui nous entourent en ce moment peuvent vivre ensemble. Cela me paraît un non-sens... Tu crois qu'elles s'aiment vraiment ?

– Elles s'adorent !

– Et qu'elles sont heureuses ?

– Elles te donnent l'impression de ne pas l'être ?

– Elles n'ont pas l'air très gaies...

Paule, décontenancée par cette remarque, garda un instant le silence.

– Tu sais, reprit-elle enfin, si tu voulais absolument que je te trouve un homme pour remplacer Eric, je pourrais peut-être t'aider. Le fait de n'en avoir jamais cherché un pour moi ne m'a pas empêchée de rencontrer quelques garçons qui présentaient un certain intérêt.

– Des médecins ?

– Pas forcément. Ceux auxquels je pense sont surtout des hommes mal mariés qui ne demanderaient surtout qu'à refaire leur vie.

– Tu irais jusqu'à jouer pour moi ce rôle d'intermédiaire ?

– Quand on aime quelqu'un, ne tente-t-on pas tout pour le rendre heureux ?

– Tu ne vas tout de même pas me faire croire, alors que nous ne nous connaissions pas il y a trois jours, que tu m'aimes déjà ?

– Quand tu as rencontré Eric, au bout de combien de temps l'as-tu aimé ?

– Immédiatement !

– Alors ? Tu n'as qu'à imaginer que je suis un nouvel Eric...

– Mais je ne t'aime pas, Paule ! Je te suis simplement reconnaissante de ce que tu as fait pour moi en venant à mon secours à un moment où je me sentais perdue. Mais de là à...

– ... devenir ma compagne, il y a une marge ! C'est ça que tu veux dire ?

Paule avait parlé sur un ton chagrin. Comme Sylvaine se taisait, elle enchaîna :

– Peux-tu m'expliquer pourquoi tu m'as téléphoné tout à l'heure ?

– J'avais besoin d'entendre une voix amie... Où tu as raison, c'est quand tu m'as dit que nous pouvions devenir de grandes amies... Je pense que nous le sommes et j'ai même la conviction que nous le resterons. N'est-ce pas déjà beaucoup ?

– C'est immense ! Cela t'amuserait-il de descendre à la discothèque pour danser avec moi ?

– Pourquoi pas ? J'adore la danse. C'était l'un des rares points de discorde que nous avions entre nous, Eric et moi : il la détestait !

L'éclairage de la discothèque était plus que confidentiel. Il semblait aussi que le rock ou autres trémoussements modernes n'intéressaient guère la clientèle : c'était le slow, avec ses langueurs et sa lascivité, qui convenait le mieux à ces couples de femmes dont les corps enlacés se fondaient dans la demi-obscurité et dont les visages, tendus et passionnés, laissaient entrevoir des bouches gourmandes qui parfois se rapprochaient. Tout cela enrobé dans le charme langoureux de la mélodie. Paule était « un merveilleux cavalier », dont la maestria se doublait d'une prodigieuse sensualité. Jamais Sylvaine n'avait ressenti une telle émotion en dansant. Aucun des hommes qu'elle avait connus jusqu'alors, Eric y compris, n'avait réussi, uniquement en la serrant contre lui, à lui communiquer de tels frissons. Comme si un fluide mystérieux émanait de sa partenaire, lui communiquant sa force tranquille, sûre d'elle, réchauffante. Plaquée contre la poitrine de cette femme, Sylvaine ne pensait même plus aux joies qu'elle avait connues dans les bras d'un amant. Elle se sentait protégée comme elle ne l'avait encore jamais été : Paule devenait pour elle une sorte de rempart dressé face à toutes les vilenies qui l'avaient blessée. Troublée, l'âme et les jambes en coton, et pourtant délicieusement bien, Sylvaine se découvrait prête à céder, sans même tenter de résister, au besoin de possession de l'autre. Et celle-ci, qui connaissait son pouvoir, savait par avance qu'elle réussirait, grâce au frôlement des deux corps, à obtenir un commencement de soumission. Elle eut aussi l'habileté, pendant les premières minutes de la danse, de ne pas prononcer une seule parole. C'est quand elle sentit sa proie défaillir qu'elle demanda de sa belle voix grave :

– Peut-être en as-tu assez et préférerais-tu que nous nous en allions ? On étouffe dans cette cave !

– Tu as raison, chérie.

Ce « chérie » avait jailli spontanément sur les lèvres de Sylvaine, mais Paule eut l'intelligence de paraître ne l'avoir pas remarqué. Ce tout petit mot banal en lui-même, et souvent galvaudé, ne présageait-il pas d'autres appellations plus tendres, tout un langage d'amour exprimant l'harmonie totale entre deux êtres du même sexe ?

Pendant qu'elles se dirigeaient vers la sortie, Sylvaine confia :

– Je ne veux pas retourner quai aux Fleurs. J'ai peur d'y mourir de tristesse cette nuit ! Je te l'ai dit : je ne peux pas supporter la solitude.

– Je vais te ramener chez moi. Tu y resteras le temps que tu voudras. Comme c'est demain samedi, tu pourras dormir tard : la première chose dont tu as besoin, c'est de repos.

– Mais il va quand même falloir que je repasse chez moi, ne serait-ce que pour y prendre quelques affaires ?

– Ne te préoccupe pas de pareils détails ! Je te prêterai tout ce qu'il te faudra et même un pyjama. Comment as-tu l'habitude de dormir ? En chemise ou en pyjama ?

– Le plus souvent nue.

– Cela doit t'aller à ravir. Nous partons ?

Ce fut la première nuit que Sylvaine passa square Louvois. Contrairement à ses appréhensions, elle qui craignait que sa nouvelle amie ne fît preuve de certaines exigences, dès qu'elle l'aurait à sa disposition dans un lit, Paule l'installa dans une chambre assez éloignée de la sienne, une pièce charmante et gaie, meublée avec autant de goût que le reste de l'appartement. Epuisée de fatigue après la nuit précédente sans sommeil, Sylvaine se retrouva allongée et vêtue presque à son insu d'un pyjama de soie un peu trop ample pour ses formes, mais dans lequel elle éprouva très vite la sensation bienfaisante de faire peau neuve. Comme si le pyjama, qui appartenait cependant à une autre, constituait pour elle une sorte de protection la mettant à l'abri de tout contact charnel. Elle avait l'impression de se recroqueviller douillettement sur elle-même dans un cocon de soie... Cette sensation d'apaisement était encore accentuée par la présence silencieuse de Paule. Celle-ci, après l'avoir bordée avec une délicatesse infinie, s'était assise à côté du lit à peine éclairé par la lumière douce d'une lampe posée sur la table de chevet. Pudiquement voilée d'un déshabillé rose n'ayant rien d'agressif, elle observait Sylvaine de son beau regard sombre où une tendresse lumineuse avait remplacé toute lueur de désir. Ce n'était plus que le regard attentif de l'infirmière, quand elle veillait une malade pendant des heures dans une chambre d'hôpital.

Les paupières de « la malade » venaient de se fermer. La respiration, devenue régulière, indiquait qu'elle avait enfin trouvé le sommeil réparateur. Demain, lorsqu'elle se réveillerait, peut-être serait-elle devenue une autre femme ? Mlle Paule se pencha pour déposer un baiser très léger sur les lèvres entrouvertes de la belle endormie, puis se retira sur la pointe des pieds après avoir éteint la lampe.

Quand Sylvaine ouvrit les yeux, la lumière du jour filtrait à travers les rideaux fermés et il lui fallut une bonne minute – après avoir bâillé et s'être étirée comme une chatte paresseuse – avant de se rendre compte de la présence toute proche de Paule, assise, souriante, à côté du lit.

– Tu n'as pas passé la nuit ici ? demanda-t-elle en se dressant brusquement sur les coudes.

– Non, ma chérie. Mais, si cela avait été nécessaire, je l'aurais fait sans hésitation. Les nuits de garde, ça me connaît... Je suis seulement revenue trois fois voir si tout se passait bien : tu dormais. Maintenant je vais t'apporter ton petit déjeuner sur un plateau. Qu'est-ce que tu préfères : thé, café, chocolat ?

– Thé au lait.

– Avec un jus d'orange, des toasts, du beurre, de la confiture, des croissants chauds ?

– Mais c'est un quatre-étoiles ! Même des croissants ?

– Je pensais que tu les aimais... J'ai été t'en chercher à une boulangerie toute proche.

– Alors disons : thé au lait et croissants... Paule ?

Elle lui avait pris la main dans laquelle elle blottit la sienne beaucoup plus menue en ajoutant :

– Jamais je n'ai été aussi gâtée ! C'est fantastique pour moi...

– Eric et ceux qui l'ont précédé dans ta vie ne t'apportaient donc pas ton petit déjeuner au lit ?

– C'est plutôt moi qui le leur servais...

– Je t'ai déjà dit que les hommes n'étaient que des égoïstes ! Eh bien, si tu décides de rester ici, je te promets que tu auras tous les matins ce déjeuner au lit. C'est moi, à l'avenir, qui assurerai ton service... Et tu découvriras comment les petites attentions peuvent modifier une existence ! Les journées commenceront beaucoup mieux pour toi... Par exemple, pendant que tu mangeras, je ferai couler ton bain : à quelle température le prends-tu ?

– J'ai horreur du froid !

– Il sera donc chaud, mais pas trop ! Ce n'est pas sain. Ça amollit, surtout si l'on doit ensuite se rendre à un travail. A quelle heure devras-tu te trouver lundi à ton atelier de styliste ?

– Dans la mode, on n'est pas tellement matinal... Disons vers 10 heures... Mais pourquoi cette question ? Je ne vais quand même pas, malgré ta gentillesse, m'incruster ici ! Il va bien falloir que je rentre chez moi dans la matinée, ne serait-ce que pour me changer.

– Tu y tiens réellement après ce que tu m'as dit hier soir ? Ne crains-tu pas de retrouver chez toi cette solitude que tu redoutes tant ?

– Un jour ou l'autre, je finirai par m'y habituer.

– Telle que je crois te connaître, ce ne sera pas possible. C'est épouvantable, la solitude ! Comme je suis ton aînée, j'ai eu, hélas, depuis plus longtemps que toi la possibilité de la découvrir... Eh bien, crois-en mon expérience : des jours, des semaines, des mois, des années ont passé et je ne suis jamais parvenue à me familiariser avec elle. On dit que l'homme n'a pas été créé pour vivre seul, la femme non plus !

– Tu as pourtant dû vivre avec des amies comme je l'ai fait moi-même avec des amants ?

– J'ai certainement vécu plus d'aventures que tu n'en as connu, mais les choses se sont passées à peu près de la même façon : toi tu recherchais l'homme parfait, moi je rêvais à la femme idéale, mais nous n'avons encore rien trouvé, ni l'une ni l'autre ! Aussi sommes-nous allées de déception en déception.

– Avec mes premiers amis, peut-être, mais pas avec Eric, le dernier. Il n'a jamais été, ni dans mon esprit ni dans mon cœur, une simple toquade.

– Mais toi, petite Sylvaine, dit Paule, qu'as-tu été pour lui ?... (Et, comme l'autre restait silencieuse, elle répondit pour elle :) C'est tout simple : tu n'as été qu'une aventure de plus.

– Ce que tu dis là est affreux pour moi !

– J'ai pourtant bien peur que ce ne soit vrai... C'est pourquoi il faut écouter l'amie sincère qui te dit : « Sylvaine chérie, le moment est venu, après ce que tu viens de connaître, de changer radicalement d'optique amoureuse... Ne te laisse plus abuser par les promesses ou par les boniments de ceux qui ne pensent qu'à leur propre satisfaction et abandonne-toi complètement à quelqu'un qui ne t'aime que pour toi. Ce sera le seul moyen de parvenir à trouver un bonheur durable. Réfléchis, mon amour. »

Ce dernier mot avait été murmuré avec une telle douceur qu'il ne choqua pas Sylvaine. Paule avait vu juste, quand elle avait pensé, la veille au soir, qu'il suffirait peut-être d'une seule nuit apaisante pour que la femme meurtrie considérât au réveil la vie assez différemment. Cela s'était passé sans heurts, sans cris, sans larmes... L'infirmière savait maintenant que Sylvaine commençait à être en condition pour accueillir, sinon avec attention, du moins avec curiosité, le nouveau langage qu'elle aurait été incapable de comprendre quelques jours plus tôt. Mais, précisément, parce que la conversion possible paraissait en bonne voie, pour rien au monde il ne fallait insister ! Suivant la tactique qui lui avait toujours réussi avec ses amantes, Mlle Paule donna l'impression d'oublier en une seconde tous les mots tendres qu'elle venait de prononcer pour revenir, avec un remarquable enjouement, à la plus banale des conversations :

– Je bavarde, dit-elle, j'oublie complètement de t'apporter ce petit déjeuner promis ! Tu dois mourir de faim, chérie ? Ne bouge pas de ton lit, attends bien sagement, je reviens avec les croissants chauds.

Elle s'enfuit vers la cuisine, laissant rêveuse celle dont elle voulait faire sa plus belle conquête.

Le repas terminé et alors que sa protégée s'apprêtait à sortir du bain, Paule, qui prenait de plus en plus l'apparence d'une gouvernante impitoyable – et qui s'était revêtue d'une blouse blanche comme si elle redevenait l'infirmière –, entra dans la salle de bains, tenant grand ouvert un peignoir en éponge et ordonnant :

– Sors vite de l'eau et, puisque tu détestes le froid, j'ai pensé que cela te semblerait délicieux de te réfugier dans un peignoir tiède.

Dès que le corps nu fut debout devant elle, l'infirmière l'enveloppa pour le frictionner. Ce qui fut fait par des doigts expérimentés, sachant caresser les moindres contours avec une vigueur mesurée. Le tissu-éponge, constituant la très douce séparation entre les mains curieuses et le corps presque prêt à s'offrir, permettait certaines audaces tout en évitant le toucher impudique. Sylvaine frissonnait non pas de froid, mais d'une chaleur qu'elle n'avait encore jamais connue sous les caresses d'un homme et qui remplissait son être d'un plaisir insoupçonné. Quand elles furent face à face pour que Paule pût sécher les seins en les palpant avec délicatesse à travers le peignoir, cette dernière eut une réaction brusque : elle serra la poitrine de Sylvaine contre la sienne en l'entourant de ses bras et elle emprisonna dans ses lèvres charnues celles très fines qu'elle convoitait. Combien de temps dura l'étreinte ? Aucune d'elles n'aurait pu le dire. Seule compta la minute d'extase.

S'arrachant enfin à la volupté, la femme brune – qui retrouva à nouveau la maîtrise lui permettant de se contrôler – s'exclama :

– Nous ne sommes pas du tout sages ! Mais avons-nous vraiment envie de l'être ?

La blonde ne répondit pas, la regardant avec étonnement. Son visage avait un sourire indéfinissable, presque imprégné de reconnaissance, qui prouva à son initiatrice qu'elle n'avait peut-être pas eu tellement tort de brusquer les choses... Ce qui l'incita à poursuivre :

– Quelles que soient nos envies, nous devons d'abord penser aux choses sérieuses : tu vas profiter de ce samedi, où tu n'as pas à te rendre à ton travail, pour retourner chez toi prendre tout ce dont tu vas avoir besoin pour vivre ici. Je t'accompagnerai et je t'aiderai à faire ce premier déménagement. Lundi matin, tu iras comme d'habitude à ton atelier et moi chez le gynécologue, mais le soir, ce sera ici que tu reviendras directement sans retourner quai aux Fleurs. Nous nous retrouverons pour le dîner. Si, par hasard, tu arrivais avant moi, cela ne t'empêchera pas d'entrer dans cet appartement que tu devras considérer désormais comme étant aussi bien le tien que le mien ! Je te donnerai lundi matin un jeu de clés. Il me paraît indispensable que tu habites ici pendant une bonne semaine ou même plus, pour voir si tu t'habitues à un changement de résidence. Je te propose là un essai loyal : si tu te sens bien auprès de moi et surtout si tu es heureuse, tu n'auras qu'à rester définitivement. Si, au contraire, tu ne parviens pas à supporter cette nouvelle existence à deux, tu auras toujours la ressource, sinon de retourner là où tu n'as plus du tout envie de vivre actuellement, du moins d'aller t'installer dans un autre appartement que je t'aiderai à trouver.

– Et que ferai-je de celui du quai aux Fleurs ?

– Comme tu n'es que locataire, ce ne sera pas difficile – quitte à perdre le montant des trois mois de caution versés – de le rendre à son propriétaire qui sera enchanté de le récupérer dans de telles conditions !

– Et le mobilier ?

– Qui l'a acheté : Eric ou toi ?

– Tous les deux...

– Donc tu gardes tout ! N'est-il pas juste qu'il te laisse cette petite compensation : ce sera son cadeau de rupture ! T'a-t-il un peu gâtée, au moins, pendant vos deux années de vie commune ?

– Je ne l'ai pas voulu, estimant que le véritable amour n'a pas besoin de cadeaux pour s'affirmer.

– On dit cela mais quand tout est fini et qu'on se retrouve sans le sou – ce qui doit certainement être ton cas – on commence à le regretter et même à se dire qu'on a été une véritable imbécile de ne pas avoir su profiter davantage de la période faste pour se faire offrir certaines preuves matérielles de ce grand amour, ne serait-ce que pour avoir quelques souvenirs tangibles !

– La mémoire de tous les bons moments que nous avons passés ensemble me suffit... Et je ne reste pas sans le sou, puisque je gagne très bien ma vie.

– Mais l'amitié qui succède parfois à l'amour quand celui-ci s'est estompé, qu'est-ce que tu en fais ? Ne dit-on pas que les cadeaux sont faits pour l'entretenir ?

– Quand on a aimé un homme il ne peut plus y avoir d'amitié : il ne reste que des regrets.

– Et lui ? Crois-tu qu'il te regrette ?

– Je ne sais pas.

– Tu le sais très bien, mais tu es une trop chic fille pour dire la vérité que tu redoutes... Je suis sûre qu'il ne t'a même pas offert un bijou ?

– Tu te trompes : j'ai cette bague.

Elle montra son annulaire gauche avec fierté. Après avoir regardé sans la moindre admiration l'anneau d'or banal et dépourvu de toute pierre, Paule avoua :

– Je l'avais déjà remarquée le jour où nous nous sommes rencontrées mais je n'ai pas osé t'en parler... C'est une alliance ?

– Pour moi, c'en était une : Eric me l'a offerte une année après notre rencontre pour fêter cet anniversaire.

– La date est gravée à l'intérieur ?

– Non.

– Ni vos prénoms ? C'est ce qu'on appelle une fausse alliance... Et toi, tu lui en as donné une en échange ?

– Je le lui ai proposé, mais il a refusé, prétextant que ce genre d'échange porte malheur s'il ne se fait pas le jour du mariage.

– Autrement dit, il ne voulait pas qu'on puisse le croire marié, alors qu'il trouvait très bien que l'on s'imagine que tu l'étais !

– Il m'appelait « sa petite femme », ça ne me déplaisait pas.

– C'est tout ce qu'il t'a offert ?

– Pour moi, c'était déjà beaucoup.

– Entre nous, il ne s'est pas ruiné en faisant cet achat ! Et des fourrures, il y a pensé ? Ça doit t'aller très bien, les grands manteaux de fourrure... Tu es faite pour en porter.

– J'ai fini par les aimer à force d'en dessiner sur mes maquettes, mais elles n'existent que dans mon imagination... Elles sont d'ailleurs beaucoup plus belles que toutes les réelles que l'on pourrait m'offrir !

– Pourtant ton amant aurait pu ?

– Je ne suis pas entrée dans sa vie pour le ruiner !

– Quant à ton compte en banque, je ne pense pas non plus qu'il s'en soit tellement préoccupé ?

– Il a bien fait sachant que je ne l'aimais que pour lui. D'abord, s'il gagnait correctement sa vie, il n'avait pas d'argent. Nous partagions tout, sauf le loyer qu'il payait.

– Rassure-toi : il va avoir maintenant beaucoup d'argent !

– Ce n'est pas pour cela qu'il sera plus heureux ! J'en arrive même à souhaiter qu'il soit très malheureux sans moi... Si seulement ça pouvait arriver !

– Ça n'arrivera pas, chérie : l'argent arrange trop bien les choses ! Alors, es-tu décidée, oui ou non, à tenter l'essai de cohabitation que je te propose ?

Après une brève hésitation, elle répondit :

– Après tout, qu'est-ce que je risque ?

– Rien ! Sinon que je te viole...

– Mais comme tu ne peux pas me mettre enceinte... Embrasse-moi à nouveau. Tu le fais très bien !

– Je t'aime.

Sylvaine lui mit la main sur la bouche en murmurant :

– Tais-toi !

Puis elle approcha ses lèvres, devenues gourmandes elles aussi.

L'après-midi même, le premier déménagement était effectué. Un mois plus tard, ce fut le second, définitif. Entre-temps jamais Sylvaine ne manifesta le désir de retourner vivre seule quai aux Fleurs ou ailleurs. Les rares meubles qu'elle voulut conserver furent transportés au domicile qui n'était plus exclusivement celui de Mlle Paule, mais le repaire où deux femmes étaient devenues complices. Et il ne resta plus rien de la vie commune des amants Eric et Sylvaine.

L'habileté passionnée et exclusive de Paule avait fait merveille. Sa maîtrise et sa connaissance de la femme aussi... Les semaines, les mois passèrent. Progressivement, avec une patience et une prudence dissimulant un désir grandissant, l'infirmière, du cœur esseulé, était parvenue à faire dévier ses soins constants vers les envies du corps abandonné et Sylvaine, dominée par l'implacable volonté qui avait réussi à faire naître en elle une nouvelle forme de sensualité, était devenue sienne. La fille blonde en était au point de ne plus pouvoir prendre la moindre décision, même pour son travail, sans demander conseil à celle qui était beaucoup plus que son amie : sa maîtresse.

Presque chaque soir de la semaine, quand elle revenait de l'atelier, elle lui apportait les maquettes en voie de finition pour lui demander un dernier avis avant de les soumettre le lendemain à ses employeurs. La femme brune, qui n'était cependant pas du métier, donnait cet avis, approuvait, désapprouvait, conseillait, tranchait parfois en jetant certains projets au panier et en s'exclamant : « Cette horreur n'est pas digne de toi, mon amour ! » Sylvaine, obéissante, se remettait au travail et recommençait... Par contre il était rare que l'assistante du gynécologue parlât de celles auxquelles elle avait dû apporter ses soins dans la journée : exactement comme si elle était l'homme du couple. Elle semblait ne vouloir mêler en rien sa compagne à son activité professionnelle. Pour elle, c'était tout juste si Sylvaine n'aurait pas dû être la femme installée au foyer, alors que son rôle de chef du couple serait de rapporter chaque jour l'argent qui ferait vivre le ménage. Mlle Paule avait un sens très net de ses responsabilités : c'était elle seule qui commandait. A chaque fois qu'elle avait installé une femme dans sa vie, il en avait été ainsi. Ce qui l'avait amenée à penser que si tous les hommes agissaient comme elle, leurs compagnes seraient plus heureuses : la femme n'est-elle pas née pour obéir ? A l'exception, bien entendu, des femmes de sa trempe !

Les trois premiers mois écoulés, la protectrice – rejoignant en cela la façon de penser d'un Eric qui s'était toujours montré trop sûr de lui – était persuadée que la victoire était complète et qu'il n'y aurait jamais de révolte chez sa nouvelle recrue... Une conquête qui, finalement, s'était révélée beaucoup plus facile qu'elle ne l'avait pensé au début de l'aventure. La hantise de la solitude avait été une puissante auxiliaire ! Parfois l'éducatrice n'avait pas hésité à pousser le machiavélisme jusqu'à demander à son élève, uniquement pour vérifier que cette dernière était définitivement placée sous son contrôle absolu :

– Es-tu bien certaine d'avoir trouvé en moi tout ce que tu recherchais d'amour et de tendresse ? Par moments il m'arrive de me dire : « Paule, fais-tu ce qu'il faut pour rendre ta petite Sylvaine heureuse ? Ne te montres-tu pas aussi égoïste que ces hommes avec qui elle a vécu avant de te rencontrer ? T'es-tu même demandé si la présence d'un homme ne lui manque pas ? » Toutes ces questions restées sans réponse créent en moi une somme de petits remords qui m'obsèdent...

– Tu as tort de te mettre dans de pareils états ! Si j'avais eu envie de rencontrer un homme, je te l'aurais dit... Mais c'est fini. Tu m'as fait passer ce goût !

– Pas de regrets ?

– Aucun regret.

Réponse que la lesbienne savourait avec délectation sans se douter que, tout au fond de son cœur et malgré la ration régulière de plaisir physique qui lui était accordée, Sylvaine continuait à regretter l'absence d'homme. A plusieurs reprises, ayant subodoré, grâce à son instinct presque infaillible de femelle, que ce désir subsistait – malgré ses efforts incessants pour parvenir à faire oublier à Sylvaine le relent de tristesse enfoui dans ses pensées –, la meneuse du jeu n'avait pas hésité à l'entraîner dans des discothèques qui n'étaient pas exclusivement réservées à une clientèle féminine. Et là, elle lui avait susurré :

– Pourquoi ne vas-tu pas danser avec ce garçon qui vient de t'adresser un sourire ?

– Je n'aime plus danser qu'avec toi... Tu sais tellement bien t'y prendre que ton seul contact suffit pour m'apporter une jouissance que je n'ai jamais connue avec un homme !

– Cesse de dire de pareilles sottises ! Je danse comme n'importe quel homme, mais pas mieux... Il est vrai que j'adore conduire et que je déteste être la cavalière ! Et cet autre garçon, ce grand brun qui est en train de te regarder, il ne te plaît pas ? Il a pourtant de très beaux yeux pour un homme !... Et ses mains... Regarde comme elles sont racées !

– Je me fiche aussi bien de ses yeux que de ses mains ! Il n'y a plus que tes yeux et tes mains à toi qui comptent pour moi.

Rassurée, Paule entraînait la vaincue sur la piste de danse. Pouvoir qui aurait pu durer éternellement si un samedi matin Sylvaine ne s'était exclamée, après avoir parcouru *Le Figaro*, que sa maîtresse venait de rapporter en même temps que les croissants chauds :

– Lis ! « Il » se marie aujourd'hui... Ce matin à 10 heures à la mairie et ensuite à midi à l'église Saint-Honoré-d'Eylau. Ensuite il y aura une réception, agrémentée d'un lunch, donnée par le père de la mariée au Pré-Catelan. C'est bien ce qu'il m'avait dit : il épouse la fille Varthy... Nicole Varthy.

– Tu te plonges maintenant dans le carnet mondain ? dit Paule en lui arrachant le journal.

– Ce n'est pas d'aujourd'hui que je surveille quotidiennement la rubrique des mariages, mais depuis qu'Eric m'a quittée. Je voulais savoir s'il finirait par se marier. Eh bien, ce sera fait avant la fin de la journée... Ensuite ils partiront en voyage de noces aux Seychelles, ou ailleurs... Connaissant mon Eric, ce ne sera sûrement que dans un endroit où « ça fait bien d'aller » ! C'est égal... Cela m'amuserait de le voir sortir de l'église en jaquette et donnant le bras à son épouse tout en blanc... Je me demande qui a bien pu faire la robe. La seule chose dont je sois sûre, c'est que ce n'est pas moi qui l'ai dessinée pour un grand couturier ! Je suis nulle dans ce genre de maquettes... Sans doute parce que je déteste les robes de mariées.

– Sauf celle que tu regrettes peut-être de ne pas porter ?

– Tais-toi ! J'ai une idée : si nous allions stationner en voiture vers 12 heures à proximité de Saint-Honoré-d'Eylau ? Ne serait-ce pas savoureux de voir le défilé sans être repérées ?

– Crois-tu vraiment que cela nous amuserait ? Aller là-bas serait assez stupide de notre part ! Peut-être voudrais-tu aussi que nous nous rendions au Pré-Catelan pour féliciter les nouveaux époux ? Alors là ce serait de très mauvais goût ! Et qu'est-ce que ça peut te faire à présent qu'il se marie ? Cela devait bien arriver un jour ou l'autre.

– Comme notre rencontre à toutes les deux ?

– Tu n'es donc pas heureuse ?

– Mais si, chérie ! Le seul ennui c'est que notre liaison ne pourra jamais se terminer par un mariage !

– Qu'est-ce que tu en sais ? Je connais des filles qui, en truquant un peu l'identité de celle qui est le mâle, ont réussi à se marier légalement à la mairie.

– A la mairie peut-être, mais certainement pas à l'église !

– Parce qu'il te faut aussi l'église et tout le bazar ? Je croyais pourtant t'avoir entendue dire que ce qui te plaisait avec Eric, ce n'était pas tellement l'idée de pouvoir l'épouser, mais plutôt celle de vivre le plus longtemps possible avec lui ?

– Eh bien, tu vois : en six mois on change d'avis... C'est vrai qu'il y a déjà six mois ! Le temps passe vite !

– Ça pourrait presque être un compliment pour moi ?

– Je reconnais que, grâce à ta présence auprès de moi, les journées et surtout les nuits m'ont paru moins longues. Nous nous sommes aimées et nous continuerons.

– Enfin une pensée raisonnable ! C'est pourquoi tu dois laisser ce mariage, qui ne te concerne pas, se faire hors de ta présence... Ensuite qu'ils aillent à tous les diables ! Et sais-tu ce que nous allons faire pendant que ton « ex » se mettra la corde au cou ? Aller déjeuner aux environs de Paris... Je t'invite. Que dirais-tu d'un petit coup de Barbizon ou de forêt de Saint-Germain ?

– Nous irons où tu voudras. J'ai tellement pris l'habitude de me laisser conduire que je n'ai même plus de bonnes idées de distractions ! On se met en pantalons ?

– En pantalons !

– Je prends mon bain et je me prépare. Nous resterons loin de Paris toute la journée et nous n'y reviendrons que lorsqu'ils seront partis pour les Seychelles...

– Exactement ! Mais pourquoi t'acharnes-tu donc à les envoyer aux Seychelles ?

– C'est un voyage qu'Eric avait promis de faire avec moi.

– Nous le ferons un jour toutes les deux. Moi, je tiens mes promesses.

Profitant des vacances, elles s'envolèrent pour les Seychelles une année plus tard et n'en revinrent pas trop enthousiasmées. Entre-temps leur liaison s'était confirmée, affermie : cela à un tel degré qu'il semblait impossible qu'elle pût être rompue. L'habitude de vie commune s'était tellement implantée entre elles que des observateurs auraient eu du mal à croire que ces deux jolies femmes n'avaient pas toujours vécu ensemble. La blonde complétait la brune, lui apportant ce qui lui manquait : la féminité. L'aînée était la force, la plus jeune la beauté. Le couple, qui ne cherchait nullement à cacher sa façon de vivre, donnait l'impression d'avoir trouvé une certaine forme de bonheur parfait. L'infirmière commandait avec une douce fermeté, la styliste obéissait avec un plaisir non dissimulé. Cela sans qu'il y ait la moindre apparence de perversité.

Les scènes de ménage étaient très rares, se limitant à quelques petites brouilles passagères pour des vétilles. La jalousie était exclue. On ne parlait plus d'Eric, ni du photographe, ni d'aucun homme : c'était comme si le sexe fort n'avait pas plus compté dans la vie de Sylvaine que dans celle de Paule.

A chaque fois qu'elles s'échappaient de la routine de leur travail respectif pour rouler vers la Côte normande, la Côte d'Azur ou la Costa Brava, c'était Paule qui conduisait. Sylvaine n'avait toujours pas passé son permis et se contentait de parcourir la carte ou le guide des bonnes étapes. Après chaque escapade, elles revenaient bronzées, revigorées, radieuses de vivre et cependant...

Malgré toute cette joie apparente, l'infirmière savait qu'un regret profond et presque indéracinable s'était ancré dans l'âme de sa compagne, malgré tous les efforts qu'elle avait tentés pour lui faire oublier sa blessure... Regret tellement fort qu'il avait même balayé le souvenir d'Eric : le regret qui prend racine dans les entrailles d'une femme et qui ne peut s'atténuer que lorsqu'une nouvelle grossesse vient combler le vide intolérable ! Sylvaine avait besoin d'être à nouveau enceinte. Mais de qui ? Elle ne le savait pas elle-même : il lui fallait un enfant, c'est tout.

La protectrice avait parfaitement compris que si la loi de procréation n'agissait pas une fois encore chez Sylvaine, celle-ci sombrerait tôt ou tard dans une tristesse inguérissable. Le seul remède était donc de la faire féconder comme cela se passait pour beaucoup de clientes du Pr Torvay. Mais, à chaque fois que Paule recommençait à parler d'insémination artificielle, l'amie malheureuse répondait :

– Jamais ! Tu ne voudrais tout de même pas que je sois enceinte d'un homme que je ne connais pas ?

– Mais nous saurions très bien qui il est grâce aux fiches du cabinet ! Personnellement, je pourrais même le voir quand le professeur le recevrait et te dire comment il est physiquement : brun, blond, châtain... S'il est grand. S'il est beau. Il faudra d'ailleurs qu'il soit beau : une femme telle que toi n'a pas le droit d'avoir un enfant d'un homme laid ! Nous le choisirons...

– Seulement, moi, je ne le verrai pas.

– Combien de fois ne m'as-tu pas dit, depuis que nous vivons ensemble, que tu ne voulais plus entendre parler des hommes ? Ce dont tu as besoin, ce n'est pas d'un homme mais d'un enfant... Aussi devrais-tu être satisfaite de ne pas connaître le père. Il y a beaucoup d'hommes qui sont tout prêts à apporter leur semence... On les appelle des donneurs... Il suffit de les payer : ce n'est pas cher. Au fond, c'est une sorte de commerce comme un autre.

– C'est ignoble ! Jamais, je te le répète, je n'admettrai d'être fécondée de cette façon-là ! Je préfère ne plus avoir d'enfant.

Paule savait que son amie se mentait à elle-même.

Deux nouvelles années passèrent pendant lesquelles il ne fut plus question d'insémination, mais cela n'empêcha pas que l'atmosphère devint presque irrespirable dans l'appartement du square Louvois. Pour un rien maintenant, le couple, qui avait connu l'entente la plus complète et même une certaine sérénité, se chamaillait. Paule avait beau continuer à imposer son autorité, Sylvaine n'obéissait plus qu'à contrecœur. L'amour, assez pur dans son genre, qui était né entre elles commençait à se dégrader sérieusement. Ce n'était ni une autre femme, ni surtout un nouvel homme qui était la cause de la mésentente grandissante : c'était – alors qu'aucune des deux n'osait en parler – l'enfant désiré par Sylvaine qui n'était pas là. S'il venait au monde, les choses s'arrangeraient et l'existence harmonieuse du couple reprendrait son cours paisible : Paule jouerait le rôle du père, prenant les décisions importantes pour le trio, et Sylvaine serait la vraie mère qui se penche avec tendresse sur les premiers vagissements de son enfant. Que celui-ci fût un garçon ou une fille n'avait pas grande importance : l'essentiel était qu'il fût plein de vie.

La tension devint telle que Paule, dont la passion pour sa protégée était très sincère, en arrivait presque à regretter de ne pas être cet homme qui aurait pu lui faire un enfant. Car la pensée qu'il faudrait la faire féconder par insémination pour éviter cette folie qui la guettait devenait insupportable pour celle qui haïssait l'homme. Sa seule consolation, si on devait en arriver à cette extrémité, serait de se dire qu'il n'y aurait, pour celle qui était maintenant « sa » Sylvaine, aucun contact direct avec le partenaire masculin qu'elle ne connaîtrait même pas. Ainsi Paule pourrait la garder jalousement pour elle. N'était-il pas à craindre aussi, au cas où on ferait voir même de loin à Sylvaine celui dont on allait lui injecter la semence, que – femme comme elle l'était – elle ne devînt amoureuse de cet inconnu par la grâce duquel elle serait bientôt enceinte ? Cela, il ne le fallait à aucun prix ! La Sylvaine qui venait de vivre depuis près de quatre années auprès d'elle n'avait le droit d'être amoureuse que de Paule. Si jamais elle transgressait cette règle établie une fois pour toutes dans l'esprit de l'infirmière, celle-ci saurait se montrer terrible. Et si un jour Sylvaine l'abandonnait sous prétexte de vouloir être mère en allant rejoindre un quelconque amant, Paule n'hésiterait pas à la supprimer d'une manière ou d'une autre. La seule chose qu'elle pouvait admettre pour ramener l'apaisement dans ce qui était devenu pour elle « son foyer » était l'enfant à condition que le père restât inconnu. L'enfant, rien de plus.

Aussi fut-ce avec une réelle jubilation qu'elle revint un soir de chez le gynécologue en annonçant, rayonnante, à sa compagne :

– J'ai pour toi une nouvelle inouïe ! Sais-tu qui je viens de voir au cabinet de Torvay, cet après-midi ? Eric !

– Quoi ?

– Oui, celui que tu appelais « ton » Eric quand nous nous sommes connues et qui est maintenant celui de sa femme qui se trouvait également là avec lui.

– Comment est-elle ?

– Blonde, fadasse, mièvre... Elle ne t'arrive pas à la cheville ! Peu de charme et même pas très distinguée... Une petite bourgeoise sans envergure dont je ne voudrais pour rien au monde ! Je me demande comment « ton » Eric a pu, t'ayant connue, s'enticher d'une poupée pareille ! C'est bien cela : elle fait poupée de demi-luxe.

– Et lui ! Comment l'as-tu trouvé ?

– Tu avais raison : plutôt beau garçon et ne manquant pas de prestance... L'ennui, c'est qu'il a l'air sinistre.

– Eric ? De mon temps, c'était le garçon le plus gai du monde !

– Il faut croire que la vie conjugale l'a beaucoup changé... Il est vrai qu'avec une femme comme la sienne !

– Elle n'est pourtant pas laide ?

– Ça ne va pas jusque-là. Elle doit pouvoir plaire à ceux qui aiment le genre lymphatique, mais moi, je ne la trouve pas attirante.

– Ce n'est pas ton type, quoi !

– Mon type, tu le connais : c'est toi.

– Je le sais. Pourquoi sont-ils venus consulter ton patron ?

– Pour la même raison que beaucoup de couples en ce moment : ils veulent à tout prix avoir un enfant malgré la stérilité de la femme. Ils ont tout essayé : pour eux c'est le dernier recours. Je t'ai déjà dit que ce genre de traitement est l'une des grandes spécialités de Torvay.

– Autrement dit, ils recherchent, moyennant finance, une mère porteuse ?

– Exactement.

– Le père serait Eric ?

– Evidemment... à condition, bien sûr, que sa semence soit procréatrice.

– Elle l'est, ne t'inquiète pas ! J'ai été bien placée pour le savoir... Et si j'étais candidate pour devenir cette mère porteuse ?

– Toi ! Ça te plairait ?

– Si cela me plairait ! Mais te rends-tu bien compte que c'est un véritable prodige du destin qui a orienté les Revard chez le gynécologue dont tu es l'assistante depuis des années ! Comme Eric ignorera toujours mon nom, je vais pouvoir remplacer le premier enfant de lui, que j'ai porté en cachette, par un second également de lui qui sera tout ce qu'il y a de plus officiel et que je garderai.

– Mais tu seras dans l'obligation de lui donner cet enfant dès sa naissance et tu ne le verras plus jamais !

– Quelle obligation ? Si je comprends bien, c'est ce qui se passe généralement parce que les demandeurs sont des payeurs se croyant le droit d'acheter de la marchandise humaine sous prétexte que l'un des conjoints, le père, a participé à sa fabrication ! Eh bien, pour qu'Eric donne son sperme – c'est de lui seul que j'accepterais un autre enfant et pas d'un autre ! –, il suffira de lui faire croire ainsi qu'à son épouse que Torvay a trouvé la mère porteuse correspondant exactement à celle qu'ils recherchent, toute disposée, moyennant finance, à remplir le contrat ! Si on les fait payer, tel que je crois connaître Eric et le monde de son épouse, ils auront la conviction que la tractation est sérieuse... Il existe ainsi une foule de gens qui n'ont confiance dans une affaire que s'ils y mettent de l'argent !

– Et toi qui ne rêves depuis que tu es « ma compagne » que d'avoir un enfant, tu leur céderais le tien sans regret après l'avoir porté en toi pendant neuf mois ? J'avoue ne plus te comprendre !

– Je viens de t'expliquer qu'on le leur laissera croire, mais le jour où mon enfant viendra au monde, j'annoncerai que je ne peux plus m'en séparer et que je le garderai pour moi seule !

– Pour nous deux, chérie...

– Ça ne me dérange pas du moment qu'il portera mon nom. Tu m'aideras à l'élever sans que nous ayons besoin d'une présence masculine. Tu deviendras un peu son père, toi qui aimes tant régner sur tout le monde !

– Mais que diront les gens qui nous verront toutes les deux ensemble avec un enfant entre nous ?

– Nous nous moquerons de ce qu'ils diront ! D'abord de quoi se mêleraient-ils ? Et ce ne sera pas la première fois qu'on verra une femme au grand cœur venir au secours d'une mère célibataire et de sa progéniture... Ton rôle sera formidable et tu verras que, très vite, tout le monde t'admirera d'avoir un pareil comportement... Elle ne te plaît pas, cette idée ?

– Elle ne me déplaît pas, surtout si elle peut faciliter ton bonheur... Ce que je souhaite avant tout, c'est que tu sois pleinement heureuse.

– Je le serai grâce à la présence de « notre » enfant. Tu sais depuis longtemps que je ne demande rien de plus... Mais, si tu n'es pas d'accord pour que nous vivions ainsi à trois, je m'en irai... Tu sais également que si nous n'agissons pas ainsi, je n'hésiterai pas à te quitter pour aller me réfugier chez le premier homme qui acceptera de m'engrosser.

– C'est du chantage ?

– Prends-le comme tu voudras, mais réfléchis : la solution que j'envisage est idéale pour deux raisons... D'abord elle me permettrait de devenir enfin mère sans avoir eu le moindre contact physique avec un homme, donc sans t'avoir trompée ! Je ne le veux pas d'ailleurs, puisque je t'aime... Ensuite je me sentirai rassurée pour l'avenir : je connaîtrai le père sans que celui-ci puisse deviner qui je suis. Toi et moi nous garderons le prodigieux secret ! Au fond, ce sera ma dot d'épouse : je t'apporterai un enfant exactement comme si tu me l'avais fait... Ça ne t'enchanterait pas ?

– Ce serait très nouveau pour moi. J'avoue n'y avoir encore jamais pensé... Si tu avais cet enfant, je me demande si ce ne serait pas toi, à ton tour, qui me rendrais folle ?

– J'y compte bien ! Ne suis-je pas ta compagne ? Je veux que tu sois aussi amoureuse de mon enfant que de moi-même.

– Tout cela, c'est très joli à imaginer, seulement ça ne me paraît pas très honnête vis-à-vis d'Eric et de sa femme.

– Ce n'est pas toi, après tout ce que tu m'as dit il y a quatre ans sur ce que tu pensais de la conduite d'Eric à mon égard, qui vas m'expliquer aujourd'hui que je me conduis mal envers lui et celle qui n'a pas hésité à me le voler ?

– N'accable pas cette femme ! Peut-être a-t-elle toujours ignoré ton existence ? Les hommes sont de tels menteurs...

– Voilà que tu la défends maintenant ! Ça ne m'étonne d'ailleurs pas avec cette rage que tu as d'excuser les femmes qui ne sont toujours, dans ton esprit, que les victimes des hommes. Eh bien, pour une fois il va y avoir un changement : cette Nicole, que j'ai le droit de haïr, ne sera pas la victime d'un homme, mais de moi, une femme qui se venge de ce qu'elle lui a fait ! Reconnais que, comme règlement de comptes, on ne peut guère faire mieux : lui retirer au dernier moment l'enfant qu'elle a convoité pendant des mois pour la couvrir de ridicule et de honte ! L'idée m'enchante... Pas toi ?

L'infirmière ne répondit pas. Prenant son silence pour de la désapprobation, Sylvaine se fit véhémente :

– Tu ne peux pas savoir à quel point j'ai souffert pendant les trois années qui viennent de s'écouler ! Je t'aimais, bien sûr, et maintenant je t'adore puisque c'est grâce à toi que j'ai fini par me débarrasser du souvenir d'Eric, mais il y a une hantise qui n'a pas cessé de m'envahir : celle de ne plus être mère... Tu le sais mieux que personne, toi qui, devinant mon désarroi et ma peine, m'as proposé l'utilisation d'un donneur inconnu dont je n'ai jamais voulu ! Ce qui m'obsédait aussi était la pensée que mon ancien amant, qui n'avait pas souhaité avoir un enfant de moi, allait presque sûrement être père grâce à celle qui m'avait remplacée, cela non pas parce qu'il s'était mis à chérir les enfants, mais seulement pour consolider sa situation de futur chef d'une famille riche ! C'était tellement lancinant pour moi qu'il n'y a pas eu de jour, depuis que j'ai lu dans *Le Figaro* l'annonce du mariage, où je n'ai continué à surveiller en secret et sans que tu t'en doutes la rubrique des naissances... Et, de semaine en semaine, de mois en mois, d'année en année, comme je ne voyais pas arriver le faire-part qui m'aurait bouleversée, j'en suis arrivée à ressentir une immense satisfaction à la pensée qu'Eric ne parviendrait pas à faire un enfant à cette Nicole ! Je sais qu'une telle pensée est abominable, mais pouvais-je en avoir une autre ? Et voilà que, brusquement, tu m'annonces la prodigieuse nouvelle : c'est elle qui ne pourra jamais donner d'enfant à son mari ! Et ils en recherchent désespérément un autre qui serait engendré dans une autre femme par la semence d'Eric. Cette autre femme ne doit être que moi !

– Si cela se produisait, ça ne te choquerait pas de leur prendre de l'argent comme le font la plupart des mères porteuses ?

– Je t'ai dit pourquoi il fallait qu'ils paient au début, mais, quand l'enfant sera dans mes bras, je leur restituerai la somme. Je ne veux rien leur devoir.

– Je préfère cela.

– Note bien qu'il serait plus normal que je me fasse payer pour enfanter et accoucher plutôt que je ne paie l'un de ces donneurs tarifés dont tu m'as parlé pour qu'il veuille bien consentir à m'apporter sa précieuse semence ! Cette pratique est véritablement scandaleuse !

– Et qui aura la mission d'annoncer aux Revard que tu as décidé de garder l'enfant ?

– Toi. Ne sera-ce pas la plus grande preuve d'amour que tu pourras me donner ? Ce sera toi ou le Pr Torvay. C'est à voir... Venant de lui le coup porté serait peut-être encore plus rude. Et c'est ce que je veux ! D'ailleurs ton patron et toi, vous vous occuperez de tout organiser aussi bien avant qu'après l'accouchement... N'est-ce pas votre travail habituel ? Moi, je me contenterai d'enfanter et d'accoucher : c'est déjà pas mal !

– Tu ne te rends pas compte que je ne peux pas mettre le Pr Torvay au courant de notre projet ! C'est le plus honnête homme du monde ; il n'acceptera jamais que la mère porteuse soit l'ancienne amie du père !

– Depuis le temps que tu travailles avec lui, as-tu l'impression qu'il te fait pleine confiance ?

– Il n'y a aucune raison pour qu'il en soit autrement ! La conscience professionnelle est innée en moi.

– C'est très bien, chérie. Depuis le premier jour où nous nous sommes vues, je sais que tu es une femme de devoir... Pour moi, tu es « Paule l'irréprochable » mais, comme tu m'aimes, tu vas faire une petite entorse – oh ! une toute petite... – à ce sentiment du devoir dans lequel tu vis enfermée en ne disant pas au professeur que j'ai été pendant deux années la petite amie d'Eric... Il n'a pas besoin de le savoir, ni personne depuis le temps que c'est terminé ! Dis-moi : comment se fait ce recrutement des mères porteuses chez ton patron ?

– Cela dépend...

– C'est lui qui s'en occupe personnellement ou

bien se fie-t-il parfois à toi pour trouver et lui présenter la femme offrant toutes les garanties exigées ?

– C'est arrivé.

– Où les as-tu dénichées, ces femmes exceptionnelles ? A *La Réserve* ?

– C'est arrivé également, deux fois.

– Pourquoi ne serais-je pas la troisième ? Au fond, cet établissement est une pépinière de femmes de bonne volonté ! Mais comment as-tu pu être sûre que les habituées de cette boîte à femmes étaient capables d'être fécondées ?

– La plupart des jeunes femmes que tu y rencontres se trouvent exactement dans la même situation que tu as connue : elles ont été enceintes et plaquées. Après s'être débarrassées de l'enfant, elles n'ont plus jamais voulu entendre parler d'hommes... Seulement elles ont donné la preuve qu'elles pouvaient être enceintes. C'était la seule chose qui m'intéressait.

– Parce que à toi elles te racontaient tout ? C'est vrai qu'elles savaient que tu étais une infirmière diplômée et spécialisée en gynécologie... Ainsi avaient-elles confiance.

– Il y avait un peu de cela, mais il existait aussi un autre motif : elles m'aimaient.

– Don Juan ! Et tu as réussi à en trouver deux qui ont accepté... Pour le tarif ?

– Pour le tarif habituel. Elles avaient besoin d'argent... N'était-ce pas pour moi, qui ai horreur de voir des femmes dans la gêne, une façon comme une autre de leur rendre service ?

– Toujours l'infirmière dévouée ! Les enfants sont venus au monde ?

– Parfaitement constitués.

– Leurs « parents » officiels n'ont pas posé trop de questions sur les origines de la vraie mère ?

– Ce ne sont pas toujours des Revard, les parents, et le plus souvent de très braves gens qui sont désespérés à l'idée que leur foyer risque de rester toujours vide de cris, de rires, de taloches, d'arbres de Noël joyeux, de devoirs de vacances, enfin de tous ces petits événements simples qui comptent quand on a un enfant.

– Paule, nous en connaîtrons aussi, toi et moi ! C'est pourquoi il faut vite mettre l'affaire en route, en omettant cependant de raconter à Torvay que tu m'as trouvée le long d'une berge de la Seine...

L'accord ayant été conclu et signé entre les Revard et Torvay, après que l'assistante eut apporté au gynécologue tous les apaisements concernant les qualités exigées de la future mère porteuse choisie pour l'héritier ou l'héritière Varthy, Sylvaine n'eut plus qu'à recevoir la semence prélevée quelques heures plus tôt dans le cabinet du professeur.

Au bout de six semaines, aucun doute ne fut plus possible : la porteuse était bel et bien prise. L'heureuse nouvelle fut annoncée par Torvay lui-même à Eric qui la transmit, très fier de ses possibilités, à son épouse Nicole, folle de joie, qui ne put résister au plaisir d'annoncer à son père chéri qu'il était maintenant en droit d'avoir les plus grandes espérances pour la prolongation de sa lignée. Jacques Varthy à son tour ne voulut pas attendre pour confier aux principaux cadres de son entreprise que son orgueil de futur grand-père serait bientôt satisfait. Puis ce fut la boule de neige et le Tout-Paris apprit, à peu près en même temps que le personnel de l'usine, qu'il n'y aurait plus trop de soucis à se faire pour l'avenir de la célèbre firme. Ce fut l'euphorie grandissante jusqu'au jour maudit où l'ignoble porteuse anonyme fit savoir qu'elle ne se séparerait pas de son fils !

Mais ce dont les futurs bénéficiaires de la tractation ne s'étaient guère souciés, entre l'instant de la fécondation confirmée et le moment de l'accouchement, fut de se préoccuper de ce qui avait bien pu se passer pendant les neuf mois d'attente dans le cerveau et surtout dans le cœur de celle qui était en train de donner vie à l'enfant. Les seules marques d'intérêt qui se manifestèrent à l'égard de la vraie mère se limitèrent aux appels téléphoniques adressés chaque lundi par Eric au cabinet du gynécologue, non pas pour demander si la femme enceinte « *ne trouvait pas sa tâche trop pénible* », mais uniquement pour savoir si « *tout se passait bien* ». Question à laquelle Mlle Paule répondait invariablement sur un ton intentionnellement désagréable par cette autre phrase tout aussi anodine : « *Les choses suivent leur cours normal.* » Après quoi on raccrochait. De temps en temps cependant, mais ce fut assez rare pendant les neuf mois, la voix de Nicole, moins tranchante que celle de son époux, demandait à l'assistante : « *Il n'y a pas de complications ?* » Ce à quoi Paule répondait sur un ton plus aimable : « *Pourquoi voudriez-vous qu'il y en ait, chère madame ? Vous n'avez aucun souci à vous faire.* » Et l'on raccrochait une fois de plus.

Pas de complications ? Elles ne se trouvaient pas dans la gestation physiologique progressive de l'enfant, mais dans les réflexions de celle qui le portait en elle. Un enfant d'ailleurs très raisonnable qui remuait, certes, mais qui avait la délicatesse de ne pas donner trop de coups de pied dans le ventre de sa mère. Un enfant qui saurait sans doute se montrer bien élevé lorsqu'il apparaîtrait dans le monde... Jour et nuit, Sylvaine pensait à lui : le jour quand elle avait très faim, la nuit lorsqu'elle rêvait. Il lui arrivait même de lui parler pendant son sommeil. Ce qu'elle balbutiait sans s'en rendre compte n'était pas toujours très compréhensible, mais c'étaient quand même des mots d'amour. Le matin, quand elle lui apportait le petit déjeuner, Paule ne manquait pas de dire :

– Tu as encore parlé cette nuit. Je t'ai écoutée... Tu ne peux pas savoir à quel point c'est émouvant d'entendre une jeune femme enceinte bavarder avec le petit être qui n'est qu'à elle et qu'elle cache encore à tout le monde.

– Qu'est-ce que j'ai dit ?

– Je ne sais pas. C'était dans la langue mystérieuse que pratiquent seules les mères qui enfantent, mais c'était charmant.

– Tu viens donc toutes les nuits t'asseoir près de mon lit ?

– C'est une habitude que j'ai prise la première fois où tu as dormi ici. Je ne peux plus m'en passer ! Et n'est-ce pas mon rôle, puisque je dois veiller maintenant sur vous deux ? Il n'y a que moi à savoir vous protéger.

Protectrice dont la voix perdait toute sa gravité dès qu'elle se trouvait auprès de la couche de l'amante. Voix caressante qui reprit :

– Chérie, tu as eu raison : la décision que « nous » avons prise d'avoir cet enfant a changé ma vie... J'ai de plus en plus l'impression d'être ton mari et même d'avoir engendré cet enfant avec toi ! Si c'est un garçon, comment aimerais-tu l'appeler ?

– Je ne sais pas encore.

– Il faut y penser : c'est très important, un prénom.

– Et toi, as-tu une idée ?

– Il y a un prénom que j'adore : Sébastien.

– Pourquoi ?

– Sans doute parce qu'il est rare et que je n'ai jamais rencontré quelqu'un se nommant ainsi... Tu ne voudrais quand même pas que nous l'appelions Eric ?

– C'est une erreur de donner à un fils le prénom de son père, même si celui-ci n'a pas pu le reconnaître. Ça crée une confusion.

– Et si c'était une fille ?

– Je ne l'appellerai sûrement pas Paule, parce qu'il

ne peut y avoir dans mon existence qu'une seule Paule au monde !

– Nous trouverons, mais, je ne sais pourquoi, j'ai la quasi-certitude que ce sera un garçon. Tu es une femme à faire des garçons... D'ailleurs, si tu voulais en être tout à fait sûre, maintenant que tu arrives à ton cinquième mois de grossesse, nous pourrions très bien procéder à une échographie qui nous permettrait de voir si oui ou non tu attends un fils.

– Ce n'est pas la peine. J'ai trop voulu ce deuxième fils pour ne pas l'avoir !

Conversation qui se renouvela chaque matin au réveil et chaque soir avant que Sylvaine ne s'endorme. Pendant la nuit, ce n'était pas trois fois, mais toutes les deux heures que l'infirmière, habituée aux veilles des hôpitaux, allait de sa chambre à celle de la future maman pour voir « *si tout se passait bien* ». Le jour, contrainte de se rendre à son travail chez le gynécologue, elle se faisait remplacer par l'une de ses amies, Raymonde, qui avait été infirmière comme elle dans le même hôpital et qui travaillait maintenant pour son compte en allant faire des piqûres ou donner des soins à domicile. Une remarquable infirmière, Raymonde, n'aimant pas non plus tellement les hommes, mais chérissant les femmes et les enfants. Dès les premiers temps où Sylvaine avait été enceinte, Paule s'était adressée à son ancienne compagne de travail :

– Je ne suis pas très riche, mais je te donnerai ce que tu me demanderas pour t'occuper de Sylvaine dans la journée quand je ne serai pas là. Je ne veux pas qu'elle se sente seule ! La solitude a failli la faire mourir... Et, quand l'enfant naîtra et que sa mère reprendra son travail, tu nous remplaceras toutes les deux pour le garder. Lui aussi ne devra jamais être seul, parce qu'il « nous » appartient.

Raymonde, c'était cette garde dont Paule avait

parlé à Eric le jour où il était venu dans l'appartement. Une femme redoutable, sans beauté ni féminité, mais compétente et dévouée. Forte femme aussi : un véritable ange gardien. L'enfant serait bien protégé.

Tous les jours, vers 13 heures, Paule appelait Raymonde du cabinet de Torvay pour s'enquérir de Sylvaine. Avait-elle bien mangé ? Faisait-elle attention à ne pas rester trop longtemps assise ? Elle devait faire de l'exercice et marcher au moins une heure d'affilée de long en large sur la terrasse : c'était indispensable pour éviter l'ankylose ! Une femme enceinte doit bouger ! Qu'était-elle en train de faire ? Levée ou couchée ? Elle lisait ? Tricotait-elle la layette ? La meilleure des occupations pour une femme dans l'attente.

Ce que l'amante, toujours inquiète, ne pouvait savoir, était que pendant qu'elle fabriquait de ses mains les premiers vêtements du petit être qui allait naître, Sylvaine ne pensait plus seulement à l'enfant, mais aussi à celui qui était son père. Et un phénomène, pouvant paraître étrange, mais cependant très normal, commença à se produire : plus la grossesse se développait et plus la femme redevenait, presque à son corps défendant, mystérieusement mais sûrement, amoureuse d'Eric... Cela aussi, c'était une loi de la nature : la femme pleine ne pouvait plus détacher ses pensées de la silhouette, de la personnalité, du visage, du corps de celui qui l'avait mise enceinte une seconde fois, parce qu'elle l'avait voulu en n'admettant pas d'être fécondée par un autre homme qu'elle n'aurait pas connu ni aimé. Quand Paule lui disait qu'elle prononçait des mots d'amour en dormant, tous n'étaient peut-être pas destinés à l'enfant, mais aussi à celui qui l'avait fait en elle. Et elle en arrivait à souhaiter de toute son âme que l'enfant ressemblât à son père ! Peut-être était-ce l'une des raisons pour lesquelles elle aurait un garçon et non pas une fille !

Si elle ne voulait pas de fille, Paule, elle, aurait souhaité qu'elle en eût une : un homme de plus sur la terre ne serait-il pas un ennemi de plus de la femme ? Par moments Sylvaine faisait un rêve éveillé, toujours le même... Un rêve admirable : Eric revenait et se rapprochait d'elle pour caresser avec amour son ventre arrondi dans lequel se trouvait l'enfant... Lui aussi parlait à voix basse, adressant des mots tendres au merveilleux fruit de leur création commune. Un Eric qui restait assis auprès de son lit à cette même place qu'avait occupée Paule et qui ne voulait plus la quitter... Un Eric qui abandonnait tout : la Nicole qui ne pourrait jamais être sa vraie femme, puisqu'elle ne lui donnerait pas d'enfant ; sa situation de P.-D.G. en puissance, les relations qu'il s'était faites, sa réputation d'homme d'affaires exceptionnel, tout ! Absolument tout pour trouver un autre travail plus modeste qui l'empêcherait d'être trop ambitieux et annihilerait cet orgueil démesuré qui le rendait égoïste, un Eric qui ne s'occuperait plus que d'elle, Sylvaine, et de leur enfant...

Rêve insensé qu'elle cacha à Paule pendant toute la durée de sa grossesse et qu'elle conserva jalousement dans son cœur. Dans ces conditions psychiques, l'enfant vint enfin au monde après un accouchement qui fut aussi la délivrance de tous les fantasmes. C'était bien un garçon. On le prénomma Sébastien pour faire plaisir à Paule qui avait demandé à en être la marraine. Pas question de parrain : selon Paule, il ne servirait à rien ! Avec deux femmes aussi attentives penchées sur son berceau, l'enfant du miracle n'aurait plus besoin de personne.

LA LUTTE

Une sorte de routine heureuse semblait s'être installée dans la vie de Paule, Sylvaine et Sébastien. Ce dernier venait d'atteindre son quatrième mois d'existence : c'était un magnifique enfant ayant cette beauté qui est presque toujours celle des enfants de l'amour... Mais n'en était-il pas un, puisque sa mère avait voulu qu'il soit l'œuvre du seul homme qu'elle avait vraiment adoré pendant deux années et à qui elle n'avait pas cessé de penser quatre années plus tard pendant tout le temps qu'avait duré sa grossesse volontaire ? Il semblait aussi que plus rien, depuis la visite intempestive d'Eric quand l'enfant avait à peine deux mois, ne pourrait venir troubler la paix harmonieuse régnant dans l'appartement du square Louvois.

Ce matin-là, Paule se trouvait au cabinet du Pr Torvay et Sylvaine – qui avait repris ses activités après son congé de maternité – était penchée sur la grande table où elle déployait son art de styliste à dessiner les maquettes d'une prochaine collection promettant d'être aussi surprenante que réussie. Sébastien, lui, babillait dans son berceau, installé sur la terrasse dominant Paris et sous la protection de la très dévouée Raymonde. Tout aurait donc dû suivre le cours normal de la matinée, si la directrice de l'atelier où Sylvaine travaillait n'était venue la trouver en lui annonçant :

– Il y a dans l'entrée un monsieur qui vous demande.

– Moi ? Mais je n'attends personne !

– Allez quand même voir. Il dit que c'est important : il s'agit de votre fils...

– De Sébastien ?

Brusquement inquiète, Sylvaine courut vers le hall d'entrée où elle se trouva face à Eric. Suffoquée, elle demanda :

– Qu'est-ce que tu viens faire ici ?

– Il fallait bien que je te joigne quelque part, puisque le domicile où tu habites est mieux gardé qu'une forteresse et que je n'arrive pas, depuis deux mois, à te joindre.

– Et tu viens m'ennuyer là où je travaille, alors que tu n'as jamais eu la curiosité de le faire quand nous vivions ensemble ! Qu'est-ce que tu veux ?

– D'abord te dire que j'ai été très heureux de t'avoir revue il y a deux mois et ensuite te parler de notre fils.

– Ça recommence ! Tu ne pourrais pas dire « ton » fils et non pas « notre » comme je t'en ai prié ?

– Tu ne m'ôteras jamais de l'idée que c'est quand même « notre » fils ! Cela dit, je ne suis pas venu pour te faire une scène, mais, au contraire, pour tenter d'arranger beaucoup de choses.

– Ici ?

– Justement : pas ici ! As-tu toujours ton heure de pause à 13 heures ? Accepterais-tu de déjeuner dans le quartier avec moi, même dans le bistrot où tu as l'habitude d'aller avec tes camarades si cela te convient ? Ça n'aura aucune importance à condition que nous puissions parler seuls à une table. Je te libérerai à l'heure de la reprise de ton travail. Ce que j'ai à te dire me paraît capital pour l'avenir de Sébastien... Es-tu d'accord pour que nous nous retrouvions à treize heures ?

Après une longue hésitation, elle finit par répondre :

– Va m'attendre à un autre restaurant que celui où je me rends d'habitude, cela par précaution : je me doute que ce que tu as à me dire ne concerne personne d'autre que nous deux... Le restaurant est dans la deuxième rue à droite en sortant de cet immeuble. Il se nomme le *Sans-Souci*.

– Un nom qui ne nous convient pas du tout !

– Qu'importe... Retiens-y une table : j'y serai à 13 h 05 au plus tard. Maintenant va-t'en ! Ta visite fait très mauvais effet... Je ne reçois jamais personne ici.

– Si ta directrice te faisait une observation, tu n'aurais qu'à lui répondre que je suis un vague publicitaire venu solliciter ton concours pour un projet d'affiche...

– Comme si tu en avais l'air ! Tu ferais plutôt P.-D.G. arrivé !

– Tu trouves ? Cette appréciation ne me déplaît pas... Avant de filer, puis-je te demander une toute petite faveur ? Peux-tu me faire le plaisir de ne pas appeler ton amie Paule au téléphone pour lui annoncer que nous déjeunons ensemble ? Elle serait capable de rappliquer pour se mêler à notre conversation ! Ce que j'ai à te dire ne concerne que nous et l'enfant. Seulement, lui, il est encore un peu jeune pour s'y intéresser.

– Contrairement à ce que tu sembles croire, je suis très capable de prendre mes décisions toute seule ! Je n'appellerai pas Paule qui doit d'ailleurs avoir à faire des choses beaucoup plus importantes que de t'écouter.

– Merci quand même.

A l'heure dite elle entrait dans le restaurant où il

n'y avait pas grand monde et où il l'attendait, installé à une table du fond. Dès que le menu fut commandé et la serveuse éloignée, elle dit :

– Je t'écoute.

– Ce que je vais t'exposer va sans doute te surprendre... Après une longue réflexion, j'en suis arrivé à penser que, les dés étant jetés maintenant que tu as reconnu officiellement l'enfant, celui-ci t'appartenait légalement et que s'il me restait un droit sur lui, il ne pouvait être que moral. C'est dire que je me sens une certaine responsabilité à son égard, puisque, que la loi l'admette ou non, nous l'avons fait à deux... Mon devoir est donc de participer aux frais de son éducation pour t'aider à faire de lui l'homme qu'il devra être plus tard. Bien entendu, je te promets de ne pas t'ennuyer pour les détails de la vie courante qui ne regardent que toi. Mon rôle se limitera à te verser régulièrement et sans que tu l'aies le moins du monde demandé par jugement – à ce propos je dois t'avouer que j'ai apprécié ta délicatesse – une pension dont tu n'as qu'à fixer le prix. Les paiements pourraient être mensuels et versés automatiquement à un compte, établi à ton nom, que tu m'indiquerais pour t'éviter d'être contrainte de me rencontrer chaque mois, ce qui – j'ai cru le comprendre square Louvois – risquerait sans doute de ne pas t'être agréable.

» ... Je souhaite cependant que – les années aidant – ce qui fut pour nous une très belle liaison se transforme, grâce à l'existence de cet enfant, en une tendresse non pas amoureuse mais « reconnaissante » de part et d'autre pour les merveilleux moments que nous avons connus ensemble. Et qui sait ? Peut-être que, de temps en temps, tu n'hésiteras pas à faire appel à moi pour prendre certaines décisions essentielles – telles que le choix d'une école, d'un collège ou d'un lycée – pour l'avenir de Sébastien. Je pense aussi que tu me connais assez pour savoir que lorsque je prends un engagement, je le tiens : les versements seront effectués sans que tu aies besoin de me les réclamer. Ceci jusqu'à la majorité de l'enfant et même après, si cela s'avérait nécessaire pour lui permettre de poursuivre ses études et de parfaire la formation indispensable permettant que les portes de la réussite puissent s'ouvrir devant lui. Serais-tu d'accord sur une pareille façon d'agir ?

– Chez toi, elle serait évidemment très nouvelle ! A moins que, le mariage t'ayant fait réfléchir, tu n'aies beaucoup changé ? Après tout il est possible aussi que, l'amour paternel t'étant venu sur le tard, tu aies pris la décision de faire pour mon fils ce que tu as complètement oublié de prévoir pour moi. Je veux même bien croire, quand tu me parles en ce moment, que tu es sincère... seulement seras-tu capable de tenir longtemps un pareil engagement ?

– Si cela pouvait te rassurer, je suis prêt à signer un accord écrit dans lequel serait mentionné ce que je viens de te dire, à une condition cependant : que celui-ci, même s'il est établi chez un notaire, reste strictement confidentiel entre toi et moi. Il est indispensable que ma femme ignore toujours – c'est dans l'intérêt même de l'enfant – que celle qui l'a mis au monde est la maîtresse que j'ai quittée pour l'épouser.

– Tu ne lui as donc jamais parlé de moi ?

– Pourquoi l'aurais-je fait ? Mon passé ne la regardait pas.

– En quatre années, elle ne t'a pas posé de questions sur ce passé ?

– Si tu connaissais Nicole, tu comprendrais vite que c'est une femme trop gâtée, qui ne pense qu'à elle et jamais aux autres !

– J'aurais dû être comme elle.

– Mais tu ne l'es pas : ce qui est mieux.

– Te souviens-tu, lorsque nous étions ensemble, que je te posais une foule de questions sur les amies que tu avais connues avant notre rencontre et que tu n'hésitais jamais à me répondre et même à me dire leurs prénoms ! Ce fut ainsi que j'appris qu'il avait existé à différents moments de ta jeunesse une Catherine que tu surnommais Cathy, une Madeleine...

– ... que je surnommais Mad !

– Je finissais par toutes les connaître... C'étaient, sans que je les aie jamais vues, presque des amies pour moi, puiqu'elles avaient su être gentilles avec toi ! Les autres, celles que tu m'as dit s'être montrées méchantes, j'oubliais leurs prénoms et je les détestais ! J'étais assez sotte alors pour me demander comment on pouvait avoir fait du mal à mon Eric. Ton épouse, au contraire, se moque même de savoir que ces femmes ont existé ! Pour elle, moi comprise, aucune n'a compté dans ta vie avant son apparition... C'est bien cela, n'est-ce pas ?

– Un peu.

– Et moi qui la plaignais d'être devenue ta femme ! Ce serait plutôt toi, mon pauvre Eric, qu'il faudrait consoler... Dis-moi, puisqu'elle ne pense qu'à elle-même, elle doit s'apitoyer en ce moment sur sa petite personne, depuis qu'elle n'a pas réussi à devenir mère ?

– Chez nous, c'est l'enfer !

– J'en suis ravie ! C'est tout ce que vous méritez tous les deux.

– Et toi, tu es heureuse ?

– Comme je ne l'ai jamais été !

– Même avec moi ?

Il y eut un silence avant qu'elle réponde :

– Tu ne sais pas ce que c'est que d'être maman, surtout quand on a failli ne jamais le devenir à cause d'une grosse bêtise que l'on a faite avant... Et tout cela pour un homme qui ne vous aimait pas !

– C'était peut-être vrai alors. Disons que tu me

plaisais beaucoup, mais que ça n'allait guère plus loin, tandis que maintenant...

– Qu'est-ce qui se passe maintenant ?

– Je crois bien que je t'aime.

– Tu le crois seulement ? De toute façon c'est trop tard !

– Et toi, tu ne m'aimes vraiment plus ?

Une nouvelle fois elle demeura silencieuse. Se souvenant des conseils de Deliot, il insista :

– Pourquoi ne recommencerions-nous pas à vivre en amants ?

– Tu es fou ! Et ta femme ?

– Nicole ? Depuis cette histoire de faux accouchement, nous n'avons même plus de rapports ensemble... Je te jure que c'est vrai ! C'est comme si elle m'en voulait de ne pas avoir d'enfant à pouponner... Et Dieu sait pourtant si je n'y suis pour rien !

– Tu as raison : c'est moi la seule responsable... Et je m'en glorifie !

– Sylvaine !

– Il est beau, tu sais, mon enfant ! Si je te disais qu'il me ressemble, tu me croirais ?

– Ce n'est pas si mal... A-t-il quand même un peu de moi ?

– Ça va sans doute te vexer, mais je dois te l'avouer : pas grand-chose ! C'est un enfant qui n'est vraiment qu'à moi ! Tu ne manges pas ?

– Je n'ai pas très faim.

– Moi oui... C'est drôle : quand on est enceinte, on a des envies, mais lorsqu'on est devenue mère de famille, on devient gourmande... Ce steak au poivre est excellent ! Verse-moi encore un peu de vin : j'ai soif aussi.

– Chérie...

– Tu dis cela à ta femme ?

– Je ne l'appelle que Nicole.

– C'est un joli prénom, Nicole... Pourtant je trouve

que ça va mieux à une brune qu'à une blonde... Tu m'avais bien dit, n'est-ce pas, qu'elle était blonde ?

– Pas la même blondeur que la tienne.

– Je le sais : une blondeur plutôt fade...

– Qui t'a dit cela ?

– Paule qui l'a vue quand tu es venu avec elle trouver le gynécologue.

– Encore cette femme !

– Pour le moment, je suis la sienne : elle s'occupe très bien de moi et de Sébastien. Si tu savais comme elle l'aime !

– Bizarre ! C'est possible après tout, mais elle ne peut pas l'aimer autant que le ferait un père.

– C'est-à-dire toi ? Eh bien, tu te trompes ! Elle chérit plus cet enfant que tu ne saurais jamais le faire. Sais-tu pourquoi ? Deux raisons... La première, c'est que cet enfant vient de moi et que tout ce qui vient de Sylvaine est sacré pour elle ! La deuxième, c'est que tu n'es quand même qu'un affreux égoïste.

– En te disant tout à l'heure ce que j'ai pensé au sujet de l'avenir de l'enfant, je ne crois pas m'être conduit en égoïste. Et précisément, après cela, ne crois-tu pas que tu pourrais me le montrer, ne serait-ce qu'une fois pour que je puisse au moins me faire une idée plus précise de celui dont je veux financer l'éducation ?

– Je ne t'ai pas encore dit que j'acceptais cette aide matérielle. Il me faut réfléchir...

– ... et en parler à ta Paule ?

– Elle ne m'a jamais donné que d'excellents conseils, mais en fin de compte, ce sera moi seule qui déciderai... Tu ne touches pas au dessert ?

– J'ai de moins en moins faim.

– Tu as tort : il est succulent. Tu prendras quand même un café ?

– Ça, je veux bien.

– Commandes-en deux. Je n'ai plus beaucoup de

temps à te consacrer, mais, avant de te quitter, je tiens à te dire qu'en échange de l'offre que tu m'as faite et que j'ai trouvée plutôt sympathique, même si je devais la refuser, je ne suis pas contre l'idée de te présenter un jour l'enfant que tu as fait. Si je n'agissais pas ainsi, je me donnerais l'impression de n'être, moi aussi, qu'une égoïste, puisque nous avons réussi cette merveille à deux.

– Mais nous serons seuls, toi et moi ? Ça ne se passera pas en présence de l'autre ?

– Elle n'en saura rien. Tu vois : je vais t'imiter en mentant moi aussi... Ta femme ignore que j'existe et Paule ne se doutera pas que je t'ai revu. Si elle l'apprenait, je crois qu'elle serait capable de me tuer !

– Mais enfin...

– Enfin quoi ? Ça te plairait à toi que je montre en cachette à un autre homme l'enfant que tu m'as fait ? Paule est exactement comme toi.

– Qu'est-ce que tu racontes ? Elle n'est tout de même pas le père de cet enfant !

– Depuis le temps que je vis chez elle, j'ai l'impression qu'elle l'est un peu, elle aussi... Tu as toujours le même numéro de téléphone à ton bureau ?

– Le même.

– Et tu y es toujours approximativement aux mêmes heures ?

– De 9 à 12 et de 14 à 18.

– Je t'appellerai un matin entre 10 et 11 pour te fixer l'heure et le lieu de la présentation. Rassure-toi : ce sera peut-être dans un square, mais sûrement pas dans le square Louvois ! Tu verras comme Sébastien est somptueux dans son beau landau... Il faut que je me sauve ! Tu paies ?

– Comme si je ne le faisais pas quand nous sortions ensemble !

– Pas toujours ! Souvent nous partagions... Il est

vrai que tu n'avais pas alors une aussi belle situation qu'aujourd'hui ! Au revoir.

– Tu me quittes comme cela ?

– Qu'est-ce que tu veux que je te dise d'autre ? ... Ah ! oui, peut-être une petite chose : tu as beaucoup changé, Eric.

– Toi aussi, Sylvaine.

Trois heures plus tard, il était dans le cabinet de l'avocat.

– Alors ? demanda Deliot.

– Alors, maître, je pourrais reprendre les deux mots que vous aviez utilisés : nous progressons.

– C'est-à-dire ?

– Je viens de voir Sylvaine tout à l'heure. J'ai même déjeuné en tête à tête avec elle.

– Un déjeuner arrange souvent bien les choses.

– Oui et non, mais enfin elle m'a paru nettement moins hostile qu'au cours de notre précédente entrevue.

– C'est parce que l'autre n'était pas là ! Je vous avais dit qu'il fallait éliminer à tout prix ce démon.

– Ça, c'est loin d'être fait ! Mais enfin il y a également une autre bonne nouvelle : dans quelques jours, Sylvaine me présentera mon fils.

– Bravo ! Un événement qui risque de tout faire basculer en notre faveur.

– Je voudrais bien avoir votre optimisme ! Sylvaine est toujours très braquée.

– Tu, tu, tu ! Ça s'arrangera ! Vous ignorez ce qu'est le pouvoir d'un enfant. Puis-je vous demander comment va Mme Revard ?

– Ça ne s'arrange pas ! Non seulement elle reste des journées entières sans ouvrir la bouche, mais lorsqu'il lui arrive de parler, ce n'est que pour apostropher tous ceux qui l'entourent, c'est-à-dire les deux domestiques, la cuisinière et la femme de chambre – qui d'ailleurs menacent de ne plus rester à notre service – ainsi que le gardien de l'immeuble et tous les copropriétaires qu'elle rencontre dans l'escalier ou dans l'ascenseur ! Elle leur raconte son malheur, disant qu'on a voulu l'empêcher d'être maman au dernier moment en lui arrachant son enfant qui était un superbe garçon ! Vous vous rendez compte de l'effet que produit une telle affirmation dans notre immeuble de l'avenue Foch ! Et quand il m'arrive de croiser à mon tour les gens auxquels elle a raconté ces sottises, je suis très gêné : ils me regardent avec une sorte de mépris réprobateur, comme si j'étais le tortionnaire de mon épouse ! Une fois de plus, je suis responsable de tout ! Ce n'est plus tenable.

– Peut-être serait-il sage de la confier à un médecin ou plutôt à un psychiatre qui extirperait de son cerveau ce complexe de maternité refoulé ?

– J'y ai déjà pensé. Seulement, dès que j'évoque cette idée devant elle, Nicole recommence à pousser les hauts cris en disant qu'elle se porterait très bien si on lui rendait « son » enfant ! Je ne sais plus quoi faire.

– Ce doit être, en effet, très pénible ! Bien entendu vous ne lui direz pas que vous venez de déjeuner avec celle qui pour elle ne doit être que l'abominable mère porteuse ?

– Je m'en garderai bien ! La réaction serait certainement effroyable ! Maître, je l'avoue : je suis désespéré !

– Et les relations avec votre beau-père, toujours aussi tendues ?

– De ce côté-là, par contre, ça s'arrange. La semaine dernière, alors que j'étais dans mon bureau au siège de la société, il y est entré brusquement, sans m'avoir même prévenu de sa visite par le téléphone intérieur, pour m'expliquer qu'il regrettait tout ce qu'il nous avait dit à Nicole et à moi quatre mois plus tôt, au moment de l'accouchement, et qu'après tout, n'étant plus que trois pour représenter la famille Varthy, c'était assez stupide de nous quereller. Nous nous sommes serré la main et, depuis, nous nous reparlons normalement tous les deux à chaque fois qu'il nous arrive de nous rencontrer dans les bureaux, ce qui se produit plusieurs fois par jour.

– Tant mieux ! A-t-il renoué aussi avec sa fille ?

– Il est venu lui rendre visite avenue Foch, le soir même de cette réconciliation. Je n'avais pas manqué, le matin, dans mon bureau, de lui faire part de mes inquiétudes en ce qui la concernait.

– Qu'a-t-il dit, quand il l'a retrouvée ?

– Il a tout de suite compris. Comme c'est un homme de décision, il m'a pris à part, au moment de s'en aller, pour me dire qu'il m'approuvait entièrement de vouloir la confier aux soins d'un psychiatre et qu'il se chargeait de trouver ce dernier dans les plus brefs délais. Dès le lendemain, après qu'il m'eut conseillé de rester au bureau parce que Nicole semblait m'en vouloir beaucoup plus qu'à lui, il est revenu lui-même la chercher au début de l'après-midi pour la conduire chez le Dr Verdier.

– C'est un psychiatre dont la réputation est de dimension internationale. Quel a été son diagnostic ?

– Très net et correspondant exactement à ce que je pensais : un complexe aigu de refoulement maternel qui existe en Nicole depuis qu'elle est devenue femme et qui n'a fait que s'aggraver sous le choc ressenti, quand elle a appris dans la chambre de la clinique que l'enfant n'était plus disponible pour elle... Un enfant, j'en suis convaincu maintenant, qu'elle était persuadée d'avoir porté en elle pendant les neuf mois d'attente ! Ce jour-là, sa raison a commencé à vaciller et depuis...

– Quel remède a préconisé Verdier ?

– Selon lui, il n'y en aurait qu'un d'efficace, si l'on ne voulait pas la voir devenir complètement folle ! Ce serait de la faire entrer dans une maison de repos spécialisée.

– Ce qui n'arrangerait pas vos affaires !

– Comment cela ?

– En supposant que votre beau-père – qui, finalement, me paraît être un homme de bon sens avec lequel vous avez bien fait de vous réconcilier – admette qu'ayant une épouse internée pour des raisons mentales, vous ressentiez le besoin très légitime de refaire votre vie et qu'ayant compris cela, il vous garde toute sa confiance pour lui succéder à la tête de ses affaires, vous ne pourriez quand même pas vous remarier tant que votre femme serait vivante ! J'ai connu beaucoup de cas similaires, où la personne internée, qu'elle soit femme ou homme, a vécu jusqu'à un âge avancé, empêchant un remariage de son conjoint ou de sa conjointe... La seule solution, un peu hybride, serait alors pour vous d'avoir à nouveau une liaison et de vivre maritalement avec une autre femme. Seulement, est-ce qu'une situation aussi empirique conviendrait à votre beau-père qui, m'avez-vous dit, a de solides principes ?

– Ce que vous me dites là est assez étrange, le jour même où j'ai l'impression que les choses pourraient peut-être s'arranger avec Sylvaine.

– Au cours de votre déjeuner, cette dernière vous a paru toujours aussi émouvante ?

– De plus en plus femme et de plus en plus belle !

– Oui... Evidemment si – l'expression est peut-être un peu vulgaire mais elle dit assez bien ce qu'elle veut dire – vous vous « remettiez en ménage » avec elle, il y aurait un premier avantage : vous n'auriez pas besoin de lui faire un enfant, puisqu'il existe.

– Mais il ne pourrait pas porter mon nom ! Etant moi-même marié avec une femme dont je ne pourrais pas divorcer, il me serait interdit de le reconnaître. A moins qu'une dérogation ne fût possible, puisque mon épouse légale serait internée ?

– Jusqu'à ce jour, le Code civil a complètement négligé de se pencher sur un tel problème et, comme nous sommes tenus de nous y conformer, il faudrait attendre pour reconnaître votre fils que Mme Revard ne fût plus de ce monde.

– Ce qui, vous venez de me le laisser entendre, peut risquer de durer très longtemps ! Vous souvenez-vous, maître, que je vous ai dit, la première fois où je suis venu vous trouver, que j'étais dans une situation véritablement inextricable ! Reconnaissez que je ne mentais pas.

– Vous disiez la vérité : j'en ai été convaincu dès vos premières paroles... Mais enfin, il ne faut pas dramatiser. Il y a déjà dans cette affaire trois éléments positifs : les relations avec votre ex-amie sont rétablies, vous êtes à nouveau en bons termes avec votre beau-père et vous avez toutes les chances de découvrir très prochainement le visage de votre fils... Seulement nous venons de parler comme si votre épouse était inguérissable, ce qui n'est heureusement pas le cas ! Avec le Dr Verdier, elle me paraît être en d'excellentes mains. Rien ne dit que son état dépressif ne va pas bientôt s'améliorer. Et pourquoi ne pas revenir à l'idée que j'avais lancée : vous adresser à un autre gynécologue spécialisé pour trouver une autre mère porteuse ?

– Dès le lendemain du jour où vous m'aviez donné ce judicieux conseil, j'en ai parlé à Nicole... Après m'avoir regardé pendant quelques secondes comme quelqu'un qui ne comprenait pas ce que je lui disais, elle a hurlé : « Je ne veux pas d'autre enfant que celui que je viens d'attendre pendant *mes* neuf mois de grossesse ! Je veux qu'on me rende *mon* fils ! » Depuis elle n'a pas changé d'avis : chez elle c'est une idée fixe. Voilà où nous en sommes.

– C'est pourquoi le travail de patience du psychiatre sera essentiel. Je voudrais vous poser une question à laquelle je vous demande de me répondre avec la plus grande franchise, comme vous l'avez fait jusqu'ici : monsieur Revard, aimez-vous encore votre femme ?

– Mais... certainement !

– Alors il faut la faire soigner en utilisant tous les moyens possibles pour l'amener à une guérison complète, ceci tout en continuant à améliorer vos relations avec la mère de votre enfant. Je sais que conduire simultanément deux actions, qui semblent à première vue devoir être diamétralement opposées, va être pour vous une gageure. Mais à mon avis, ce sera la seule façon d'aboutir un jour. Réfléchissez : déjà vous êtes bien parvenu à vous rapprocher de Sylvaine Varmet et à rétablir l'entente familiale entre M. Varthy et votre couple. C'est énorme ! Pourquoi ne pas vous fixer maintenant la tâche – très difficile, je le reconnais – de faire admettre par Mme Revard, une fois qu'elle serait rétablie, que cette mère porteuse, qu'elle exècre à distance et sans l'avoir jamais rencontrée, n'est pas une aussi vilaine femme qu'elle le croit ? que c'est au contraire une maman chérissant son enfant avec cette même passion qu'elle aurait, elle Nicole, si elle avait hérité du petit trésor ? et que c'est la raison pour laquelle elle n'a plus le droit de lui en vouloir ? Si vous parveniez à ce que votre épouse comprenne une telle façon d'agir et consente même à rencontrer la mère porteuse, beaucoup d'obstacles seraient aplanis ! Les « deux » mères du même enfant, puisqu'il est votre fils, pourraient peut-être sympathiser ? Celle qui porte votre nom deviendrait une sorte de marraine du jeune homme à qui celle qui l'a fait n'hésiterait pas à le prêter le plus souvent possible, sachant très bien que ce serait l'intérêt de l'enfant d'avoir une telle marraine.

– Mais ce que vous dites là, maître, est impossible ! D'abord Nicole ignore absolument que la porteuse est mon ancienne amante.

– Ce qui est parfait : il ne faudra surtout pas qu'elle l'apprenne ! Ça évitera la jalousie d'une femme qui ne voudra jamais admettre que son mari ait pu avoir des relations sexuelles avec la mère de son filleul.

– Son filleul ? Qu'est-ce que vous faites de la vraie marraine : Mlle Paule ?

– Encore celle-là !

– Toujours celle-là, maître ! Si vous croyez qu'elle va lâcher Sylvaine et l'enfant aussi facilement !

– Laissons-la de côté pour le moment. Pour moi cette femme n'est qu'un personnage rapporté dans l'histoire et qui n'a aucune raison d'y être mêlé directement ! Comptez sur moi : je me chargerai de liquider cette mante en temps voulu et les quatre protagonistes essentiels – c'est-à-dire votre femme, Sylvaine, l'enfant et vous – se retrouveront entre eux sans que l'élément de discorde soit encore là pour apporter la zizanie et les séparer.

– Que se passera-t-il alors ?

– Ce sera une sorte d'entente cordiale. Ça s'est déjà vu ! Vous serez le mari très attentionné de Nicole qui, comme beaucoup d'hommes, a aussi en cachette une charmante maîtresse se nommant Sylvaine mais qu'il n'a rencontrée, aux yeux de son épouse légale, qu'après qu'elle eut joué le rôle de mère porteuse fécondée par insémination. Un point c'est tout !

– Vous me donnez là de curieux conseils !

– Disons des conseils pratiques. En effet, il y a tout lieu de penser que vous ne parviendrez à récupérer votre fils que si vous redonnez le goût de l'homme à votre ancienne amante, donc à la reprendre par les sens. Ce sera un véritable combat, aussi bien moral que physique.

– Et l'enfant, que deviendra-t-il dans tout cela ?

– Il s'en tirera très bien. Je vous ai dit qu'un jour pourrait venir où il porterait un nom à trait d'union : pourquoi pas même Sébastien Varmet-Varthy au lieu de Varmet-Revard ?

– Je vous ai dit que nous ne voulions pas de Sébastien, Nicole et moi.

– Laissons Sébastien de côté, puisque ce prénom lui a été imposé par l'infirmière et donnez-lui celui que vous voudrez. L'important sera que les initiales de son nom de famille deviennent V.V... Le V de la Victoire !

– Et le beau-père ?

– Le seul fait qu'il soit venu de lui-même se réconcilier avec vous prouve qu'il est prêt à se montrer conciliant. Que ne ferait-il pas pour un petit-fils, même si ce n'est qu'un pseudo-petit-fils ?

– Enfin, que dois-je faire ?

– Rentrer chez vous et vous préparer à mener le combat sur les deux fronts en même temps.

– Ce ne sera possible que si Sylvaine consent à renouer avec moi autrement qu'en paroles et ça, je n'en suis pas du tout certain !

– Qu'est-ce que vous faites de votre charme ?

– Mon charme ? J'ai l'impression que son pouvoir a sensiblement diminué ! Comme me l'a dit Sylvaine tout à l'heure lorsque nous nous sommes quittés au restaurant : j'ai beaucoup changé.

Quand Sylvaine rentra de son travail en fin d'après-midi, Paule, qui était déjà revenue du cabinet de gynécologie, trouva que son amie n'avait pas son visage habituel. Il y avait quelque chose de bizarre en elle...

– Chérie, tu n'es pas souffrante ?

– Pas le moins du monde. Je me fais même l'impression de ne m'être jamais mieux portée !

– Pas de soucis non plus ?

– Pas le moindre.

Paule n'insista pas, mais son instinct infaillible d'amoureuse sensible et exclusive lui faisait sentir qu'il avait dû se passer dans la journée quelque chose d'anormal pour sa protégée. Lorsque celle-ci, après avoir été embrasser Sébastien encore endormi dans son berceau, lui avait dit au revoir le matin au moment de partir, elle était comme tous les jours, rayonnante de sérénité. Mais ce soir il n'en était plus de même. Mieux valait attendre la fin du dîner pris sur la terrasse et sous un ciel constellé d'étoiles – c'était l'une de ces nuits clémentes du Paris d'automne incitant à la rêverie ou aux confidences – pour poser à nouveau quelques questions. La protectrice ne s'en priva pas :

– Ma petite Sylvaine, je sais qu'il n'a jamais existé l'ombre d'une cachotterie entre nous depuis que tu es ma femme et tu dois reconnaître qu'à chaque fois que ton travail artistique t'a posé un problème, tu n'as pas hésité à m'en parler et qu'à chaque fois aussi, tout en n'étant pas de la partie, je t'ai donné mon avis, dont tu as généralement tenu compte. Qu'est-ce qui ne va pas ? Des maquettes qui ne te plaisent pas ? Un projet de couturier ou de revue de mode qui t'ennuie ?

– Tout va bien de ce côté-là.

– Alors ?

– Alors j'ai revu Eric aujourd'hui.

– Où cela ?

– Il est venu me chercher à l'atelier et nous avons déjeuné ensemble.

– Pourquoi ne m'as-tu pas prévenue de cette rencontre ?

– Parce que j'ignorais encore ce matin qu'elle aurait lieu ! Il m'a eue par surprise en venant directement là où je travaille et comme je redoutais un scandale qui aurait produit le plus mauvais effet sur la directrice et sur toutes mes camarades, j'ai jugé plus sage d'accepter son invitation sans trop discuter. Oh ! Je ne l'ai pas vu plus d'une heure : juste le temps du repas.

– Tu as très bien agi. Que voulait-il ?

– Voir son fils.

– Qu'as-tu répondu ?

– Que je réfléchirais.

Paule se demanda si elle ne venait pas de mentir : elle avait eu une légère hésitation.

– Il ne t'a rien dit d'autre ? Je ne sais pas, moi : par exemple qu'il voudrait te revoir plus souvent ? Ne crois-tu pas que cette prétendue envie d'embrasser son fils, lui, l'ennemi des enfants, n'est qu'un prétexte pour avoir une bonne raison de te retrouver ?

– Je ne l'intéresse plus.

– En es-tu bien sûre ? Ce n'est pas l'impression que j'ai eue quand j'ai vu, il y a quatre mois, la façon dont il te regardait ici même... On aurait dit un homme dans l'extase.

– Tu te trompes : il ne continue à penser qu'à lui.

– Et peut-être aussi à sa femme ?

– Cela m'étonnerait !

Plus la conversation se prolongeait et plus l'infirmière acquérait la conviction que la maman de Sébastien ne lui livrait pas exactement le fond de ses pensées. Paule était presque certaine que Sylvaine n'avait pas été tellement mécontente de ce qu'Eric ait cherché à la revoir. N'était-ce pas dangereux pour l'amour qui les liait l'une à l'autre depuis plus de trois années ? Il fallait tout de suite parer au danger, mais avec discernement, en prêchant le faux pour savoir le vrai. Il était urgent surtout – au cas où Sylvaine ressentirait, sans oser l'avouer, un renouveau de désir pour celui avec qui elle avait vécu – de la dégoûter à jamais de cet homme qui, pour elle Paule, n'était qu'un ennemi. Pour cela il suffisait de faire semblant d'abonder dans le sens des pensées cachées de son amie :

– La seule chose qui importe, c'est que toi, tu sois heureuse... C'est pourquoi je me demande, bien que tu sembles t'en défendre et que tu ne m'en aies jamais parlé depuis le jour où nous avons reçu ensemble Eric, si tu n'as pas conservé au tréfonds de toi-même un peu de vague à l'âme qui serait presque le regret d'être séparée de lui ?

– Tu es folle ? Je suis heureuse avec toi.

– C'est gentil de le dire, seulement on ne parvient pas toujours à dominer ses sentiments... Il y en a qui sont plus forts que la volonté et je t'aime trop pour ne pas comprendre ce qui t'arrive. Tu peux très bien continuer à adorer secrètement ton ancien amant, tout en ne craignant pas de m'aimer à la face de tout le monde. L'amour partagé existe ! Parfois même il est nécessaire pour qu'un être puisse atteindre la plénitude de son bonheur... Sans doute est-ce ton cas ? Je sais que tu es heureuse avec moi, mais ce complément d'amour qu'apporte quelquefois un homme commence peut-être à te manquer ? Ceci surtout depuis que tu as été à nouveau enceinte et que tu es devenue mère... Maintenant que tu as eu le temps de me juger et, je l'espère aussi, d'apprécier mon honnêteté, tu dois savoir que, malgré toute la passion que je te porte, je serais disposée – si tu me confiais qu'il t'est impossible de vivre ce genre d'amour partagé – à m'effacer quand le besoin de l'homme reviendrait en toi plus impérieux que l'immense tendresse qui nous a unies. Et si, pour mon malheur, tu devais retourner à l'homme après notre entracte sublime de trois années, mieux vaudrait que ce soit à celui qui t'a fait un fils. Tu me comprends ?

– Je ne te lâcherai jamais !

– On dit cela, et puis un nouvel amour, ou un regain d'amour passe... Je ne t'en voudrais pas ! En supposant même que nous nous voyions un peu moins et que nous ne puissions plus vivre complètement ensemble, je continuerais à t'aimer, tu sais ! Nos cœurs sont tellement liés maintenant qu'ils ne pourraient plus se quitter même s'il y avait entre nous un semblant de séparation physique. N'est-ce pas, finalement, cet amour profond qui compte, plutôt que l'amour superficiel ?

– Paule, tu es une femme formidable !

– Toutes les femmes peuvent l'être si elles savent se libérer une fois pour toutes du joug de l'homme ! Malheureusement pour toi, je sens que ce joug commence à te manquer... Avoue ?

– C'est vrai.

– Aussi tu ne dois pas hésiter ! Sais-tu ce que tu feras quand tu reverras Eric, parce que tu as bien l'intention de le revoir, n'est-ce pas ?

– Uniquement pour lui montrer son fils.

– Ce qui est normal. Promets-moi seulement que ça ne se passera pas chez nous.

– C'est juré.

– Tu verras bien quelle sera sa réaction lorsqu'il se trouvera en présence de l'enfant. Si elle est quelconque, méfie-toi ! Cela indiquera qu'il t'a menti une fois de plus et que ce n'est pas son fils qu'il voulait voir, mais toi. Si, au contraire, il est ému, ce sera bon signe. Ça voudra dire que l'enfant l'a touché au cœur. A ta place je n'hésiterais pas : je lui ferais tout de suite comprendre que s'il veut profiter de son fils à l'avenir, il devra t'épouser et donc divorcer de sa femme. Tu verras bien alors.

En disant ces mots, Paule savait qu'ambitieux comme il l'était, le futur grand patron des établissements Varthy ne divorcerait pas. Pour lui, ce serait la perte irrémédiable de sa situation. Jamais non plus un Jacques Varthy n'admettrait qu'un tel affront fût fait à sa fille et, par ricochet, à son honneur de patriarche ! Le piège qui venait d'être tendu à Sylvaine était d'une habileté suprême : comme Eric lui expliquerait que les risques seraient trop grands pour lui s'il divorçait, elle comprendrait aussitôt qu'il préférait sa situation à son fils et à sa maman. Ce serait la preuve définitive qu'il ne les aimait pas. Déçue, humiliée, blessée une nouvelle fois, Sylvaine resterait avec Sébastien auprès de celle qui ne l'avait jamais trahie et dont la fidélité amoureuse était la plus sûre des garanties pour l'avenir.

Comme prévu, Sylvaine tomba dans le piège en répondant :

– Je crois qu'une fois de plus tu vois juste : je vais faire ce que tu viens de me conseiller. Mais si Eric me répond qu'il divorce immédiatement ?

– Nous verrons... Quand dois-tu le revoir ?

– Il a été entendu entre nous que je l'appellerai à son bureau pour lui indiquer le lieu et l'heure où je lui présenterai Sébastien.

– Ce ne pourra être qu'un samedi ou un dimanche après-midi, jours où tu es libérée de ton travail. Pourquoi pas samedi prochain ? Plus tôt tu seras fixée sur la vraie nature de ses sentiments et mieux ce sera... Pourquoi aussi ne pas lui donner rendez-vous aux Tuileries ? Ce n'est pas loin d'ici et c'est l'endroit rêvé pour promener un landau... Si tu y tiens, je pourrais t'accompagner jusqu'à l'une des entrées du jardin et même t'y attendre, ceci en prenant toutes les précautions pour qu'Eric ne me voie pas ! Pour toi ce serait peut-être un réconfort de te dire, pendant cette entrevue qui risque d'être assez délicate, que ta Paule n'est pas loin, toute prête à intervenir et à voler à votre secours, s'il le fallait, pour vous protéger, toi et ton enfant... Mais je suis convaincue que tu n'auras nul besoin de cette aide, ayant parfaitement compris ce que tu dois dire.

– Je ne sais pas ce que je deviendrais si je ne t'avais pas auprès de moi ! C'est la raison pour laquelle, même si les choses s'arrangeaient avec Eric, je suis bien décidée à continuer à te voir régulièrement. Je n'oublie pas non plus que tu es la marraine de Sébastien.

– Ce trésor ! Allons vite voir s'il dort et l'embrasser.

A peu près à la même heure où Sylvaine était en conversation avec Paule, Eric, revenu de chez Deliot, avait retrouvé son épouse pour le dîner. Comme d'habitude, depuis les six mois qui venaient de s'écouler après le retour de la clinique maudite où rien ne s'était passé, le repas fut morne, encore plus silencieux que les tête-à-tête avenue de Suffren entre le père et la fille à l'époque où Nicole n'était pas encore fiancée.

C'était comme si les époux n'avaient plus rien à se dire après quelques années seulement de mariage. Et cependant ! Au cours des neuf mois qui avaient précédé la venue de l'enfant tant attendu, Eric et Nicole n'avaient connu que des repas ensoleillés pendant lesquels ils avaient échangé mille et un projets d'avenir, concernant celui qui devait changer leur vie. Projets débordant d'enthousiasme, surtout dans la bouche de celle qui se voyait déjà maman et dans l'esprit de qui rien ne serait trop beau pour le petit être ! La chambre de l'héritier était déjà prête, bleu ciel avec, peinte sur les murs, une farandole de personnages échappés des films de Walt Disney et tout disposés à danser une sarabande effrénée autour du berceau. Chambre gaie et bien éclairée, donnant sur un jardin intérieur où pépiaient les moineaux de Paris qui ont la réputation d'être les plus joyeux du monde. Chambre communiquant aussi avec celle, plus sévère, qui était destinée à héberger la nurse suissesse engagée dans l'une des meilleures écoles spécialisées de Lausanne.

Six mois avaient passé... La chambre de la nurse n'avait pas été occupée et sur les murs de celle de l'enfant, restée désespérément vide, la farandole prévue des Mickey, Donald Duck, Pluto et autres n'avait jamais commencé. Une tristesse pesante s'était répandue sur le confort et sur le luxe du splendide appartement. Adèle, la cuisinière – qui avait été cédée par papa Varthy pour que sa fille puisse continuer à se régaler en compagnie de son époux –, semblait vouloir demeurer calfeutrée dans sa cuisine, alors qu'Emilie, qui assurait le service de table et l'entretien de l'appartement, ne se déplaçait aussi bien dans le couloir que dans le vestibule ou la salle à manger qu'avec le souci de faire le moins de bruit possible. On aurait pu croire qu'Emilie n'était plus que l'ombre d'elle-même ! Et Dieu sait si jusqu'au jour du désastre « familial » cette vieille femme de chambre s'était montrée bruyante ! Ceci à un tel degré que sa jeune maîtresse ne cessait de lui répéter :

– On n'entend que toi ici !

Nicole tutoyait Emilie, comme cela se fait pour une ancienne nounou, qui était elle-même incapable de dire vous à un ancien nourrisson.

Les remarques de la jeune maîtresse de maison ne servaient d'ailleurs strictement à rien, Emilie n'en tenant aucun compte et s'estimant chez elle partout où résidaient les Varthy, puisqu'elle était à leur service depuis vingt-sept années ! Elle y était entrée quelques semaines avant que ne surviennent la naissance de Nicole et la mort simultanée de sa mère auxquelles elle avait assisté. Selon une tradition bourgeoise établie depuis des générations dans la dynastie Varthy, les deux événements s'étaient produits dans l'appartement de l'avenue de Suffren ; les Varthy naissent et meurent chez eux. Le seul membre de la famille qui aurait pu faire exception à cette règle sacro-sainte aurait été l'enfant espéré : pour faciliter la substitution, mieux valait qu'il vît le jour en clinique. Cela offrait aussi l'avantage que ni Emilie ni Adèle ne pussent se douter de rien ! Il n'y aurait aucun doute à avoir : avec ses vomissements simulés en début de grossesse, son appétit de plus en plus féroce et l'arrondissement progressif de sa silhouette, tout cela suivi au bout des neuf mois par le départ précipité en clinique, la patronne avait sûrement été enceinte.

Hélas ! Un grand malheur, que Nicole ne méritait pas, avait voulu que l'enfant – qui aurait été, paraît-il, un très beau garçon – vînt mort-né ! Ce qui avait contraint la nurse diplômée, arrivée précipitamment de Suisse à la suite d'un appel téléphonique transmis dès que les premiers symptômes d'accouchement avaient été décelés, à n'occuper que pendant quelques jours la belle chambre qui lui avait été réservée. Séjour qu'elle avait mis à profit pour mettre méticuleusement tout en ordre dans la chambre bleue voisine pour l'arrivée de bébé. Quarante-huit heures après sa naissance et sa mort « ailleurs », la nurse était repartie pour son pays, nantie des trois mois de gages de garantie qui lui étaient dus pour son déplacement.

Elle n'avait d'ailleurs jamais vu Madame qui n'était revenue s'installer chez elle que le lendemain de son départ. Une jeune Madame qui s'était enfermée dans sa chambre, rideaux fermés, où Emilie lui avait apporté des repas préparés par Adèle, mais auxquels elle avait à peine touché. Madame avait complètement perdu le bel appétit qu'elle n'avait jamais retrouvé depuis. Et quand, après huit jours de solitude volontaire, elle avait enfin consenti – sur les instances pressantes de son époux – à reparaître dans la salle à manger pour le dîner, elle n'y était venue qu'en robe de chambre, refusant de s'habiller, les cheveux en désordre et nullement maquillée. Une Madame à la triste figure, toujours au bord des larmes, répondant à peine aux quelques paroles prononcées avec une grande prudence par Monsieur et inquiétant terriblement la brave Emilie qui ne pouvait supporter de voir dans un tel état celle qu'elle avait portée dans ses bras vingt-six années plus tôt et quelques minutes après sa naissance. Une Emilie, devenue silencieuse elle aussi, qui avait presque plus de chagrin que sa maîtresse.

Le dîner qui avait lieu six mois plus tard ne pouvait pas être moins lugubre que tous ceux qui l'avaient précédé et le drame était qu'on avait l'impression qu'il en serait toujours ainsi à l'avenir ! Emilie était désespérée. Ce soir pourtant, il semblait qu'il y eût un léger progrès. Avant de passer à table et alors qu'ils se trouvaient encore dans la bibliothèque, Madame avait dit à Monsieur :

– Sers-moi un whisky.

Ce qu'il s'était empressé de faire, tout en étant assez surpris que Nicole réclamât ce breuvage qu'elle avait toujours dit détester, affirmant qu'il « avait un goût de punaise écrasée ». Eric avait seulement demandé :

– Avec glace ? eau Perrier ? plate ?

– Pur et plus que cela ! fut la réponse de celle qui le regardait verser le liquide revigorant dans le verre.

Elle but d'un trait avant de dire de sa voix aussi peu enthousiaste que les autres soirs :

– Allons dîner.

Ce qu'ils firent en silence. Ce ne fut que vers la fin du repas qu'elle prononça une phrase que son mari ne lui avait pas entendu prononcer depuis bien longtemps et qui rendait hommage aux talents d'Adèle :

– Ce soufflé au chocolat était excellent.

Eric n'en revenait pas. Y aurait-il enfin un commencement d'amélioration ? Peut-être, puisqu'en revenant dans la bibliothèque, la pièce la plus intime de l'immense appartement, et contrairement à ce qui s'était passé ces derniers mois, où elle allait directement s'enfermer dans sa chambre, Nicole dit en se laissant tomber dans un fauteuil :

– Sers-moi un autre whisky... Un double cette fois.

– Tu y as donc pris goût ?

– Boire ça ou autre chose ! J'ai toujours entendu dire que c'est le meilleur remède pour ne plus trop penser au passé, et comme j'ai pris la décision de tout oublier...

– Sage résolution. Ça ne sert à rien de ressasser des souvenirs, qu'ils soient bons ou mauvais : on regrette les premiers et les seconds font trop mal.

– Donne-moi une cigarette.

– Tu as décidé aussi de te remettre à fumer ? Tu avais pourtant cessé.

– Quand j'étais enceinte, mais maintenant ce n'est plus nécessaire... J'ai à te parler, ayant eu le temps de longuement réfléchir à ce qui nous est arrivé. D'abord je suis heureuse que nous nous soyons réconciliés avec mon père qui, tel que je le connais, devait être encore plus malheureux que nous de cette brouille due au seul fait que nous avons cherché, toi et moi, à n'agir à son égard qu'avec l'intention de ne pas troubler ses rêves d'avenir. Je pense que nous avons voulu trop bien faire, mais souvent, quand on agit avec la meilleure bonne volonté du monde, la vie est là qui vous dresse brusquement un obstacle infranchissable empêchant la réalisation des plus beaux projets. Obstacle qui a été l'abominable femme qui nous a trompés pendant des mois ! Sans doute n'as-tu jamais pensé, depuis qu'elle nous a fait ce coup, que l'envie m'est souvent venue de la tuer ! C'est regrettable que tu n'aies jamais pu connaître son nom et son adresse !

– Tu penses bien que si je les avais découverts je lui aurais réglé son compte !

– Toi aussi, tu l'aurais tuée ?

– Je lui aurais volé l'enfant, qui m'appartient aussi bien qu'à elle, pour te le rapporter afin qu'il devienne le tien.

– Mais nous aurions eu de gros ennuis, puisqu'elle l'a reconnu officiellement ?

– Nous serions partis tous les deux avec « notre » fils dans un autre pays.

– Il nous aurait fallu changer de nom : un jour ou l'autre, on aurait fini par nous repérer... Que serait devenu mon père ? Nous ne pouvions pas le laisser seul en France ! Et l'affaire Varthy avec tout son personnel ? Comment aurions-nous pu l'abandonner alors qu'elle est en pleine prospérité ? Personne n'aurait compris : nos amis nous auraient reproché une telle désertion ! Non ! Mieux vaut que tout le monde ait cru que l'enfant était mort, seulement moi, je ne l'admettrai jamais ! Pour moi, c'est « notre » enfant qui est mort et nullement celui de cette femme que tu n'as jamais vue, jamais aimée et qui n'a pu profiter de ta semence que parce que j'y ai consenti. Malheureusement, comme le Ciel n'a pas permis et ne permettra jamais que je puisse enfanter, je suis sûre maintenant d'être maudite !

– Chérie, ne dis pas des choses pareilles ! Ce qui t'arrive est, hélas, très fréquent : il y a des milliers de femmes mariées dans le monde qui, comme toi, ne peuvent pas procréer. Ce n'est pas pour cela qu'elles sont maudites !

– Je sais très bien que je le suis sinon je ne serais pas stérile... C'est vrai, jusqu'à présent tout m'avait réussi : ma naissance chez des parents aisés, un père qui a toujours fait ce que je désirais, mon mariage avec l'homme que j'avais choisi, une multitude d'amis et une existence agréable... Nous avions même fini par trouver le moyen de pallier ma stérilité ! Tout m'a réussi jusqu'au jour...

– Pas tout, Nicole ! Tu n'as pas eu la joie de connaître ta maman.

– Même cela a peut-être été mieux pour moi : je sais que mon père l'a adorée et qu'il ne m'aime autant que parce que je lui ressemble, mais je crois qu'elle m'aurait ennuyée ! J'ai trop vu ce qui se passe entre mes amies et leurs mères. Ces dernières sont presque toujours jalouses de la jeunesse ou de la beauté de leurs filles et elles se mêlent de tout régenter dans leur existence, jusqu'au jour où elles finissent par leur faire épouser un mari de leur choix. Moi, personne ne m'aurait jamais rien imposé si cette fille n'avait brisé ma vie ! C'est une injustice que je n'admets pas !

– Mais, Nicole, nous pourrions très bien, comme me l'a conseillé l'avocat dont je t'ai parlé, nous adresser à un autre gynécologue.

– Un autre ? Et notre fameux professeur ! Parlons-en ! Comment se fait-il qu'il n'ait jamais voulu te révéler le nom et l'adresse de la porteuse ?

– Il s'est retranché derrière le secret professionnel. N'oublie pas non plus que nous avons signé tous les deux un papier aux termes duquel nous étions entièrement d'accord pour ne plus chercher à savoir qui était cette femme que cette dernière n'essaierait de connaître le père de son enfant. Il n'y a rien à faire !

– Et cette assistante qui était toujours tellement aimable avec moi quand je téléphonais au cabinet du gynécologue pour demander des nouvelles ? Comment s'appelait-elle donc ? Un prénom... Ah ! oui Mlle Paule... Tu n'as pas pu la questionner ?

– J'ai tout essayé, y compris le cadeau financier. Dans son refus, elle s'est montrée encore plus odieuse que le médecin.

– Tous ces gens-là ne sont que de vulgaires épiciers de la semence tarifée qui ne voient que le profit matériel qu'ils peuvent en tirer. Ils devraient être pendus ! C'est pourquoi je ne veux plus avoir affaire à eux ni entendre parler de l'insémination artificielle de ta semence à une autre femme... Je t'en supplie : ne prononce plus jamais devant moi ces deux mots : « mère porteuse » !

– Il y aurait aussi l'adoption ?

– Je n'en veux pas ! Toi non plus d'ailleurs : tu me l'as dit à l'époque où nous commencions à nous inquiéter de ne pas avoir d'enfant. Si je me suis mariée, c'est parce que je voulais avant tout être mère ! Ce que je vais te dire va sans doute te paraître désagréable, mais je ne pense pas que je t'aurais épousé si j'avais été prévenue de ce qui nous menaçait... Parce que enfin, même si je suis stérile, j'estime que toi aussi tu es coupable !

– Nicole !

– Verse-moi encore du whisky et donne-moi une autre cigarette... Ça me donnera le courage de te dire tout ce que j'ai encore sur le cœur ! Rien ne prouve au fond, malgré ce que prétendent ces médecins ignares, que je n'aurais pas pu avoir d'enfant avec un autre homme ! Ils t'ont dit, après les examens qu'ils t'ont fait subir, que tu pouvais avoir tous les enfants que tu voulais... Qu'est-ce qu'ils en savent ? Tu as eu la chance de faire celui-là, mais avant tu n'en avais jamais fait d'autre !

Comment répondre ? Elle continua :

– Aussi ai-je pris certaines décisions... Tu sais très

bien que, depuis mon retour de clinique, j'ai tenu à ce que nous fassions chambre à part : ceci pour te faire comprendre que je ne tiens plus à avoir de rapports avec toi. Il faut que tu saches aussi que je ne me suis jamais fait beaucoup d'illusions sur la véritable nature de ton amour pour moi... Si je n'avais pas eu d'argent et si je ne m'étais pas entêtée à vouloir t'épouser, parce que j'étais assez folle pour penser, dès que je t'ai vu, que tu serais l'homme capable de me faire le plus bel enfant, jamais nous ne nous serions mariés ! Et si j'ai couché avec toi, ce fut pour avoir un enfant et pas tellement pour le plaisir ! Ça m'étonnerait, malgré toute la bonne volonté dont j'ai fait preuve pour essayer de te satisfaire, que tu ne t'en sois pas rendu compte ? Je te sais assez intelligent pour être capable de réaliser que, quand ça ne va pas de ce côté-là chez un couple, il est préférable de ne pas insister. Peut-être enfin suis-je non seulement stérile, mais également frigide ? Dans ce cas tout serait de ma faute ! C'est pourquoi j'estime équitable de ma part de te laisser mener la vie sentimentale qui convient à la plupart des hommes, alors que moi je ferai ce que je voudrai dans ce domaine. Donc chacun pour soi, mais ceci à trois conditions... La première est qu'il ne faut pas t'imaginer que je te rends ton entière liberté ! Nous continuerons à vivre officiellement ensemble et nous resterons mariés aux yeux de tous. Dans ma famille, on a toujours été hostile au divorce : nos principes nous l'interdisent... La seconde sera, si tu as des aventures, qu'elles soient très discrètes et que tous ceux qui nous entourent, particulièrement mon père, les domestiques, le personnel de l'usine et nos amis les plus proches devront les ignorer. Ne l'ayant jamais été jusqu'ici, je ne veux pas devenir ridicule ! J'estime être assez jolie femme et suffisamment riche pour conserver ma réputation d'épouse aimée par son mari... La troisième découle automatiquement des deux premières : tu restes à ton poste de directeur de l'affaire Varthy avec la certitude d'en devenir un jour le P-.D.G., ceci parce que tu as su faire preuve d'une réelle capacité dans tes fonctions et surtout pour ne pas mettre mon père, qui a tant fait pour toi, dans l'embarras au cas où tu partirais sans lui demander son avis... Voilà. Nous sommes bien d'accord sur ces trois conditions ?

– Et toi, qu'est-ce que tu vas faire ?

– Je te l'ai dit : ce que je voudrai ! J'ai surtout l'intention de m'amuser. Ça t'ennuie ?

– Mais... non ! Je préfère te voir gaie plutôt que prostrée comme tu l'es depuis des mois.

– Oh ! Tu sais... L'amusement et la gaieté ne vont pas toujours de pair ! J'ai aussi l'intention de voyager : je t'enverrai des cartes postales d'un peu partout... Tu pourras les collectionner !

– Ce que tu dis est sérieux ?

– Tout ce qu'il y a de plus sérieux.

– S'il en est ainsi, ne crois-tu pas que ce serait préférable de nous séparer, tout en observant cependant la troisième condition : je ne quitterai pas mon poste dans l'affaire, afin de continuer à seconder ton père, pour qui j'ai le plus grand respect et la plus sincère admiration. Tout ce qu'il a créé à force de volonté et de courage est prodigieux !

– Inutile de faire son panégyrique ! J'ai connu mon père avant toi ! Seulement tu te trompes, si tu crois que nous pourrions nous séparer officiellement sans que tu sois mis immédiatement à la porte de notre affaire ! Ce serait trop facile ! Monsieur s'en irait épouser une autre femme, qui profiterait de sa magnifique situation et à laquelle il ferait peut-être aussi un enfant ! Pas question ! Je te l'ai dit : jamais de divorce entre nous ! Je suis décidée à porter ton nom jusqu'à ma mort et, si tu disparaissais avant moi, je ne me remarierais pas. Pour ce qui est du mariage, figure-toi que j'ai compris ! Que tu le souhaites ou non, je suis fermement décidée à rester ta veuve officielle.

– Tu as d'autres choses à me dire ?

– Ça ne te suffit pas pour ce soir ? Mais tu devrais quand même être heureux d'avoir enfin réentendu le son de ma voix après ces longs mois de mutisme ? Je crois bien t'avoir tout dit... Ah, non ! Il y a encore quelque chose : demain soir, tu n'auras pas le plaisir de dîner avec moi et je ne sais pas trop à quelle heure je rentrerai. Cette information est destinée à te permettre d'organiser, toi aussi, ta soirée comme bon te semblera. Bonne nuit !

Le lendemain soir, Eric dîna seul, servi par une Emilie de plus en plus silencieuse, dont le visage hermétique marquait sa désapprobation : non seulement « sa petite » Nicole faisait chambre à part depuis des mois, mais la voilà qui commençait à ne plus prendre ses repas avec son époux ! C'était pourtant un très beau et un très gentil mari... C'est vrai : on ne l'entendait jamais élever la voix. Quand quelqu'un criait dans le ménage, c'était toujours sa femme. Emilie s'en voulait : ce qui arrivait aujourd'hui était un peu de sa faute ! Remplaçant la maman disparue, elle avait eu tort, alors que Nicole n'était encore qu'une enfant, de céder trop facilement à ses caprices. Ensuite, lorsqu'elle était devenue une jeune fille, son père l'avait beaucoup gâtée ! Le résultat de toutes ces concessions était qu'aujourd'hui Nicole commençait à délaisser son époux. Le plus étrange pour la brave femme était que ce dernier ne paraissait pas affecté de prendre son repas en solitaire ! Il mangeait même de bon appétit... Cela signifierait-il que les choses n'allaient plus toutes seules entre ceux qui s'étaient si bien entendus avant le décès du petit ange ? Tout cela était bien triste !

Dormant dans sa chambre du sixième, Emilie ne

sut même pas à quelle heure de la nuit Nicole était rentrée, mais ce fut sûrement très tard, puisque à midi elle n'était pas encore réveillée. Ce que la vieille servante ne pouvait prévoir était qu'il allait en être de même presque tous les soirs et que « sa » petite fille – c'était ainsi qu'elle continuait à appeler celle qu'elle avait vue naître – ne dînerait plus que très rarement chez elle et que, lorsqu'elle se trouverait par miracle devant sa table, ce serait le mari qui serait absent ! On pourrait même croire qu'ils se passaient une consigne pour ne pas se rencontrer ou qu'un sort malveillant s'acharnait à les séparer !

Dans l'esprit d'Emilie, ce qui pourrait devenir très anormal aussi serait que Nicole se mît à dormir presque toute la journée comme elle le faisait aujourd'hui et ne prît la déplorable habitude de réclamer son petit déjeuner à l'heure du thé ! Si le papa se doutait que sa fille chérie venait de découcher cette nuit, il serait très mécontent ! Seulement pouvait-il lui faire des remontrances ? N'était-ce pas plutôt le rôle du mari, qui l'avait laissée sortir seule, comme s'il trouvait normale cette façon d'agir ! Décidément, pensait Emilie, nous vivons à une époque où on ne respecte plus rien.

D'ailleurs, quand Madame s'était réveillée, Monsieur n'était pas là : parti comme tous les matins à 8 heures, il ne rentrerait que le soir. Ce qui bouleversa le plus Emilie fut lorsque Nicole, l'ayant sonnée, lui dit *bonjour* en plein milieu de l'après-midi avec la voix pâteuse de quelqu'un qui aurait bu. Il fallait absolument tenter quelque chose pour lutter contre ce penchant qui est presque toujours engendré par le désespoir : celui de Nicole était d'avoir perdu son enfant et il durait déjà depuis six mois ! Emilie se souvint que, quelques semaines plus tôt, alors que Monsieur raccompagnait M. Varthy qui était venu faire une visite à sa fille en fin d'après-midi, elle avait entendu le gendre demander à son beau-père :

« – Comment la trouvez-vous ?

» – Pas brillante ! Ça ne s'améliore pas du tout... Est-ce qu'elle continue à aller régulièrement chez ce remarquable psychiatre où je l'avais menée ?

» – Non, elle prétend que c'est un vieux radoteur et qu'il l'ennuie... »

Emilie n'avait pas pu entendre la suite de la conversation et l'avait bien regretté, parce qu'elle commençait à plaindre sincèrement « ce pauvre Monsieur Eric » qui, à chaque fois qu'il revenait harassé de son travail, devait se résigner à supporter la mauvaise humeur permanente de son épouse. Pour lui, ce n'était plus une vie ! Ce qu'elle ne pouvait pas savoir, c'est que « le pauvre Monsieur » avait trouvé un merveilleux dérivatif pour tromper sa solitude apparente, et ceci ce matin même alors que son épouse dormait à demi ivre.

En arrivant à son bureau, le téléphone avait sonné. Une voix douce, très différente de celle qu'avait Nicole hier soir pour lui faire comprendre qu'elle n'avait plus du tout l'intention d'avoir des rapports physiques avec lui, avait demandé :

« – Je ne te dérange pas ?

» – Mais non, Sylvaine ! Au contraire ça me fait du bien de t'entendre : ça me repose.

» – Tu es souffrant ?

» – J'ai simplement mal dormi après une soirée odieuse. Je te raconterai quand nous nous reverrons.

» – Justement à ce propos... Demain c'est samedi, je ne vais pas à l'atelier. Et je pourrais peut-être te présenter celui dont nous avons parlé.

» – Ce n'est pas vrai !

» – Mais si ! Tu peux constater que je ne t'ai pas fait attendre longtemps.

» – Tu sais bien que rien ne pouvait me faire plus de plaisir ! Où cela ?

» – Dans le jardin des Tuileries. Tu « nous » y attendras sur l'un des bancs qui sont placés à proximité de l'entrée du musée de l'Orangerie. Tu vois ?

» – Très bien.

» – Disons à 15 heures. Tu seras exact ?

» – Promis !

» – Nous nous ferons très jolis tous les deux pour venir te dire bonjour. A demain ! »

Quand il raccrocha, il se demanda s'il ne venait pas de rêver. Il allait enfin connaître son fils ! C'est égal : Sylvaine était quand même une chic fille...

Il attendait, assis sur un banc avec une bonne demi-heure d'avance, anxieux, regardant toutes les femmes qui passaient en poussant des voitures d'enfant, tournant et retournant dans ses mains un petit ours blanc en peluche auquel il avait déjà donné, dans le secret de son cœur, le nom d'*Auguste* : c'était celui de l'ours brun, en peluche lui aussi, qu'il avait le plus aimé quand il n'était lui-même qu'un petit garçon... Ours avec lequel il s'était endormi en le serrant dans ses bras pendant des années jusqu'à ce que le pauvre animal fût tout râpé et devînt borgne à force d'avoir été manipulé. *Auguste bis* serait le premier jouet qu'il donnerait à son fils. Après, il y en aurait beaucoup d'autres, il le savait, mais il voulait que Sébastien aimât lui aussi « son » *Auguste*.

A force de répéter depuis deux mois dans sa tête le prénom qu'il n'aurait jamais choisi, il commençait à s'y habituer. Après tout, ce n'était pas si courant : Sébastien ! La seule chose qui l'ennuyait était qu'il avait été trouvé par cette Paule ! Pourvu que Sylvaine tienne sa promesse et que sa rivale ne l'accompagne pas ! Une rencontre comme celle qui allait avoir lieu ne pouvait se passer qu'entre trois personnes : l'enfant et ceux qui l'avaient fait. Les autres ne comptaient pas et ne compteraient jamais !

Enfin Sylvaine parut, s'approchant lentement en poussant un landau d'où ne dépassait aucune petite tête : peut-être l'enfant dormait-il ? La jeune femme, vêtue d'un tailleur gris perle, était idéale. Pour retrouver l'ancien amant, elle avait renoncé au pantalon cher à Paule. Elle voulait se montrer à lui sous son apparence féminine et ce fut en souriant qu'elle dit après avoir arrêté la voiture :

– Approche et regarde...

Il se baissa et vit, un peu perdu au milieu d'un flot de couvertures, un visage rose et ovale surmonté de quelques mèches blondes rappelant plutôt un duvet. Visage où l'on découvrait une bouche toute prête à gazouiller, un petit nez ne manquant déjà pas d'impertinence et deux yeux gris-bleu, tellement bleus et tellement gris que l'on pouvait se demander s'ils n'étaient pas, en réduction, ceux de Sylvaine. Des yeux déjà immenses qui étaient aussi lumineux que ceux de la maman et qui regardaient avec étonnement ce personnage penché sur la prodigieuse découverte qu'il venait de faire. Calme, sereine, sûre d'elle et de son enfant, toujours souriante, Sylvaine contemplait « ses » deux hommes, le grand et le tout-petit, en pensant que, si elle avait eu un appareil, elle aurait pu faire l'une des plus jolies photos du monde ! Moment rare de l'existence qui aurait pu durer éternellement si elle n'avait pas confié :

– Je regrette de plus en plus qu'il ne te ressemble pas davantage.

– Je reconnais qu'il a tout pris de toi !

– Sans doute prévoyait-il qu'il n'aurait pas de père ?

– Ne sois pas méchante ! Ça ne te convient plus maintenant que nous nous sommes retrouvés.

– Pour combien de temps ?
– Autant que tu le voudras.
– Sincèrement ? Alors je ne vois qu'une solution pour y arriver : épouse-moi !
– Tu sais très bien que je suis déjà marié... Mal marié j'en conviens, mais quand même lié officiellement.
– Mal marié ? N'exagère pas ! Quand tu t'es décidé au mariage, tu savais très bien ce que tu faisais... Sans doute te disais-tu que le confortable magot de l'héritière Varthy t'aiderait à supporter certains inconvénients de la vie conjugale ? Mais je comprends très bien également qu'après plus de trois années d'une pareille expérience, tu en aies assez ! Il ne reste qu'une solution pour pouvoir en sortir : divorcer et m'épouser.
– Ce n'est pas l'envie qui m'en manque ! Seulement...
– Quoi ?
– Nicole ne consentira jamais au divorce.
– En es-tu bien sûr ? Elle t'aime autant que cela ?
– Même pas ! Elle ne m'a épousé que pour avoir un enfant de moi.
– Justement, comme elle ne pourra jamais en avoir de personne, pourquoi s'entêterait-elle ?
– Pour me punir ! Mais oui : c'est assez stupide de sa part, mais c'est à moi seul qu'elle reproche cette absence d'enfant alors que la preuve...
– ... est là, bien vivante dans ce landau, démontrant qu'elle se trompe ! Lui as-tu expliqué qu'avant de devenir la mère porteuse de ton enfant, j'ai été moi aussi ta compagne et que j'avais même réussi à me faire mettre enceinte d'un premier fils ?
– Si je le lui avais révélé, elle aurait été capable de tout ! Tu ne peux pas savoir à quel point elle est mortifiée de ne pas pouvoir montrer à tout le monde l'en-

fant qu'elle a été censée attendre ! Chez elle cela tourne à la folie !

– Ce qui prouve que ce n'est pas tellement de l'amour maternel refoulé, mais plutôt de l'orgueil bafoué.

– C'est possible. Avant-hier soir, nous avons eu une scène épouvantable où elle m'a bien fait comprendre que je pouvais mener la vie que je voulais, mais que jamais elle ne consentirait au divorce. Et comme elle n'est ni sensible, ni surtout intelligente, je suis sûr qu'elle m'empoisonnera l'existence jusqu'au bout ! Je ne vois pas comment je pourrais t'épouser.

– Moi non plus et c'est pourquoi j'estime que cette présentation de Sébastien, qui n'a absolument rien d'une reconnaissance de paternité, a suffisamment duré !

– Ai-je le droit de prendre quand même cet enfant dans mes bras ?

Après un moment d'hésitation elle répondit :

– Je n'ai plus tellement confiance en toi, tu sais... Enfin je veux bien te prêter « mon » fils pour quelques instants, non pas parce que c'est toi qui l'as fait, mais plutôt pour te révéler – toi qui n'en voulais pas de mon temps – ce qu'est le goût d'un enfant... Prends-le.

Elle retira Sébastien du landau et le lui tendit en ajoutant :

– Doucement... Fais très attention : c'est fragile, un enfant... Voilà ! C'est parfait... Ne le serre pas trop fort ! Tu vas l'étouffer ! Vous êtes superbes tous les deux dans les bras l'un de l'autre. Je te donne même l'autorisation de l'embrasser mais un seul baiser par joue... Tu ne trouves pas que ça sent bon, la peau d'un bébé ? Maintenant, je le reprends : Monsieur Sébastien doit rejoindre son dodo ambulant.

Dès que ce fut fait, elle s'adressa à l'enfant dont les

yeux écarquillés semblaient vouloir poser une foule de questions :

– Tu as été très bien, mon fils. Je suis fière de toi : tu n'as pas crié dans les bras du monsieur... Il est gentil le monsieur, n'est-ce pas ? Il te plaît ? A moi il m'a plu à une certaine époque...

Puis se tournant vers Eric :

– Toi aussi, tu t'es bien comporté. Sais-tu que c'est dommage, quand on te voit embrasser avec autant de délicatesse un nourrisson, de se dire que tu n'aimes pas les enfants !

– Mais je l'aime...

– Tu l'aimes maintenant ? Malheureusement, c'est un peu tard ! A moins que tu ne me le prouves en m'épousant ? Oui, Eric, ce ne sera qu'à cette seule condition que tu pourras profiter de lui. Seulement il ne faudrait pas trop attendre... Ça grandit tellement vite, un enfant ! A l'avenir, ce n'est plus moi qui te téléphonerai, mais toi quand tu en auras envie et après avoir mûrement réfléchi. Ton appel signifiera que tu t'es décidé à introduire une action en divorce. A bientôt, peut-être ?

Elle s'éloigna en poussant le landau et sans se retourner, le laissant figé sur place. Un moment, il voulut la suivre, mais il n'en trouva pas la force. Trop de choses encore lui occupaient l'esprit : sa situation de futur P.-D.G., l'argent que ça lui rapporterait, le luxe dans lequel il vivait, le beau-père... La seule personne à laquelle il ne tenait absolument plus était Nicole. Seulement voilà : comment s'en débarrasser ? En la faisant interner après être parvenu à obtenir l'assentiment complet de Jacques Varthy sur la folie inguérissable de sa fille ? Ça ne servirait à rien, puisque, Deliot l'avait bien dit, le conjoint de quelqu'un d'interné n'a pas le droit de se remarier tant que ce dernier est vivant. En la tuant ? Ce n'est pas facile de supprimer une épouse encore jeune et très riche, sans que les soupçons ne se portent automatiquement sur le mari qui n'a pas de fortune personnelle ! Et puis il faut une sorte de courage pour tuer quelqu'un ! Le bel Eric n'était pas tellement courageux... Pour lui mieux vaudrait patienter en souhaitant que la mort naturelle de celle dont il ne pouvait plus supporter la présence vienne le plus tôt possible. Une mort légale, ça arrange tout. Il deviendrait alors un veuf riche et en pleine forme, après lequel toutes les femmes courraient, y compris Sylvaine... Une Sylvaine à qui il donnerait sans hésiter la préférence, parce qu'il savait que, même mariée, elle saurait rester son amante... et aussi parce qu'il ne pouvait plus se passer de Sébastien.

A peine ressortie du jardin des Tuileries et tandis qu'elle poussait le landau sous les arcades de la rue de Rivoli en se dirigeant vers le carrefour de la rue de Castiglione, Sylvaine sentit son bras droit empoigné par Paule qui venait de surgir à côté d'elle en demandant :

– Tout s'est bien passé ?

– Il ne s'est rien passé.

– Pourtant il m'a semblé, quand je l'ai vu de loin prendre l'enfant dans ses bras et l'embrasser, que les choses étaient en train de s'arranger ?

– Tu m'as donc suivie malgré ta promesse formelle de ne pas le faire ?

– Oui, je l'avoue... Ceci depuis que nous nous sommes quittées devant l'entrée de la maison, square Louvois. Tu m'en veux ? Je ne l'ai pourtant fait – en prenant toutes les précautions pour que personne ne me remarque, la preuve en est que toi-même tu ne m'as pas vue – que pour assurer votre protection à Sébastien et à toi au cas où il vous arriverait quelque chose.

– Que voulais-tu qu'il nous arrive ? Eric est un homme bien élevé.

– Je te le répète : on ne sait jamais ce qui peut se passer dans la tête d'un père qui s'estime frustré ! Il aurait pu te le voler.

– En plein jour, devant des centaines de personnes ? Et même en admettant qu'il y soit parvenu, qu'est-ce qu'il aurait fait de cet enfant en bas âge ?

– Le rapporter à son épouse.

– Sûrement pas ! La seule certitude que j'ai acquise, c'est qu'il en a par-dessus la tête de cette Nicole !

– Lui as-tu parlé de l'idée que je t'ai suggérée, le divorce ?

– Il ne divorcera pas. Il a trop peur de perdre sa situation.

– Le misérable ! Tu vois comme sont les hommes... Depuis le temps que je te dis que ce sont des lâches ! Il a fallu cette expérience pour que tu puisses enfin t'en rendre compte ! Ma pauvre chérie, crois bien que je suis désolée pour toi, mais ne vaut-il pas mieux que les choses soient bien précisées avant que tu ne commettes une erreur irréparable ?

Sylvaine ne répondit pas. La fin de la promenade de retour fut silencieuse. Paule sentait que sa compagne était très malheureuse de la façon dont s'était déroulée l'entrevue avec son ancien amant. Par contre, elle-même, Paule, était plutôt contente malgré la mine attristée qu'elle prenait pour donner l'impression qu'elle compatissait au chagrin de la jeune maman. Satisfaite parce qu'une fois encore sa tactique venait de se révéler bénéfique : grâce au seul mot « épousailles » évoqué devant l'adversaire, le fossé creusé depuis déjà quatre années entre les amants n'avait fait que s'agrandir. Ayant la conscience très nette d'avoir marqué un sérieux point en sa faveur, l'infirmière n'hésita pas à dire, dès qu'elles se retrouvèrent dans l'appartement :

– Ne sommes-nous pas mieux ici toutes les deux avec notre chérubin ?

Une nouvelle fois, il n'y eut aucune réponse et Sylvaine alla se réfugier dans sa chambre avec son enfant. Paule en déduisit que le chagrin était encore plus grand qu'elle ne l'avait pensé. Donc il n'y avait plus une occasion à perdre pour continuer à essayer d'extirper des pensées et surtout du cœur de Sylvaine l'image obsédante de cet Eric dont la personnalité semblait avoir terriblement marqué celle dont elle croyait pourtant avoir fait la conquête définitive. Ou alors, s'il avait suffi que cet homme reparaisse épisodiquement à deux reprises pour que Sylvaine ne pense plus à nouveau qu'à lui, cela n'indiquait-il pas que cette dernière était beaucoup moins amoureuse de sa protectrice qu'elle ne le lui avait laissé croire ? Le danger était très réel. Comment y remédier ? Si elle ne parvenait pas, par ses allusions ou par ses conseils soigneusement dosés, à ce que son amie se détachât d'elle-même du rival, Paule ne voyait qu'un moyen : faire disparaître ce dernier définitivement, ceci en prenant de nouvelles précautions pour que cette disparition ne soit pas uniquement physique, mais également morale dans l'esprit de Sylvaine. Il était indispensable que celle-ci, regrettant moins son ancien amant, finisse par comprendre que celui dont elle avait fait l'homme de ses pensées n'était pas un personnage tellement exceptionnel ! Ce ne serait que le jour où cette conviction serait ancrée en elle que « sa » Sylvaine lui serait complètement acquise.

Bien sûr, ce soir, lorsqu'elles se retrouveraient sur la terrasse pour le dîner, l'infirmière ne dirait rien de tout cela. On ne reparlerait même pas du rendez-vous des Tuileries, ni d'Eric. La chance voulait qu'il y eût, annoncé dans les journaux, un bon film à la télévision : on le regarderait pendant que Sébastien s'endormirait. Ensuite, après l'étreinte coutumière du soir prouvant que rien ne changerait jamais entre elles, chacune rejoindrait sa chambre avec l'âme en paix. Mais, dès demain, la redoutable Mlle Paule commencerait à mûrir soigneusement un admirable projet qui n'était encore qu'assez vague dans son esprit mais dont l'aboutissement serait l'apothéose de son existence passionnée de grande amoureuse.

Une année passa pendant laquelle, contrairement à ce que Sylvaine souhaitait dans le fond de son cœur, il n'y eut aucun appel téléphonique d'Eric. L'avait-il à nouveau oubliée ou ne tenait-il plus à revoir son fils ? La présentation des Tuileries se solderait-elle finalement par un échec complet au moment où Sébastien commençait à marcher ? Le fait que la jeune femme ne se plaignait jamais de ce double abandon n'empêchait pas Paule de deviner que sa blonde amie était de plus en plus malheureuse, mais elle faisait semblant de ne pas le remarquer, se taisant elle aussi en attendant l'heure du règlement de comptes final qui tournerait à son avantage.

Pendant cette longue attente, les relations entre les deux femmes commencèrent à se dégrader progressivement, surtout les rapports physiques qui devinrent de plus en plus espacés. Paule sentait bien que Sylvaine n'avait plus besoin de ses caresses et elle en souffrait. D'ici à ce que sa protégée se détachât complètement d'elle, il n'y avait qu'un pas... Et ce serait la rupture définitive dont l'idée seule rendait l'infirmière folle d'inquiétude. Sylvaine, qui ne prononçait plus jamais le nom d'Eric, semblait ne s'intéresser qu'à son fils devenu pour elle une véritable passion. Rien n'était assez beau pour lui ! Tout ce qu'elle gagnait par son travail passait en jouets aussi onéreux qu'inutiles puisque l'enfant trop gâté ne tardait pas à s'en désintéresser et à les casser. Le seul jouet qui avait résisté était *Auguste*, l'ours en peluche offert par Eric. Ecœurée d'une telle gabegie, mais craignant à tout moment qu'une scène ne déclenche le brusque départ de Sylvaine, Paule n'osait pas faire de reproches.

Parallèlement, les choses n'allaient guère mieux chez le couple Nicole et Eric... Un Eric qui était revenu voir Victor Deliot après une longue éclipse en disant :

– Pardonnez-moi, maître, de ne pas vous avoir donné de nouvelles mais, hélas, je n'avais rien à vous dire ! Je suis toujours dans le même pétrin. J'ai l'impression que plus les jours passent et plus je m'enfonce ! Nicole et moi ne nous parlons pratiquement plus... Certes nous habitons sous le même toit – que ce soit dans l'appartement de Paris ou dans notre maison de la vallée de Chevreuse au cours des week-ends – mais nous ne faisons que nous y croiser !

– Vous ne m'aviez pas dit que vous aviez aussi cette propriété ?

– C'est un cadeau de mon beau-père qui, de plus en plus alarmé par l'état de sa fille, nous l'a offerte il y a huit mois avec l'espoir que Nicole viendrait s'y reposer pour retrouver le calme.

– Ce qu'elle fait ?

– Non. Elle ne va pas plus souvent que moi dans cette demeure qui, d'ailleurs, est charmante. Je ne sais jamais exactement quand elle s'y trouve. Sa vie est un perpétuel va-et-vient de Paris à « La Tilette » – c'est le nom de la maison de campagne... On ne sait jamais pourquoi elle y va ni pourquoi elle en revient ! A Paris, c'est pareil, elle bouge tout le temps, sortant surtout la nuit pour aller s'étourdir de boîte en boîte et ne rentrant qu'aux aurores – quand elle rentre ! – pour s'affaler ivre morte sur son lit et dormir toute la journée... C'est infernal pour les domestiques !

– Et pour vous ?

– J'ai fini par en prendre mon parti. Comment voulez-vous faire face à une perpétuelle insatisfaite ? Moi aussi, je sors le soir, mais raisonnablement : le lendemain je dois être à mon bureau.

– Les affaires marchent.

– Toujours très bien. Je pourrais même dire que c'est la seule chose qui ne me donne pas de soucis.

– Et le beau-père ?

– Il ne lâche pas pied mais il vieillit. Le comportement de sa fille le détruit peu à peu.

– Etes-vous bien sûr qu'il n'y a rien à faire ?

– Mon beau-père et moi avons tout essayé : les médecins, les psychiatres, les voyages qu'elle choisissait elle-même – mais, à chaque fois, elle revenait au bout de trois jours en disant qu'elle s'ennuyait !

– L'obsession de l'absence d'enfant continue ?

– Même pas ! Mais il y a pire : j'ai la preuve formelle que Nicole se drogue.

– Vous en avez parlé à votre beau-père ?

– Pourquoi lui faire encore plus de peine ? Je ne confie ça qu'à vous.

– Et le personnel ?

– La femme de chambre, qui nous est très dévouée, sent très bien qu'il y a chez Nicole quelque chose d'autre que la boisson, mais elle ne se rend pas exactement compte de ce qui se passe. C'est une femme d'une autre époque, celle où les drogués étaient assez rares.

– Entre l'alcool et la drogue, Mme Revard me paraît plutôt mal partie ! Et la mère de l'enfant, vous avez eu de ses nouvelles ?

– Pas depuis un an.

– A votre dernière visite, qui remonte assez loin, ne m'aviez-vous cependant pas laissé entendre que, de ce côté-là, les choses semblaient pouvoir s'arranger ?

– Elles ne se sont pas arrangées du tout ! Sylvaine exige, pour que je puisse revoir régulièrement mon fils, que je divorce et que je l'épouse ! Que voulez-vous que je fasse, puisque Nicole ne consentira jamais au divorce ?

– Peut-être pourrions-nous quand même, et malgré son opposition, tenter de le demander devant un tribunal pour inconduite notoire : l'ivrognerie, la drogue, les sorties nocturnes... Pensez-vous qu'elle a un amant ?

– Certainement pas ! Il n'aurait pas ma patience... Mais des aventures, sûrement ! Des amis, qui l'ont rencontrée un peu partout, m'ont affirmé qu'elle couchait avec n'importe qui lorsqu'elle était soûle ! Demander le divorce pour de tels motifs serait en effet une solution mais l'ennui c'est que, si nous agissons ainsi, mon beau-père – qui continuera toujours à défendre sa fille malgré toutes ses folies – n'hésitera pas à me retirer immédiatement mon poste de directeur général auquel je tiens en attendant mieux...

– Le poste de P.-D.G. ? Un autre ennui est que le beau-père est encore valide. Ah ! Ces produits Varthy... La première fois que vous êtes venu, vous m'aviez dit qu'ils étaient universellement connus. Je vous ai cru, mais jamais je n'aurais supposé qu'ils puissent prendre une telle importance dans votre vie !

– N'est-il pas heureux qu'il me reste tout de même cette petite consolation !

– Pas si petite que ça, monsieur Revard ! Alors, qu'allez-vous faire ?

– Je ne sais plus... Avez-vous une idée ?

– Une fois de plus, je vais vous sembler monstrueux, mais je vous sens dans un tel état de prostration qu'il me paraît être de mon devoir de ne pas vous laisser repartir sans vous avoir adressé quelques paroles d'espoir. Le rêve évidemment serait que l'alcool, joint à la drogue plus tout le reste, finisse par accomplir son œuvre et que Mme Revard s'en aille, sans trop tarder, de sa belle mort... Votre beau-père ne pourrait rien vous reprocher, vous deviendriez enfin le P.-D.G. de Varthy, vous épouseriez Sylvaine et vous reconnaîtriez votre fils qui prendrait votre nom.

– Il y a longtemps que je me suis dit tout cela, mais ne nous berçons pas d'illusions : Nicole est encore jeune et solide.

– Il ne faut pas non plus souhaiter la mort de quelqu'un ! C'est un très vilain sentiment... Franchement, cher monsieur, moi qui me targuais, au cours de nos premiers entretiens, de pouvoir vous sortir de l'impasse où vous vous trouvez, je ne vois plus du tout comment m'y prendre ! A moins que ne survienne un miracle ?

– Quel miracle ?

– Celui qui vous rendra votre liberté... Mais lequel ?

Quelques jours après cette visite à son conseiller, Eric eut la surprise d'être appelé à son bureau par la voix de Sylvaine qui demanda :

« – Je te dérange encore ?

» – Encore ! Tu ne manques pas de toupet d'employer ce mot après un silence d'une année ! Et tu sais très bien que tu ne me déranges jamais. C'est pourquoi tu aurais quand même pu me donner signe de vie plus souvent depuis que nous nous sommes vus aux Tuileries !

» – Ce jour-là, je t'avais dit que ce serait à toi de m'appeler et pas à moi. Je suppose que si tu ne l'as pas fait, c'est parce que tu n'as pas encore pris la décision de divorcer ?

» – Une fois pour toutes, je te répète que je ne peux pas la prendre... Mais ne crois-tu pas que nous ferions mieux de parler de ça ailleurs plutôt qu'au bout de ce fil, qui passe par le standard de cette firme ?

» – Tu as raison, pardonne-moi : je n'y pensais pas. Peut-être aurais-tu préféré que je t'appelle chez toi ?

» – Encore moins ! Et puisque la gaffe est faite vis-à-vis de tiers curieux qui nous écoutent peut-être, ne nous gênons plus... Si tu m'appelles, après un an de mutisme et malgré la volonté que tu avais de ne pas le faire, c'est qu'il doit y avoir une raison sérieuse. Laquelle ?

» – J'ai besoin de te voir...

» – Seule ?

» – Oui.

» – A propos, comment va Sébastien ?

» – C'est un beau garçon joufflu qui continue à me ressembler de plus en plus et qui trotte partout.

» – Tant mieux ! Alors vraiment tu veux me voir ? Quand cela ?

» – Le plus tôt possible ! Ce que j'ai à te dire est très important.

» – Bon. Où cela ? Je te préviens d'avance que je ne veux plus des Tuileries ! J'en ai gardé un mauvais souvenir.

» – Pourquoi les Tuileries, puisque l'enfant ne sera pas là ? Nous serons absolument seuls tous les deux. Tu ne veux pas que nous déjeunions au restaurant où tu m'avais rencontrée ?

» – Le *Sans-Souci* ? Si tu veux. A 13 heures demain ?

» – A 13 heures. Maintenant, je te fiche la paix. Toujours beaucoup de travail ?

» – Toujours. Et toi ?

» – Moi aussi... Mais je suis loin de gagner autant d'argent que toi. Enfin ça nous suffit pour le moment à Sébastien et à moi.

» – Et "l'autre" ?

» – Je t'expliquerai. A demain. »

Ils furent exacts tous les deux et s'installèrent à la même table isolée que l'année précédente. Ils n'avaient pas changé : lui paraissait toujours aussi soucieux et elle était toujours aussi jolie. Au moment de leurs retrouvailles, ils ne se dirent pas bonjour, comme s'ils ne venaient de se quitter que le matin même et avaient l'habitude de prendre tous leurs repas ensemble. Ils ne s'embrassèrent pas, laissant ce privilège aux couples mariés, ce qu'ils n'avaient jamais été, ou aux amants, ce qu'ils n'étaient plus. Une fois assis, les premières paroles d'Eric furent, alors qu'il tenait la carte en main :

– Qu'est-ce que tu prends ?

– La même chose que toi.

Il choisit pour deux. Dès que la commande fut passée, elle dit :

– C'est très gentil de ne pas avoir oublié mes goûts.

– Je n'y ai pas grand mérite ! En cuisine, nous avons toujours eu les mêmes.

– En cuisine seulement ?

– Pas seulement... Qu'est-ce que tu as de si urgent à me dire ?

– Je t'aime toujours, Eric... C'est tout ce que j'ai à t'annoncer, mais tu ne trouves pas que c'est important ?

Elle le regardait, la bouche entrouverte et le visage grave. Pour une fois, elle ne souriait pas : c'était sérieux. Un peu surpris – pas trop parce qu'il avait toujours pensé, malgré leur longue séparation, qu'elle lui avait gardé une place privilégiée dans son cœur –, il répondit en s'efforçant de rester calme malgré sa réelle émotion :

– Voilà une excellente nouvelle ! Et ta belle amie ?

– Je n'en veux plus ! C'est passé... En dépit de tous les efforts qu'elle fait pour me garder, je ne peux plus supporter sa présence.

– Il est vrai qu'après plus de quatre années, beaucoup de liaisons s'effritent... Pense à la nôtre : elle n'a duré que la moitié de ce temps ! C'est très long, quatre ans, quand on n'aime pas vraiment. J'en sais quelque chose avec mon épouse ! Mais, dans mon malheur, j'ai une très nette supériorité sur toi : c'est qu'elle non plus n'a plus aucune envie de vivre avec moi, ce qui ne semble pas être le cas de Paule.

– Alors pourquoi ta femme ne te rend-elle pas ta liberté ?

– Je te l'ai déjà dit il y a un an : pour continuer à m'empoisonner l'existence... et aussi sûrement par orgueil ! Une Nicole Varthy s'estime une trop grande dame pour divorcer ! Un pareil événement porterait tort à l'harmonie fabriquée dans laquelle elle essaie de donner l'impression de vivre en souveraine. Elle n'admettra jamais que nous divorcions officiellement, mais ça ne la gêne pas du tout que nous menions chacun notre vie comme bon nous semble... Pour s'étourdir, elle triche en se donnant des allures de femme faussement libérée alors qu'elle ne sera toujours qu'une petite bourgeoise ! Elle boit, elle se drogue, elle couche en pensant que tout cela ajoute encore à son prestige de femme riche.

– Toi aussi, tu couches ?

– Figure-toi – sans doute vas-tu me trouver un peu bête ? – que je n'en ai guère envie depuis l'après-midi où je t'ai revue, éblouissante, sur la terrasse de l'appartement du square Louvois ! Oui, sans t'en douter peut-être ou parce que tu l'as voulu, tu m'as récupéré ce jour-là et pour longtemps ! Je l'avoue.

– Tu as recommencé à m'aimer ?

– J'ai plutôt l'impression que j'ai commencé à le faire ! Et puis il y avait le mystère de l'enfant qui m'intriguait...

– Et quand tu l'as vu quelques mois plus tard ?

– Le mystère a disparu pour céder le pas à la réalité remuante qui bougeait dans le landau.

– Pourquoi n'as-tu pas cherché à retrouver plus tôt cette réalité ?

– A quoi cela aurait-il servi, sinon à me rendre encore plus fou après les conditions que tu m'avais imposées ce jour-là ?

– Aujourd'hui il n'y a plus de conditions, chéri... Ayant compris que ta femme ne céderait jamais, j'ai fini par me résigner à l'idée de ne redevenir que ton amante, à défaut de l'épouse.

– Sylvaine ! Tu le veux sincèrement ?

– Il faut que ça se fasse.

– Quand cela ?

– Tout de suite si tu le veux ! Nous expédions ce déjeuner et tu m'emmènes là où ça te fera plaisir... N'importe où, je m'en fiche !

– Mais ton travail ?

– Tant pis pour l'atelier pour une fois ! Je leur téléphonerai d'où nous serons pour leur dire que je suis souffrante et qu'ils ne me reverront que demain... D'ailleurs, ce ne sera pas un mensonge ! Je suis réellement souffrante, puisque j'ai à nouveau le mal d'amour ! Et toi, qu'est-ce que tu expliqueras à ton bureau ?

– Aucune explication ! En tant que directeur général, je suis mon propre patron.

– Quelle chance tu as ! Mais le beau-père ?

– Il est tellement écœuré par la conduite de sa fille qu'il me flanque maintenant une paix royale... Nous mangeons ?

– Le plus vite possible !

Dès que le repas, auquel l'un et l'autre ne touchèrent qu'à peine, fut terminé, elle demanda au moment où il venait de payer l'addition :

– Avant que nous n'allions là-bas...

– Où est-ce « là-bas » à ton avis ?

– La seule chose dont je sois sûre, c'est que ce n'est ni chez toi, ni chez moi ! « Là-bas », c'est un endroit magique dont tu es encore seul à connaître l'adresse et où l'amour doit nous attendre.

– Fais-moi confiance !

– Il y a quand même une chose que je voudrais encore te demander avant que nous ne partions d'ici... As-tu fini par t'habituer au prénom Sébastien ?

– Ma foi oui. C'est même à peu près la seule chose de bien qu'ait trouvée pour toi la Paule !

– Oublions-la... Nous savons très bien, toi et moi, qu'elle n'a été qu'une pause un peu trop longue, je le reconnais, dans notre vie amoureuse, mais pouvons-nous le lui reprocher ? N'a-t-elle pas été nécessaire pour que notre amour puisse se prolonger et ressusciter aujourd'hui ? Si elle ne m'avait pas recueillie à l'époque où, fasciné par le double pouvoir de l'argent et de la réussite, tu m'as abandonnée, que serais-je devenue ? Presque certainement nous ne nous serions jamais revus... Disons aussi qu'elle a été pour moi un dérivatif aussi bien moral que physique. Si elle ne s'était pas trouvée là à mes côtés, attentive pendant ces quatre années, pour me protéger et te remplacer – tu sais très bien que je ne peux pas vivre sans me sentir dominée par une volonté plus forte que la mienne –, j'aurais pu sombrer comme ta femme... Tu devrais presque lui être reconnaissant de ce qu'elle m'ait gardée farouchement, sans le vouloir évidemment, pour toi seul ! Parce qu'elle a su très bien me tenir en main, je n'ai jamais eu l'envie de rechercher un autre amant que toi. N'a-t-elle pas sauvé notre amour ?

– Tu fais tellement bien son panégyrique que j'en arrive à me demander pourquoi tu veux la quitter.

– Ça ne vient pas d'aujourd'hui, mais de beaucoup plus loin : quand je me suis retrouvée à nouveau enceinte... Je n'avais accepté de l'être – je le reconnais aussi – que pour me venger, mais dès que j'ai senti cette vie, qui venait de toi, s'exprimer pour la deuxième fois dans mon corps par l'intermédiaire d'un enfant, j'ai été envahie par un sentiment assez indéfinissable où la gratitude que la femme a le plus souvent pour celui qui l'a fécondée se mêle parfois à une sorte de haine... Et, entre la haine et l'amour, il n'y a qu'un pas vite franchi !

– Nous partons ?

– Nous avons déjà perdu beaucoup trop de temps !

Peu importe où ils firent l'amour, mais ils le firent avec cette fringale que l'on ne retrouve qu'après un jeûne forcé ou une longue abstinence. Quand ils furent repus, elle confia dans un souffle :

– C'est merveilleux ce que tu viens de faire : tu m'as redonné le goût de l'homme que je croyais avoir perdu !

– Par la faute de Paule ?

– Elle est très experte, tu sais...

– Je m'en doute, mais il lui manquera quand même toujours quelque chose : la virilité.

– Elle sait très bien compenser ce manque par la douceur...

– Je ne viens pourtant pas de me conduire en brute ?

– En homme, mon amour, ce qui est nettement préférable.

– Tu as l'intention de continuer à habiter chez elle ?

– Ce n'est plus tout à fait chez elle depuis que j'y suis, puisque j'ai toujours tenu à partager les frais... Depuis aussi que Sébastien est arrivé, c'est moi seule, malgré les offres incessantes que m'a faites Paule, qui ai tout payé pour lui. J'ai voulu qu'il ne soit qu'à moi et qu'il ne lui doive rien, plus tard, comme elle le souhaitait.

– Et si maintenant j'entrais dans la danse pour partager ces frais ?

– Ce serait différent puisque tu es le père ! Ce serait même assez normal et, je te l'avoue, ça m'arrangerait... Tu ne peux pas te douter de ce que peut coûter un enfant quand on est une femme seule ! Evidemment, si tu te décidais à t'occuper de Sébastien et de moi, il faudrait que je déménage : nous ne pourrions plus habiter chez Paule.

– Il n'est pas question que mon fils continue à vivre chez une lesbienne ! Je vais chercher dès demain un autre logement pour vous deux dans lequel je pourrai venir quand je le voudrai... Mais dis-moi : pendant que nous sommes ici cet après-midi, qui a emmené Sébastien faire sa promenade ? Il faut que cet enfant sorte tous les jours ! J'espère au moins que ce n'est pas Paule ?

– Ce n'est jamais elle. Comme moi à l'atelier, elle travaille chez le gynécologue. Sauf les samedis et dimanches où je suis là, c'est son amie Raymonde l'infirmière qui a la mission de s'occuper de notre fils : elle s'en acquitte d'ailleurs à merveille. Elle est diplômée et aussi consciencieuse que Paule.

– Gentille avec Sébastien ?

– Comment ne pas l'être avec lui ? Il est toujours de bonne humeur.

– Tu ne pourras quand même pas, quand vous habiterez ailleurs, conserver cette Raymonde... Si c'est une amie de Paule, elle lui raconterait tout ce qui se passe chez vous.

– Nous changerons de nurse. Peut-être pourrais-tu essayer de récupérer cette Suissesse que vous aviez fait venir pour s'occuper du fils que vous vouliez m'acheter ?

– Qui t'a raconté cela ?

– Paule. Elle l'a appris par son patron le professeur auquel vous aviez demandé quelle était la meilleure école suisse de nurses qualifiées.

– Ce n'est pas une nurse qu'il faut maintenant pour Sébastien, mais une gouvernante. A seize mois, c'est presque un homme, puisqu'il marche...

– N'exagérons rien !

– Ne crois-tu pas qu'avec les moyens que j'ai maintenant, tu pourrais cesser d'aller à ton atelier et te consacrer entièrement à l'éducation de notre fils ? Ça éviterait de rechercher une gouvernante.

– Pas question que j'abandonne mon métier ! Comme nous ne sommes pas mariés, on ne sait jamais ce qui pourra arriver... Si je me retrouvais à nouveau seule, comment ferais-je sans argent pour élever Sébastien ? Je préfère continuer à travailler. Tant que nous vivrons ensemble – je souhaite à nouveau que ce soit le plus longtemps possible ! – ton rôle financier se limitera à payer le loyer exactement comme tu le faisais il y a quatre ans et à prendre la moitié des frais d'éducation de l'enfant. Ainsi ce sera parfait ! A propos de loyer et d'appartement, il me vient brusquement une idée : pourquoi ne pas essayer de récupérer le merveilleux nid d'amour que nous avions trouvé quai aux Fleurs ? Ne serait-ce pas fantastique de nous y retrouver avec notre fils ?

– Ne crains-tu pas que nous n'y soyons un peu à l'étroit, maintenant que la famille s'est agrandie ?

– Rien n'est trop petit lorsqu'on s'aime ! C'est quand on ne s'aime pas ou plus du tout que les appartements ne sont jamais assez grands.

– Après tout, cet appartement est peut-être libre ? Je vais me renseigner. Qui t'avait remplacée, quand tu t'en étais débarrassée ?

– Un couple d'homosexuels. De toute façon, ne voulant pas aller vivre à l'hôtel avec Sébastien même pour un temps limité, je ne déménagerai du square

Louvois que le jour où tu auras trouvé quelque chose de convenable à proximité d'un jardin public ou d'un parc où l'enfant pourra aller jouer et courir.

– Mais il n'y en pas à proximité du quai aux Fleurs !

– Et que fais-tu du square du Vert-Galant ? Je le connais bien, moi...

– Je n'y pensais pas.

– C'est un square que je ne pourrai jamais oublier ! Maintenant, bien que je n'en aie pas la moindre envie, il va falloir nous séparer pour que je puisse me retrouver auprès de mon fils à l'heure habituelle à laquelle je rentre tous les soirs. C'est également celle où sa gardienne Raymonde doit s'en aller. Promets-moi de te débrouiller, pour que je puisse annoncer le plus tôt possible à Paule la bonne nouvelle de mon départ.

– Quelle va être la réaction ?

– Certainement mauvaise ! Mais comme j'ai enfin retrouvé « mon homme », je m'en moque éperdument ! Et puis je la connais : elle n'est pas de l'étoffe d'une vaincue... Elle m'aime, bien sûr, mais elle déteste autant que moi la solitude ! Aussi ne sera-t-elle pas longue à me remplacer... Quand nous revoyons-nous ?

– Après-demain ?

– Pourquoi pas dès demain ? Le matin, j'irai à l'atelier et vers midi j'inventerai un nouveau mensonge pour annoncer que je ne pourrai pas revenir l'après-midi, ayant à m'occuper de mon fiston.

– Tes camarades de travail le connaissent ?

– Si elles le connaissent ? Je le leur ai présenté deux fois : quand il a eu un an et le jour de la Saint-Sébastien... Elles sont toutes devenues amoureuses de lui ! C'est déjà un tombeur, comme son père. Et toi, qu'est-ce que tu vas raconter à ton bureau ?

– Toujours rien ! Je te l'ai dit : je suis mon patron.

– Ce qui te donne droit à tous les privilèges ! C'est à devenir communiste !
– Ma communiste, je t'aime.
– Tu ferais mieux de dire : maintenant nous sommes du même parti !

Quand elle se retrouva dans l'appartement du square Louvois, elle courut vers sa chambre où Sébastien était en train de jouer sur le tapis avec une panthère noire en peluche que lui avait apportée Paule quelques jours plus tôt et que celle-ci, avec sa rage de trouver des prénoms, avait tout de suite appelée Bagheera... Félin aux yeux d'une fixité désolante et dont la couleur noire rappelait celle de la chevelure de la donatrice. Raymonde était là faisant des mots croisés – sa passion – et surveillant l'enfant qui se précipita vers sa maman. Après l'avoir pris dans ses bras, celle-ci demanda comme tous les soirs lorsqu'elle revenait :
– Il a été sage ?
– Il l'est toujours.
– Il a pris son goûter ?
– Sans faire de caprices.
– C'est parfait. A demain matin et merci. Sébastien, embrasse Raymonde qui sait si bien s'occuper de toi.
Ce que fit l'enfant, toujours dans les bras de sa mère, en tendant ses joues vers celle qui s'en allait.
Dès qu'elle fut seule avec lui, Sylvaine le débarrassa de Bagheera pour la remplacer par l'ours en peluche que lui avait offert Eric une année plus tôt et dont le pelage blanc commençait à être passablement défraîchi. Elle le donna à l'enfant en disant :
– Maintenant, je ne veux plus que tu joues avec Bagheera : elle est très méchante et surtout jalouse

d'*Auguste* ! Lui, il est gentil et, depuis le temps qu'il te connaît, il commence à t'aimer.

S'en moquant éperdument, l'enfant jeta l'ours par terre.

– Ce n'est pas bien, ce que tu viens de faire, Sébastien ! Tu n'as donc pas compris qu'*Auguste* est ton allié dans cette maison ?

Une nouvelle fois, elle ramassa l'ours, mais le conserva pour elle dans sa main droite. Ce fut dans cette attitude que la trouva Paule qui, venant de pénétrer dans la chambre, désigna le jouet :

– Toi aussi, tu l'as adopté ?

– Je commence à l'aimer.

Aveu qui surprit un peu Paule, mais elle ne fit aucune remarque. Ce ne fut que le soir, après le dîner, qu'elle dit :

– Tout à l'heure, quand je suis rentrée, tu m'as avoué t'être prise d'affection pour l'ours offert à ton fils par Eric. C'est nouveau, cela ! Depuis le temps que ce jouet est là à traîner un peu partout, ni Sébastien ni toi n'aviez semblé y prêter le moindre intérêt, alors que c'était Bagheera qui captait toute votre attention.

– On ne peut pas aimer toujours les mêmes jouets...

– ... Ni les mêmes gens ! Tu repenses à Eric ?

– Plus que jamais !

– Tu l'as revu récemment ?

– Nous avons fait l'amour pendant tout l'après-midi. Ce fut sublime ! Est-ce que par hasard ça ne te conviendrait pas ?

Après un long moment de silence, pendant lequel son visage s'était contracté en pâlissant, celle qui faisait un visible effort pour ne pas accuser le choc d'une nouvelle aussi brutale et retrouver son calme, dit d'une voix altérée :

– Tu ne voudrais tout de même pas que je t'adresse des félicitations ? Alors, nous, c'est fini ?

– Pas pour la tendresse. Tu restes toujours ma plus grande et même ma seule amie, seulement pour le reste...

– Ne m'explique rien ! Il y a déjà un certain temps que tu ne manifestes plus le désir d'avoir le moindre rapport avec moi. Oh ! Je ne t'en veux pas ! Après tout c'est normal et presque fatal après plusieurs années... Tu avais déjà refait l'amour avec Eric sans me le dire ?

– Non, c'est la première fois. C'est pourquoi je te l'annonce aujourd'hui. N'avions-nous pas décidé une fois pour toutes, quand nous avons pris la décision de vivre ensemble, de ne jamais rien nous cacher ? Aussi suis-je franche et ayant pu apprécier ta loyauté, j'ai la conviction que tu seras quand même heureuse de me voir suivre tes conseils.

– Quels conseils ?

– Ne m'as-tu pas dit, avant que je ne revoie Eric, il y a un an, pour lui présenter Sébastien aux Tuileries, que tu préférais – si je prenais la décision de retourner à un homme – que ce soit avec celui qui m'a fait un fils ? Une fois de plus je t'ai obéi. Ne voulant aucun autre homme que lui, j'ai la ferme intention de rester le plus longtemps que je le pourrai dans sa vie.

– Mais... tu ne vas pas l'épouser ?

– Sa femme refuse obstinément de lui accorder le divorce. Je me contenterai d'être sa maîtresse, voilà tout ! Ce ne sera pas la première fois qu'une pareille situation se présentera !

– Il continuera à habiter avec sa femme ?

– Evidemment, mais il couchera avec moi ! Il ne la trompera même pas, puisqu'il ne se passe plus rien entre eux depuis que j'ai refusé de leur céder Sébastien.

– Ces gens sont inouïs ! Ces mariages d'argent... Et toi, tu vas me quitter, avec Sébastien ?

– Je ne sais pas encore ce que je ferai plus tard, mais pour le moment, je ne bouge pas d'ici. Cela te fait plaisir ?

– Si tu partais, je crois que j'en mourrais ! Je me suis attachée aussi à ton fils : il me manquerait beaucoup... Tu verras, nous pourrons très bien nous organiser... Quand tu le désireras tu iras rejoindre Eric et, si tu sors avec lui le soir, je garderai Sébastien en attendant ton retour. La seule chose que je te demande, c'est qu'Eric ne monte jamais ici. Ce serait gênant pour nous trois. Il n'aura qu'à attendre en bas, dans sa voiture, lorsqu'il viendra te chercher. Tu te souviens quand je te disais que l'amour partagé pouvait très bien exister ?

– J'espère qu'Eric le comprendra !

– Tu n'as même pas à lui demander son avis ! Dans un trio comme le nôtre, c'est l'homme qui doit se taire... D'abord il n'a pas la majorité, ensuite tu sais très bien que je suis la plus forte de nous trois.

– Tu veux continuer à commander ?

– Ce sera la seule méthode pour que ça marche. Eric est peut-être charmant, mais il n'a aucune volonté ! Il n'y a qu'à voir comment se passent les choses dans son ménage : c'est sa femme qui impose tout !

– Grâce à son argent...

– L'argent ! Il n'y a pas que ça d'important dans la vie ! Si ton amant avait tant soit peu de ressort, jamais il n'aurait abandonné une fille telle que toi, et il aurait envoyé promener sa bonne femme dès le premier jour où il a appris que tu étais la mère de l'enfant qu'il avait fait par insémination !

– Tais-toi, Paule, je t'en supplie ! Je ne veux plus entendre parler de cette histoire !

– Je n'en parlerai plus parce que, je te l'ai dit cent fois, mon seul souci c'est ton bonheur... Et, comme tu sembles ne pas pouvoir te passer d'homme, mieux vaut que ce soit celui-là plutôt qu'un autre ! Nous savons qui il est : beau garçon, il paraît travailleur, il est bien élevé et il te plaît... Dis-moi, quand tu as fait l'amour avec lui cet après-midi, tu n'as pas pensé à moi, ne serait-ce qu'un moment ? Je ne dis pas *pendant* mais *avant* ou *après* ?

– Même pas !

– Tu ne t'es pas rendu compte que tu me trompais, moi qui ai été ton mentor pendant près de quatre années ?

– Quand je faisais l'amour avec toi, ça m'a plu, mais à aucun moment je n'ai éprouvé le sentiment de trahir Eric ! C'était autre chose...

– Comme tu le dis ! Nous ferions mieux d'aller nous coucher... Tu le revois demain ?

– Tous les jours, si je le puis.

– Ma parole, te voilà à nouveau mordue ! Mais ton travail ?

– Ne t'en préoccupe pas. Tu ne m'as pas si souvent parlé du tien ! Alors ?

– Alors bonne nuit, mon amour.

– Bonsoir, ma chérie.

Sylvaine ne prit même pas le temps de voir passer trois autres mois, tellement elle était amoureuse. Elle retrouvait presque tous les jours son amant, parfois pour deux heures quand elle parvenait à inventer le bon prétexte vis-à-vis de ses employeurs – le meilleur était celui de son fils qui devenait, disait-elle, de plus en plus remuant ! –, parfois aussi pour un tout petit quart d'heure quand Eric, accaparé lui aussi par ses fonctions directoriales, était obligé de minuter sa journée. Mais cela ne lui semblait pas grave : l'important était de pouvoir profiter d'Eric, dont elle ne pouvait plus se passer. Les samedis et les dimanches étaient réservés aux promenades, en compagnie de Sébastien, dans différents squares de Paris – ils finissaient par tous les connaître par cœur – ainsi qu'au bois de Boulogne. Parfois même Eric venait chercher en voiture ses deux amours, en prenant soin de les attendre devant leur immeuble, selon la promesse faite par Sylvaine à Paule, et le trio partait déjeuner aux environs de Paris. Escapade qui enchantait tout le monde et particulièrement le très jeune homme qui raffolait de l'automobile. Déjeuners pendant lesquels Sylvaine ne cessait de répéter :

– Crois-tu que tu vas enfin le dénicher, cet appartement ? J'en ai assez de ne pas faire l'amour chez nous, parce que ce sera à nouveau « chez nous », tu entends ? J'en ai aussi par-dessus la tête de me retrouver tous les soirs face à Paule qui, malgré son sourire énigmatique, ne cesse pas de m'épier. Je la sens à l'affût de mes moindres faits et gestes. Quand elle me pose des questions, elles se résument toujours au même sujet : toi !

– Je l'intéresse donc à ce point ?

– Elle te hait ! Dans son esprit rancunier, tu m'as reprise à elle, alors que c'est faux ! C'est moi seule qui ai couru après toi quand je t'ai appelé au téléphone après une année de réflexion... Mais cela, Paule ne peut pas l'admettre ! Elle ne comprend pas que je ne la trouve plus irrésistible ! Elle est plus macho que n'importe quel mâle ! C'est encore heureux que tu sois un homme... Si je lui avais préféré une autre femme, je ne sais pas ce qu'elle m'aurait fait, ni surtout à sa rivale ! Ce qui nous assure une tranquillité relative en ce moment est qu'elle est persuadée que notre regain d'amour ne sera qu'une aventure passagère devant se terminer encore plus rapidement que la première, et qu'elle finira par me récupérer bientôt, ce en quoi elle se trompe complètement ! Même si nous ne devions plus nous revoir –

ce que je ne crois pas : n'as-tu pas, comme moi, l'impression que nous sommes beaucoup plus soudés l'un à l'autre qu'il y a cinq ans ? – je la quitterais de toute façon. C'est pourquoi il faut absolument que tu me trouves un autre domicile ! D'ailleurs Sébastien est comme moi... Regarde-le : pour ce déjeuner à la campagne, il a emporté *Auguste* et pas Bagheera ! Il ne peut plus la voir !

Une semaine après avoir entendu pour la énième fois cette supplique, Eric appela Sylvaine à l'atelier en plein milieu d'un après-midi.

« – Oui, je sais, chérie, que ça produit un effet déplorable vis-à-vis de la direction de ta boîte : je n'aurais pas dû te réclamer au téléphone, seulement j'ai une nouvelle formidable ! Ça y est ! L'appartement du quai aux Fleurs est libre. Il t'attend tout meublé.

» – Comment cela, meublé ?

» – En réalité j'avais versé la caution il y a déjà plus d'un mois, mais il m'a fallu du temps pour tout faire nettoyer et procéder à la nouvelle installation. Je voulais te réserver la surprise. J'espère que l'ensemble te plaira : c'est beaucoup plus gai qu'avant. Tu verras : n'en ayant plus besoin puisque j'ai mon bureau chez Varthy, j'ai fait transformer la pièce qui me servait de cabinet de travail en chambre pour Sébastien. Elle est superbe, identique à celle que nous avions fait préparer, Nicole et moi, avenue Foch pour l'enfant qui n'y est jamais venu ! Il y a une foule de petits personnages peinturlurés sur les murs : j'ai même fait rajouter à ceux de Walt Disney des héros ou héroïnes tout à fait de chez nous : Astérix, Bécassine, le général Dourakine, Tintin, le capitaine Haddock, un vrai festival, quoi ! Espérons que Sébastien les aimera ! Pour notre chambre, le lit est immense... Mais chut ! Quand viens-tu voir tout cela ? Si ça te convient, tu n'as plus qu'à emménager. On pourrait faire ça demain samedi ou dimanche ? J'ai résolu aussi le problème de la gouvernante. Tu te souviens de la concierge très gentille que tu aimais et qui te le rendait ? Eh bien, elle est toujours là avec sa fille qui a diablement grandi : elle a dix-neuf ans. Elle cherchait du travail : je l'ai engagée en qualité de femme de ménage faisant aussi fonction de gardienne pour Sébastien. Ainsi tu pourras continuer à exercer ta profession. Ouf ! Elle n'est pas trop longue, cette communication téléphonique ? Et encore tu remarqueras que, pour la raccourcir, je ne t'ai pas laissé parler ! Veux-tu que je vienne t'attendre tout à l'heure à la sortie de l'atelier ? A quelle heure en pars-tu ? 17 h 30 ? Je serai là. Nous filerons quai aux Fleurs où tu pourras jouer le rôle d'inspectrice des travaux finis... »

Il avait raccroché sans attendre la réponse. Sylvaine exultait.

– Qu'est-ce qui t'arrive ? demanda l'une de ses collègues quand elle revint du téléphone. Sûrement une bonne nouvelle, à en juger par ta mine réjouie ?

– Tu parles ! Je déménage demain.

– Tu trouves ça réjouissant, un déménagement ?

– Ça dépend duquel...

Le soir même, après le dîner – en semaine, c'était à peu près le seul moment, quand l'enfant dormait, où elles pouvaient bavarder –, Sylvaine annonça à son amie :

– Sébastien et moi partons demain dans le courant de la journée.

– Qu'est-ce que tu dis ?

– Eric viendra nous chercher avec sa voiture, mais rassure-toi : il attendra en bas.

– Et où allez-vous ? En week-end ?

– Nous partons définitivement... Ne m'en veux pas si je ne te le dis qu'au dernier moment, mais si je t'avais prévenue longtemps à l'avance, cela aurait déclenché entre nous des scènes inutiles que nous n'aurions pu supporter ni l'une ni l'autre ! Alors mieux vaut que ça se passe vite !

– Définitivement ? Un bien grand mot... Puis-je savoir quand même où vous allez ?

– Je continue à ne rien te cacher... Je me réinstalle dans l'appartement du quai aux Fleurs, où tu es venue me chercher il y a quelques années. Eric vient de le faire rénover : c'est l'idéal ! Et pour moi il y aura quand même une grande différence, puisque Sébastien y habitera avec moi. Tout est prévu pour qu'il y soit heureux.

– Tu estimes qu'il ne l'était pas, ici ?

– Jamais je ne dirai cela. Ici, aussi bien pour lui que pour moi, cela a été une transition nécessaire dont je te suis très reconnaissante. Mais ça ne pouvait pas durer éternellement : la façon dont nous y vivions n'était pas tout à fait ce qu'il nous fallait... Maintenant nous allons connaître une vie plus normale.

– Plus normale ? Ton amant habitera avec vous ?

– Il continuera à loger chez sa femme, mais, pour lui aussi, il y aura une grande différence : à chaque fois qu'il aura envie de venir nous voir, il pourra monter. Il aura les clés... Crois-moi, Paule : Sébastien va grandir et nous aurions fini par t'encombrer ! Naturellement ça ne nous empêchera pas, toi et moi, de continuer à nous voir. Nous n'aurons qu'à nous téléphoner...

– ... pour prendre rendez-vous comme chez Torvay ? Je ne pense pas que j'aurai moi aussi le droit d'avoir un jour les clés.

– Ce ne serait pas possible : tous les frais de l'appartement sont à la charge d'Eric.

– Tu vois comme tu as changé ! Moi, je te laisse

avec confiance emporter ton jeu de clés d'ici où tu pourras revenir quand tu voudras.

– Ne t'inquiète pas : demain, avant de partir, je te rendrai ces clés, estimant ne plus être ici chez moi. Ça tombe bien d'ailleurs : je t'ai justement remis avant-hier ma part de loyer et de charges pour les trois mois qui vont commencer... Et puis, ces clés, tu vas sûrement en avoir besoin, ne serait-ce que pour les prêter à celle qui, tôt ou tard, me remplacera.

– Il n'y aura personne ! Et je croyais, d'après les accords que nous avons faits, que nous resterions amies.

– Moralement mais pas physiquement. Je te l'ai déjà dit.

– Et que vais-je devenir, moi ?

– Tu retourneras t'approvisionner à *La Réserve...*

– Sais-tu que tu es une vraie garce ?

– Plutôt une vraie femme.

– C'est ta façon de me remercier, après tout ce que j'ai fait pour toi ?

– Qu'est-ce que tu as donc fait pour moi ?... Ah ! oui... Tu m'as empêchée de me jeter à l'eau à un moment où je croyais que tout était fini pour moi. De cela aussi, je te suis reconnaissante : s'il n'y avait pas eu ton geste, je n'aurais sûrement pas connu quatre années plus tard la double joie d'être à nouveau mère et de retrouver le seul homme que j'aime ! Mais à part ça... Je ne vois rien d'autre, sinon que je t'ai permis d'assouvir tes instincts pendant un bon laps de temps ! De cela, ce serait plutôt toi qui devrais m'être reconnaissante ?

– Tout ça veut dire que nous ne nous reverrons plus ?

– Nous nous reverrons, mais pas tout de suite... Laisse-moi un peu le temps de respirer... Tu sais, ce n'est pas très facile pour une femme normale de passer des bras d'une maîtresse telle que toi à ceux d'un amant qui est encore plus exigeant qu'elle ! Après la douceur de tes caresses, il faut que je me réacclimate à la rudesse d'Eric.

– Sylvaine, tu es monstrueuse !

– Je ne suis que comme beaucoup de femmes d'aujourd'hui que les difficultés de l'existence ont contraintes à se montrer égoïstes... Mon égoïsme a cependant été tempéré par deux enfants : l'un qui n'est plus et l'autre qui veut vivre. Je n'ai pas le droit d'oublier le premier et je me dois d'aider le second à devenir un homme. Sincèrement, je crois que nous nous sommes tout dit.

– Tu as raison : tout !

– Va te reposer, Paule.

– Dors bien, Sylvaine.

Le lendemain matin, levée de bonne heure, Sylvaine fit ses préparatifs de départ pour elle et pour son fils.

– Veux-tu que je t'aide ? demanda Paule.

– Tu es gentille, mais je m'en tirerai très bien seule.

– Dommage que ce soit samedi, jour où Raymonde n'est pas là, sinon elle aurait pu te donner un coup de main ! Que devrai-je lui dire lundi, quand elle reviendra ? Qu'elle aille quai aux Fleurs ?

– Ce serait inutile. Eric a trouvé une jeune fille parfaite pour garder Sébastien quand j'irai travailler. Elle débute aujourd'hui et sera là-bas à nous attendre dans l'appartement, lorsque nous y arriverons.

– Je constate que tout a été minutieusement préparé.

– Eric a un grand sens de l'organisation. C'est pourquoi il réussit très bien à la tête de l'affaire qu'il dirige.

– Je suis ravie qu'il soit un homme ordonné, parce

que toi, ma petite Sylvaine, tu es l'incarnation même de la pagaille ! Combien de fois n'ai-je pas rangé tes affaires ici ! Note bien que ça ne me déplaisait pas : toi et ton fils vous m'apportiez la vie... Mon Dieu, comme cet appartement va me paraître vide après votre départ ! Je vais m'ennuyer à mourir !

– Mais non ! Très vite, tu nous oublieras et dans quelques mois à peine, tu en arriveras à te demander par quelle aberration tu avais eu l'idée saugrenue de nous héberger !

Vers 11 heures les préparatifs de départ étaient terminés.

– Tu permets que j'utilise ton téléphone ? demanda Sylvaine. Ce sera la dernière fois.

Et quand elle eut composé le numéro :

« – Allô ! C'est toi, Eric ?

» – Ça se passe bien ? Pas trop de pleurs ni de grincements de dents ?

» – Sébastien et moi nous t'attendons.

» – Je serai avec l'auto devant la porte dans une vingtaine de minutes. Tu peux commencer à utiliser l'ascenseur pour descendre tout ton bazar... Mais j'y pense ! Pour la voiture d'enfant, comment va-t-on faire ?

» – Ne t'inquiète pas : il se plie et une fois que c'est fait, il ne tient pas plus de place qu'une valise. A tout de suite. »

Dès que le récepteur fut raccroché, elle dit à Paule :

– Voilà tes clés.

– Es-tu bien sûre que tu n'en auras pas besoin, ne serait-ce que si tu as oublié quelque chose ?

– Ce serait très possible, mais avec une femme aussi précise que toi, je n'ai aucun souci ! Tu me le feras tout de suite savoir par téléphone... Le téléphone ! Je connais évidemment celui d'ici, mais tu n'as peut-être plus mon numéro quai aux Fleurs. Il n'a pas changé ; je l'inscris sur ce bloc... Je vais appeler l'ascenseur. Il va sûrement falloir que je fasse plusieurs voyages. Pendant ce temps je compte sur toi pour surveiller Sébastien.

– C'est mon rôle : ne suis-je pas sa marraine ?

– Tu le resteras toujours, mais Eric va peut-être vouloir qu'il ait également un parrain.

– Qui choisirez-vous ?

– Je ne sais pas, mais ce sera certainement un ami d'Eric, quelqu'un de sûr qui n'ira pas raconter à Nicole que son mari a non seulement une maîtresse, mais aussi un fils de cette femme !

– Ne crains-tu pas qu'une personne, malintentionnée à l'égard d'Eric ou jalouse de toi, ne commette cette indiscrétion ?

– Qu'est-ce que ça changerait, puisque l'épouse d'Eric sait très bien que, tant qu'il ne sera pas divorcé, il ne pourra pas reconnaître l'enfant ni lui donner son nom ? C'est seulement cela ce qu'elle veut : ne pouvant pas faire un héritier Revard, elle n'admet pas qu'il puisse en exister un venant d'une autre femme. Beaucoup de femmes ont cette mentalité ! Je descends un premier chargement au rez-de-chaussée et je reviens.

Restée sur le palier de son sixième, Paule assista sans broncher au va-et-vient du déménagement. Quand tout fut en bas, l'ascenseur remonta une dernière fois, amenant une Sylvaine qui annonça :

– C'est terminé. Ça tombe bien : Eric vient juste d'arriver et charge tout dans sa voiture. Heureusement qu'elle est grande ! Moi, il ne me reste qu'à emporter mon colis le plus précieux : Sébastien. Mais lui, je le garde dans mes bras : on ne peut plus nous séparer l'un de l'autre... Mon chéri, tu vas faire une bonne grosse bise à ta marraine. Ça voudra dire que tu la remercies pour tout ce qu'elle a fait pour toi et pour ta maman.

– Vous avez déjà oublié quelque chose : ça...

Elle présenta la panthère noire.

– Ce n'est pas un oubli. Sébastien l'a fait intentionnellement, parce qu'il a dû se dire : « Quand je ne vais plus être là, marraine se retrouvera bien seule... Qui pourra me remplacer ? Bagheera, parbleu ! »

– J'ai l'impression que ton fils a plus de cœur que sa maman ! Et toi, qu'est-ce que tu me laisses en souvenir de tes quatre années de présence ici ?

– Celui dont je ne pourrais faire cadeau à personne d'autre : une amitié indéfectible.

– Tu ne trouves pas que c'est un peu glacial, ce genre d'amitié ?

– C'est possible, mais, comme tout ce qui est dans le froid, ça se conserve, ça dure... Nous filons, sinon Eric va s'impatienter, d'autant plus qu'il m'a dit s'être mal garé devant la maison.

– Au fond les embarras de circulation sont très utiles pour que les séparations soient plus rapides ! Ton fils vient de m'embrasser, et toi ?

– Je le fais aussi, mais, comme lui, seulement sur les deux joues...

La porte de l'ascenseur s'était refermée. Toujours sur le palier, Paule attendit de l'entendre se rouvrir au rez-de-chaussée. Il y eut quelques exclamations qu'elle ne comprit pas distinctement, mais elle entendit très bien une voix d'homme. Six étages maintenant la séparaient de Sylvaine : c'était déjà beaucoup. Combien de temps lui faudrait-il attendre pour que celle-ci remonte la voir dans son perchoir ensoleillé qu'elle avait cru, à tort, pouvoir transformer lui aussi en nid d'amour ?

Quand, ayant refermé sa porte, la femme brune se retrouva solitaire chez elle, elle commença à errer dans l'appartement, qui lui parut maintenant être devenu beaucoup trop grand. Poussée, malgré sa volonté, par ce sentiment étrange qui voudrait que les choses se prolongent même si elles sont bien terminées, elle se dirigea vers la chambre qu'occupait Sylvaine avec son enfant. Le petit lit était toujours là, à côté du grand : deux lits défaits et un désordre donnant l'impression que leurs occupants venaient de prendre la fuite. C'était le silence : plus de babillages, plus de grondements tendres d'une voix maternelle... Il n'y aurait plus, chaque matin, les petits déjeuners apportés amoureusement à celle qui ne se levait qu'un peu plus tard et qui ne s'en allait dessiner de belles maquettes de mode que quand Raymonde était arrivée pour s'occuper de l'enfant. Il n'y aurait plus aucun de ces petits événements quotidiens donnant l'impression que c'était bon de vivre... A son tour, ce fut Paule, la solide infirmière, qui se sentit désespérée.

Elle revint dans le living-room, qu'elle traversa pour rejoindre la terrasse où son regard erra, sans même le voir, sur le décor des toits de Paris. Le ciel était triste, tout gris, bouché, maussade comme sait l'être parfois l'horizon de Paris. Et, aussi incroyable que cela fût, les yeux de Mlle Paule, qui d'habitude donnaient l'impression d'être implacables, étaient embués de larmes. Ce samedi s'annonçait pour elle comme le pire qu'elle eût jamais connu. Et pourtant ! Ce n'étaient pas les ruptures qui avaient manqué dans sa vie, avant que Sylvaine n'y fît, sans nullement l'avoir cherché, l'intrusion victorieuse qui s'était prolongée pendant des années... Toutes les autres femmes désirées et conquises n'avaient été pour elle que des aventures sans lendemain. Elles s'étaient succédé sans laisser d'autres traces que celles finalement assez banales qui découlent d'un plaisir éphémère. Une de perdue, dix de retrouvées ! Il suffisait, comme l'avait dit méchamment Sylvaine la veille, d'aller se réapprovisionner à *La Réserve*... Seulement cette fois, la première de sa vie, Paule n'avait aucune envie de retourner là-bas. D'avance, elle savait qu'elle n'y trouverait pas une remplaçante parce qu'il n'existait, pour son cœur d'amante gravement blessée, qu'une Sylvaine ! Quelle autre femme aurait pu lui imposer sa présence continuelle chez elle, alors qu'elle s'était fait mettre volontairement enceinte, et ensuite la rendre presque folle d'un enfant quand elle en avait tellement vu naître avant lui qui l'avaient tous laissée indifférente ? La supériorité écrasante de Sébastien était d'être le fils de celle que Paule aimait, comme elle n'avait encore jamais aimé une autre femme et comme elle ne pourrait plus en aimer avec une telle intensité !

Le samedi et le dimanche passèrent, mornes, sans que Sylvaine ne donnât même un court appel téléphonique pour dire que la réinstallation quai aux Fleurs s'était bien déroulée, que Sébastien se sentait un vrai petit prince dans sa nouvelle chambre et qu'elle-même, la maman redevenue amante, était la plus heureuse de toutes les femmes ! Là aussi, ce fut le silence complet. Dix, vingt fois pendant ces quarante-huit heures, Paule se retint pour ne pas former le numéro griffonné par Sylvaine sur le bloc placé à côté de l'appareil. Ce n'était quand même pas à elle d'appeler, mais à Sylvaine qui avait dit qu'elle le ferait. Le lundi, levée très tôt et n'ayant pas pu dormir, elle éprouva un véritable soulagement à se retrouver au cabinet de Torvay... Dès qu'il y fut à son tour, le professeur lui demanda :

– Qu'est-ce qui vous arrive ? Il y a bien longtemps que je ne vous ai vue avec une mine pareille ! Souffrante ?

– Nullement, monsieur le professeur.

– Alors, c'est moral ?

– Je viens de perdre quelqu'un.

– Parent proche ?

– Aucune parenté... Disons que c'était ma meilleure amie.

– Que lui est-il donc arrivé ?

– Elle m'a trahie.

– Ah ! Ça fait très mal, ça ! J'en sais quelque chose : j'ai eu, pendant des années, un ami inséparable. Nous avions été au lycée ensemble et il a fait, comme moi, sa médecine. Et puis, un jour, il m'a volé la seule femme que j'aie aimée. Nous ne nous sommes plus jamais revus. Je suppose que c'est une histoire du même genre qui vous arrive ?

– Un peu...

– Eh bien, ma chère Paule, il n'y a qu'un remède à cela : le travail ! Beaucoup de rendez-vous aujourd'hui ?

– Il y a déjà deux personnes qui attendent dans la salle d'accueil. Ce sont des clientes que vous connaissez et qui viennent toujours très tôt parce qu'elles ont leur travail...

– ... qui leur permet peut-être d'oublier beaucoup de choses, à elles aussi ? Je mets ma blouse ; allez me chercher la première.

Mais au moment où elle sortait du cabinet, il ajouta :

– Paule ! N'oubliez jamais une chose : quels que soient vos ennuis personnels, il ne faut pas les laisser deviner à la clientèle ! Je crois que c'est l'un des plus grands secrets de notre profession. Nous sommes là pour les autres, pas pour nous ! Je vous sais assez forte et intelligente pour me douter qu'il y a longtemps que vous l'avez compris ?

– Oui, monsieur le professeur.

Des semaines s'écoulèrent, interminables pour Paule, dont la conscience professionnelle commençait à faiblir. Malgré le conseil que lui avait donné son patron et l'amour profond qu'elle avait de son métier, elle ne se sentait plus habitée par le feu sacré qui lui avait toujours fait passer son travail avant tout ! Dès qu'elle se retrouvait seule chez elle, le soir, une foule de pensées vengeresses commençaient à l'assaillir... Si Sylvaine n'avait pas encore ressenti la nécessité de lui donner signe de vie, cela n'indiquait-il pas qu'elle était tellement heureuse qu'elle oubliait son passé, même récent ? Et la plus grande, la seule véritable oubliée de ce passé, c'était elle Paule qui ne pouvait supporter l'idée de se sentir ravalée au rang d'amante délaissée qui a été rejetée parce que sa protégée était retournée à ses anciennes amours. Tout cela uniquement par la faute de cet Eric dont on pouvait se demander ce qu'il avait d'extraordinaire. Bel homme ? Il en existait des milliers beaucoup mieux réussis que lui !... Intelligent ? Certainement pas, sinon il ne se serait pas englué dans le guêpier où il s'était fourvoyé entre une épouse, un beau-père, une maîtresse récupérée et un enfant qu'il ne pouvait même pas reconnaître ni adopter !... Ambitieux ?... S'il l'était vraiment, il ne se serait pas laissé mettre à nouveau le grappin sur lui par une femme comme Sylvaine qui était incapable de conduire elle-même sa propre barque, s'il ne se trouvait pas à ses côtés une personne forte et dévouée dont elle avait le plus grand besoin à chaque instant !... Amoureux ? Eric n'avait rien d'un romantique ! Il n'était qu'un homme pratique cherchant à satisfaire ses instincts : pour lui tout renouveau, tout beau ! En ce moment, il devait être encore sous l'effet des retrouvailles inespérées avec son ancienne amante, mais dès que la fièvre de la passion revigorée commencerait à s'atténuer, il n'aurait aucun scrupule à l'abandonner une seconde fois, comme il l'avait déjà fait. Il restait l'enfant... Un Eric empoigné brusquement par l'amour paternel ? C'était des plus douteux ! Il avait été ébloui par la pensée que, s'il n'avait pas eu la chance de découvrir que la mère porteuse n'était autre que Sylvaine, il aurait été condamné à se contenter de savoir qu'il était le père d'un enfant dont la mère resterait toujours pour lui une inconnue.

Vraiment ce serait scandaleux que la victoire finale – dans le perpétuel conflit qui avait toujours opposé Paule à l'homme depuis le jour où, encore très jeune, elle avait compris jusqu'où pouvait aller sa vilenie – allât à un personnage aussi falot qu'un Eric Revard ! Elle devait donc tout mettre en œuvre, elle la fière maîtresse, pour contrecarrer la pitoyable offensive de charme ! Et le fabuleux plan de défense – qu'elle avait déjà commencé à mijoter une année plus tôt, le soir où Sylvaine était revenue des Tuileries – se présenta à nouveau dans son esprit avec une acuité décuplée, mûri par les atroces semaines d'oubli où l'avait laissée la seule femme qui avait réussi à lui faire croire qu'elle pouvait être sa véritable amante, autrement dit la femme de sa vie ! Parce qu'il n'était pas permis de s'être trompée à un pareil degré, Paule l'abandonnée voulait avoir une revanche éclatante. En appliquant le plan démoniaque, elle l'aurait ! Et la machine de mort, destinée à broyer une fois pour toutes le renouveau d'amour de Sylvaine pour Eric, commença à se mettre en marche...

Elle attendit encore une quinzaine de jours – le temps nécessaire pour réfléchir minutieusement au déroulement de chaque phase qui commanderait le parfait fonctionnement du mécanisme – avant de se décider à appeler Sylvaine au téléphone, non pas chez elle où Eric risquait de se trouver et de ne pas lui transmettre la communication, si c'était lui qui décrochait, mais à l'atelier où elle était sûre de pouvoir la joindre directement et où elle avait pris bien soin de ne jamais la déranger quand elles vivaient ensemble.

« – Allô ! Pourrais-je parler à Sylvaine ?

» – De la part de qui ? »

Un instant décontenancée, la demanderesse – qui ne voulait pas révéler son nom par crainte d'entendre une voix prévenue lui répondre que « Sylvaine n'était pas là » – crut trouver la bonne solution sans se douter que quelqu'un longtemps avant elle, l'Eric détesté, avait déjà usé du même stratagème le jour où il avait décidé de revoir son amante :

« – C'est au sujet de son fils...

» – Ne quittez pas. »

Quelques secondes s'écoulèrent avant que la voix claire, que Paule adorait encore comme tout chez sa blonde amie, ne dise au bout du fil :

« – Ici Sylvaine Varmet. Qui parle ?

» – C'est moi, Paule...

» – Toi ? »

Il y eut un très net moment d'hésitation avant que la voix ne reprenne :

« – Qu'est-ce que tu veux ?

» – D'abord te demander de tes nouvelles... Il y a si longtemps que tu ne m'en as pas donné que je commençais à m'inquiéter.

» – Rassure-toi : je vais très bien.

» – Et mon filleul ?

» – Aussi.

» – Tu ne m'as pas l'air très bavarde ? »

La voix se fit plus sèche :

« – Je réponds à tes questions... Et toi, toujours chez Torvay ?

» – Toujours... Sylvaine, il faudrait absolument que nous nous rencontrions !

» – Pourquoi cela ?

» – Ce n'est pas pour moi, mais uniquement dans ton intérêt et dans celui de Sébastien.

» – Je viens de te dire que nous nous portions très bien tous les deux.

» – Il ne s'agit pas de votre santé. C'est plus grave que cela.

» – Parce que toi, l'infirmière, tu estimes que la santé ça ne compte pas ?

» – Ça compte, bien sûr, mais ce n'est pas tout !

» – Qu'est-ce qu'il y a d'autre ?

» – Votre avenir, à Sébastien et à toi.

» – Tu veux me voir pour me parler de notre avenir ? Aurais-tu changé de profession et serais-tu devenue pythonisse ?

» – Ne cherche pas à faire de l'humour : ça ne te va pas. Ce que j'ai à te dire est très sérieux. Quand nous voyons-nous ? Je ne t'offre pas, pensant que cela pourrait t'être désagréable, de venir chez moi ?

» – Pas plus que je ne te proposerai de découvrir les transformations qui ont été faites dans l'appartement du quai aux Fleurs !

» – Pour nous rencontrer, il faut donc trouver un terrain neutre.

» – L'expression me paraît appropriée.

» – Que dirais-tu des Tuileries ?

» – Décidément, voilà pour toi un lieu de prédilection ! N'est-ce pas la deuxième fois que tu me conseilles de m'y rendre ? La première, c'était pour que je puisse faire connaître Sébastien à son père... Après tout, comme ça n'a pas tellement mal réussi, je suis d'accord pour les Tuileries, mais sans Sébastien cette fois ! Quand ça ?

» – Veux-tu demain en fin d'après-midi, lorsque tu sortiras de ton travail ?

» – Mettons 17 heures, à l'endroit où Eric m'attendait : près de l'Orangerie.

» – J'y serai.

» – Je me débrouillerai pour quitter plus tôt l'atelier, mais ne viens pas plus tard ! Eric doit dîner à la maison... A propos de lui, pourquoi ne m'as-tu pas demandé également de ses nouvelles ? L'aurais-tu déjà oublié ? Pourtant, tu sais, il compte de plus en plus dans notre vie, à Sébastien et à moi !

» – Et sa femme ?

» – De plus en plus odieuse, mais toujours là !

» – Pas question de divorce ?

» – Eric et moi avons fini par nous faire une raison. Il faut que je te quitte ! On me réclame.

» – A demain. »

Paule n'attendait pas assise sur un banc comme l'avait fait Eric, en compagnie de l'ours *Auguste* ou, à défaut, de la panthère Bagheera. Elle marchait de long en large, ayant toujours eu horreur des attentes. Sylvaine était en retard. De même que le désordre, le mépris absolu de l'heure était l'une des particularités de son charme. Enfin elle apparut, éclatante de vie.

– Nous nous asseyons ou nous marchons ? demanda Paule.

– Nous marchons. J'en ai assez d'avoir été assise toute la journée à l'atelier. Je t'écoute.

– Hier, tu ne mentais pas au téléphone : tu me sembles en pleine forme.

– Toi, je te trouve plutôt amaigrie. Ça ne te va pas ! Moi aussi je t'aime en forme...

Paule parut n'attacher aucune importance à la remarque et commença :

– Tu m'as bien dit, n'est-ce pas, que l'épouse de ton amant s'entêtait à ne pas vouloir divorcer ?

– Elle ne divorcera jamais, Eric en est absolument certain.

– Tu m'as bien raconté également qu'elle buvait et qu'elle se droguait ? Dans quel état de santé se trouve-t-elle actuellement ?

– L'ennui, c'est que son père veille : après l'avoir amenée chez un psychiatre, il l'a fait entrer ensuite pendant quatre semaines dans une clinique où on l'a désintoxiquée. Tant qu'elle y était, ce fut le rêve pour nous : Eric ne rentrait plus chez lui et couchait tous les soirs à la maison.

– Quelle maison ?

– « La maison », pour un homme normal, c'est là où il retrouve celle avec qui il fait l'amour.

– C'est une bonne définition. Quand nous vivions ensemble, ta maison, c'était en effet chez moi !

– Tu étais « mon homme » de remplacement. Seulement...

– Quoi ?

– Je ne pense pas nécessaire de te donner des explications.

– Puisque Eric se sent également heureux auprès de toi, ne crois-tu pas que le moment est venu pour vous d'habiter complètement ensemble plutôt que de n'être que deux mendiants d'amour, qui attendent que l'épouse légale soit absente ou malade pour vivre comme ils rêvent de le faire ?

– Malheureusement la cure de désintoxication semble avoir eu de bons effets et Nicole ne se drogue plus.

– Et la boisson ?

– Elle boit un peu moins.

– Mais elle continue quand même à avoir des aventures ?

– Ça, Eric s'en fiche et moi encore plus ! Ça nous arrange plutôt.

– Toi aussi, tu fais l'amour et ça t'embellit ! Ne crains-tu pas qu'il en soit de même pour Nicole ? Son mari pourrait redevenir amoureux d'elle ?

– Sûrement pas ! Je sais maintenant qu'il ne me quittera jamais.

– Tu me parais bien sûre de toi ?

– Nous nous aimons, ça suffit... Note bien que ce que tu viens de dire ne manque pas de bon sens : il est certain – est-ce parce qu'elle fait sans cesse l'amour avec des partenaires différents ? – que Nicole donne l'impression, m'a dit Eric, de se porter de mieux en mieux... Quand elle buvait beaucoup et se droguait, nous pouvions avoir un réel espoir que ça lui jouerait rapidement un mauvais tour, mais maintenant qu'elle vit avec la conviction d'être devenue une femme irrésistible, elle n'a plus du tout envie de mourir comme elle le clamait quand elle était ivre ! L'idée fixe de maternité n'étant plus dans son cerveau, il n'y a aucune raison pour qu'elle ne vive pas cent ans ! Comme le dit Eric : « Elle ne crèvera pas ! »

– Il a une de ces façons de l'aimer !

– Il la hait, parce qu'elle gêne notre bonheur.

– Elle ne sait toujours pas que tu existes dans la vie de son mari ? Ce qui m'inquiète, c'est qu'il ne le lui révélera peut-être jamais et que ça pourra durer pendant des années où tu continueras à mener une existence impossible avec, pour toi seule sur les épaules, la responsabilité d'un enfant qui grandira sans avoir de père légal.

– Si nous étions restées toutes les deux ensemble, ce serait la même chose qui se serait passée !

– Je ne le pense pas : tu me connais suffisamment pour savoir que s'il t'était arrivé quelque chose, je me serais occupée de Sébastien.

– Et son père, tu crois qu'il ne le ferait pas maintenant ?

– Je me le demande... Et si un malheur voulait qu'il disparaisse avant sa femme, que deviendriez-vous, ton fils et toi ? Tu ne serais même pas une veuve, mais seulement une ex-amie bénéficiant peut-être d'une maigre rente, à condition que Nicole n'y mette pas le holà ! N'oublie jamais que c'est de son côté à elle que vient l'argent, pas du sien ! Je sais que lorsqu'on se sent très amoureuse comme tu l'es en ce moment, on vit dans une sorte d'extase et qu'on ne prend guère le temps de réfléchir à des questions aussi terre à terre... Seulement il faudra bien que tu y penses un jour ou l'autre ! Rien ne dit non plus, en admettant même que votre bonheur dure très longtemps, qu'un moment n'arrivera pas où il commencera à s'effriter... Comme ton amant, tu vieilliras, à cette différence près que, pour lui, ce sera moins grave que pour toi ! Je sais ce que valent les hommes : si un jour ça ne va plus entre vous parce qu'il te trouvera ou moins belle ou moins attrayante qu'aujourd'hui, il s'en ira rejoindre une fille plus jeune. Que deviendras-tu si vous n'êtes toujours pas mariés ? Sébastien aussi te laissera, ce qui est normal, pour aller vivre sa vie... Et tu te retrouveras absolument seule en te disant qu'il te reste toujours la ressource, faute d'homme, d'aller retrouver ta vieille confidente Paule ! Mais serai-je encore là ? C'est à tout cela que j'ai pensé pour toi. S'il n'en était pas ainsi, c'est que nous ne serions pas ces amies indéfectibles que nous avons décidé de rester malgré tout.

Sylvaine s'arrêta de marcher pour la regarder, assez étonnée. Il y avait dans le beau regard de Paule un réel reflet d'angoisse. La voix aussi s'était faite persuasive, émouvante même. Aussi l'amante d'Eric finit-elle par dire après un silence :

– Ne crois pas que, pendant cette longue période où nous ne nous sommes pas vues, je n'ai pas pensé, moi aussi, à tout cela ! Mais que puis-je faire ? Que pouvons-nous tenter, Eric et moi, alors que nous sommes encore merveilleusement heureux ?

– A deux, vous pouvez tout : c'est à lui d'agir et à toi de le conseiller.

– Quel conseil lui donner ?

– Qu'il faut que sa femme disparaisse d'une façon ou d'une autre.

– Je ne peux tout de même pas l'inciter à la tuer !

– Et pourquoi pas ?

– Tu es folle ?

– Je n'en suis pas sûre : ce serait pourtant la solution... Mais parlons de choses plus gaies : Sébastien n'a jamais réclamé Bagheera ?

– Si ! Trois fois.

– Tu vois qu'il l'aimait ! Veux-tu que je la dépose chez ta concierge ?

– Non. Il a trop de jouets : son père lui en rapporte un tous les deux jours. On ne sait plus où les mettre !

– Je ne veux pas te retenir plus longtemps : si Eric arrivait chez toi un peu en avance, il pourrait s'impatienter ou même s'inquiéter en se demandant où tu peux bien être. Je ne pense pas qu'il soit nécessaire de lui dire que nous nous sommes retrouvées. Te parle-t-il quelquefois de moi ?

– Rarement et je ne tiens pas du tout à ce qu'il le fasse ! Comme ce serait certainement pour me dire du mal, je préfère qu'il se taise.

– C'est gentil de me défendre. Tu sais, pour ce que je t'ai dit tout à l'heure, n'y attache pas trop d'importance ! Je ne m'imagine d'ailleurs pas un Eric, qui n'a même pas eu le courage de se débarrasser de sa femme en exigeant le divorce, en train de l'assassiner !

– Il n'a rien d'un sanguinaire... Et je suis contente que tu me dises cela. C'est vrai : tout à l'heure je me suis demandé si tu parlais sérieusement ou pas.

– Quand je pense à ton avenir, je ne peux pas m'empêcher de rêver ! Avant de me quitter, fais-moi une petite promesse : celle de ne pas m'abandonner pendant des mois sans me donner signe de vie. Téléphone-moi, le soir de préférence : tu connais mes heures. Si tu ne le fais pas, ce sera moi qui t'appellerai. N'oublie pas non plus d'embrasser Sébastien de la part de sa marraine...

En regardant Sylvaine s'éloigner, Paule avait un étrange sourire... Sourire de joie ? Pas exactement... Plutôt un sourire de satisfaction. Ne venait-elle pas, sans en avoir eu trop l'air, de lancer une idée qui ferait peut-être son chemin ? Ne serait-ce pas fantastique si Eric tuait son épouse ? Sans même qu'elle s'en soit rendu compte, ce serait Sylvaine qui aurait servi d'intermédiaire pour transmettre le message. Car Paule en était sûre : un jour viendrait, inexorablement, et beaucoup plus tôt qu'on ne pourrait le penser, où il y aurait une scène entre les amants et où ressortirait tout ce qu'elle venait de suggérer à celle qui n'en pourrait plus de n'être que l'amante que l'on cache et que l'on n'épousera jamais ! Elle dirait alors tout à Eric : son dépit, sa détresse secrète, sa haine contre l'épouse légale, son désir fou de la remplacer, son besoin d'imposer son enfant, sa décision enfin de quitter son amant s'il ne lui donnait pas satisfaction en l'épousant. A bout d'arguments, pourquoi hésiterait-elle aussi à préconiser la solution proposée par Paule ? Et, comme elle était tenace – ne l'avait-elle pas prouvé en retournant auprès d'Eric ? – et que rien ne changerait vite, elle reviendrait sans cesse à l'assaut, jusqu'à ce que le mari finisse par comprendre que la bonne solution était le crime...

Partagé d'une part entre l'amante et son fils – deux êtres qu'il ne voulait plus abandonner – et de l'autre entre la fortune et la réussite qu'il ne pouvait se résoudre à perdre, Eric n'hésiterait plus : il trouverait un moyen pour supprimer le seul obstacle, qui était Nicole. Dès que ce serait fait, Paule entrerait à son tour dans la danse d'amour et de mort pour en tirer tous les avantages à son profit ! Il n'y avait plus qu'à attendre : ça risquait d'être long, mais le plan était solide. On ne se moque pas impunément d'une Mlle Paule.

De nouveaux mois passèrent. Allant du cabinet du gynécologue à son refuge du square Louvois où elle remontait s'enfermer tous les soirs, Paule patientait. Dans un tout autre quartier, Deliot s'étonnait : il n'avait plus reçu la moindre nouvelle de son client depuis la visite que ce dernier lui avait faite, il y avait déjà une année. Le vieil avocat avait pensé qu'écœuré par une telle carence chez celui en qui il avait placé toute sa confiance, Eric Revard s'était peut-être adressé à un autre de ses confrères. Après tout, s'était dit Victor Deliot, ce serait très normal. Je n'ai qu'à m'en prendre à moi-même et pas au client puisque je n'ai pas été capable de trouver une solution à son problème !

Pourtant un sentiment très intime lui faisait croire que les choses n'avaient pas dû se passer ainsi : n'était-il pas plus raisonnable d'imaginer que tout avait fini par s'arranger ? Que l'harmonie était revenue chez le couple d'Eric et de Nicole ? Que cette dernière – suivant en cela l'un des conseils que lui-même Deliot n'avait pas manqué de donner à Eric au cours d'une consultation – avait fait la paix avec Sylvaine qui n'était plus dans son esprit l'ignoble mère porteuse, mais la très courageuse maman d'un petit Sébastien dont elle-même, Nicole, était devenue la protectrice très attentionnée, que le papa Varthy avait donné sa bénédiction à cette amitié et qu'enfin l'horrible Paule avait disparu aussi bien de l'horizon d'une Sylvaine Varmet que de celui du couple Revard ? Si Eric ne lui avait plus donné signe de vie, c'était tout simplement parce que les choses étaient rentrées dans l'ordre. C'est bien connu : pas de nouvelles, bonnes nouvelles !

En fin de compte, l'excellent homme, pour qui la tranquillité de sa clientèle avait toujours primé l'accumulation de provisions financières, en était presque venu à se frotter les mains de contentement lorsqu'un appel téléphonique le ramena un jour vers midi à la réalité de l'existence. Appel provenant du palais de justice :

« – Maître Deliot ? Ici le cabinet de M. Rousseau, juge d'instruction... »

L'avocat ne connaissait ce magistrat que de nom. Les hasards de la justice avaient voulu qu'il n'eût jamais affaire à lui, mais il savait, par des on-dit et surtout par la lecture des journaux, que la réputation du personnage était grande. M. Rousseau passait pour être l'un des juges les plus compétents, mais aussi les plus rigoureux qui soient. Aussi répondit-il à l'appareil :

« – Je suis maître Deliot. A qui ai-je l'honneur de parler ?

» – A monsieur Rousseau en personne.

» – Monsieur le juge, je suis enchanté de faire votre connaissance par cette voie détournée qu'est le téléphone.

» – Moi aussi, mon cher maître. En quelques mots voici ce dont il s'agit : l'un de vos clients, qui vient d'être amené dans mon cabinet pour une première audition, a refusé de répondre aux questions que je lui posais hors de la présence de son avocat. Ce qui est entièrement son droit comme vous le savez et c'est vous qu'il a désigné comme étant son défenseur, en demandant que l'on vous prévienne. Ce que je fais. Ne pouvant désormais être interrogé sans que vous soyez là, cet homme a été ramené à la Santé où vous pouvez aller lui rendre visite.

» – Vous êtes bien sûr, monsieur le juge, qu'il s'agit de l'un de mes clients ? Puis-je savoir ce qui lui est reproché ?

» – Un meurtre avec préméditation sur la personne de son épouse. Il a été arrêté hier en fin d'après-midi et se trouve encore en état de détention provisoire, mais les preuves contre lui étant accablantes, vous pouvez me faire confiance : l'inculpation ne saurait tarder. Il serait évidemment préférable qu'elle eût lieu en votre présence.

» – Un meurtre avec préméditation ? Puis-je connaître maintenant le nom de ce client ?

» – Eric Revard.

» – Eric Revard ! Mais ce n'est pas possible !

» – Hélas, mon cher maître, ça l'est... Que décidez-vous ?

» – Je pars pour la Santé en vous remerciant, monsieur le juge, pour votre grande obligeance.

» – Je n'ai fait que mon devoir, estimant qu'il y avait urgence. A bientôt, maître Deliot. Je crois que, cette fois, nous allons réellement nous rencontrer.

» – C'est certain, monsieur le juge, et ce sera pour moi un plaisir... »

Plaisir très relatif, se dit Deliot en reposant l'appareil. Sa profession même l'empêchait d'être un grand ami des juges d'instruction.

Eric Revard auquel, grâce au phénomène inexplicable de la transmission à distance, il était justement en train de penser ! Il en était donc arrivé à tuer sa femme Nicole ! La seule folie qu'il n'aurait jamais dû commettre ! Mais pourquoi ? Sans doute parce qu'il n'avait plus eu la force, c'était sûr, de supporter l'odieuse créature qui l'empêchait de divorcer ! Mais pourquoi diable aussi n'était-il pas venu le consulter, lui son conseiller, avant de mettre à exécution ce funeste projet ? Le juge Rousseau l'avait bien dit : *avec préméditation...*

LE CRIME

C'était le genre même de procès qui remplit une salle de cour d'assises. Tous les affamés de spectacles gratuits – journalistes en mal de copie à sensation, mondains en quête d'un bon sujet de conversation pour briller à un prochain dîner en ville, gens inutiles surtout n'ayant rien d'autre à faire – étaient là, ayant écouté l'acte d'accusation que venait de lire le greffier d'une voix aussi monocorde qu'impersonnelle.

De cette lecture il ressortait qu'un certain Eric Revard, trente-quatre ans, directeur général des établissements Varthy, était accusé d'avoir assassiné une année plus tôt son épouse Nicole, née Varthy, vingt-huit ans, dans des circonstances pour le moins surprenantes.

Selon l'exposé, dont la précision égalait la rigueur des mots, le crime avait eu lieu une nuit de juin dans la résidence secondaire du couple, qui se nommait « La Tilette » et qui se trouvait à une trentaine de kilomètres de Paris dans la vallée de Chevreuse.

Cette nuit-là, alors que Mme Revard – rentrant seule en voiture, vers 3 heures, d'une tournée de boîtes de nuit en vogue dans la capitale – venait de remiser sa voiture au garage, son mari, qui n'avait pas bougé de sa demeure pendant toute la soirée, aurait été la rejoindre à ce garage en passant par une petite porte latérale qui permettait d'y accéder quand on venait de la maison. Ensuite, il aurait profité de deux circonstances essentielles pour perpétrer son crime. La première était que, le rideau de fer à ouverture et fermeture automatiques du garage étant redescendu après le passage de la voiture, l'air extérieur ne pouvait plus pénétrer dans les lieux. La seconde, que l'épouse, ayant trop bu pendant la soirée, s'était endormie affalée sur le volant et dans l'incapacité absolue de sortir de la voiture dont elle avait quand même réussi à arrêter le moteur. Moteur que le mari n'aurait pas hésité à remettre en marche pour que les gaz d'échappement puissent s'accumuler. Laissant sa femme toujours assise dans la voiture, il serait sorti par la petite porte latérale qu'il aurait refermée intentionnellement. Ensuite il serait remonté rejoindre tranquillement sa chambre, située au premier étage de la maison.

Ce n'avait été que vers les 6 heures du matin que le jardinier, apercevant de la fumée qui filtrait au niveau du sol et à la base du rideau métallique, avait donné l'alerte. Lui-même ainsi que la cuisinière et la femme de chambre, qu'il avait trouvées en train de prendre leur petit déjeuner à l'office, s'étaient précipités et avaient dû attendre pendant plusieurs minutes avant que l'épaisse fumée finisse de s'échapper par la petite porte de communication qu'ils avaient ouverte. Quand ils avaient pu enfin pénétrer à l'intérieur du garage, ils y avaient trouvé leur jeune patronne morte asphyxiée par l'oxyde de carbone, la tête inclinée sur le volant. Dès le premier interrogatoire, subi dans le cabinet du juge d'instruction Rousseau en présence de son avocat, l'accusé, confondu par des preuves accablantes, avait été contraint, sur les conseils de son défenseur, de reconnaître partiellement les faits, tout en niant énergiquement avoir cherché à faire mourir son épouse. C'est dire si la tâche du défenseur s'annonçait lourde : si son client était reconnu coupable, il serait passible de la peine de réclusion criminelle prévue par les articles 296, 297 et 298 du Code pénal.

Ce qu'ignoraient aussi bien les jurés que tous les auditeurs de l'acte d'accusation, c'était ce qui s'était passé – au cours de l'année de détention préventive d'Eric Revard – pour les principaux acteurs qui allaient défiler devant eux. Victor Deliot, lui, qui avait accepté d'assurer la défense dès le premier jour où il s'était rendu au parloir de la Santé, savait... C'était ainsi qu'il avait appris que le père de la victime, Jacques Varthy, serait le plus farouche témoin à charge contre celui qui n'était plus maintenant à ses yeux qu'un ex-gendre abhorré, puisqu'il avait tué sa fille adorée. Un P.-D.G. muré dans son chagrin, qui avait systématiquement refusé d'avoir le moindre entretien avec l'avocat.

Par contre, Deliot avait acquis très rapidement la conviction qu'il pourrait compter sur la présence de Sylvaine Varmet en qualité de témoin à décharge dans le camp de la défense. Une Sylvaine qu'il convoqua par téléphone à son cabinet l'après-midi même du premier jour où il revint de la Santé.

– Croyez bien, madame, dit-il en l'accueillant, que j'aurais préféré de beaucoup faire votre connaissance en d'autres circonstances ! A chaque fois que j'ai reçu M. Revard ici, il n'a pas manqué de me parler de vous dans les termes les plus flatteurs... Il y a à peine deux heures, quand j'ai été lui rendre visite, il m'a fait promettre que j'essaierais de vous joindre dès que je l'aurais quitté. C'est pourquoi je vous remercie d'être venue aussi rapidement. Avant toute chose, il m'a prié de vous affirmer qu'il n'a pas commis l'acte épouvantable qui lui est reproché aujourd'hui et, personnellement, je suis convaincu qu'il dit la vérité.

– Moi aussi, maître ! Ce n'est pas une raison parce qu'il m'est arrivé de lui dire plusieurs fois au cours de ces dernières semaines que le meilleur moyen d'assurer notre bonheur serait que sa femme disparaisse pour qu'il l'ait tuée ! Je connais bien Eric : c'est un être trop sensible pour commettre le moindre acte de violence. Quand j'ai appris par la radio, en me réveillant hier matin, la double nouvelle du crime et de son arrestation, je n'en croyais pas mes oreilles ! Et d'autant moins que lorsqu'il m'avait téléphoné avant-hier vers midi à l'atelier où je travaille, nous étions convenus qu'il viendrait dîner et passer la soirée du lendemain, c'est-à-dire hier, à la maison avec moi et Sébastien.

– Comment va ce jeune homme dont M. Revard m'a également beaucoup parlé ?

– Il est encore heureusement à un âge où l'on ne se soucie guère des vilenies de l'existence. Quand pensez-vous revoir Eric ?

– Dès demain ! Il est indispensable que nous nous parlions le plus souvent possible : lui pour que je puisse lui remonter le moral qui – vous devez bien vous en douter – est au plus bas et moi pour commencer, en partant des premières données qu'il va m'apporter, à étayer un système de défense. Car, ne vous faites aucune illusion, il y aura un procès...

– Mais puisqu'il n'est pas coupable, ne pourriez-vous pas obtenir un non-lieu, avant que toute la machine judiciaire ne se mette en marche ?

– Hélas, madame Varmet, les preuves recueillies dans les quelques heures qui ont suivi le crime concordent toutes pour désigner M. Revard comme le seul criminel possible.

– C'est épouvantable !

– Nous ne devons pas désespérer... Dites-vous bien aussi que le fait d'être inculpé, comme M. Revard risque de l'être dès demain, à l'issue de l'interrogatoire qui aura lieu dans le cabinet du juge d'instruction en ma présence, ne voudra pas dire qu'il est coupable ! Notre loi française est heureusement ainsi faite que, tant qu'un accusé n'a pas été jugé et condamné, il reste présumé innocent.

– Et si Eric est inculpé dès demain, comme vous semblez le craindre, qu'est-ce que ça changera pour lui ?

– Simplement que la détention préventive où il se trouve encore aujourd'hui deviendra une incarcération ferme.

– Ça peut durer combien de temps ?

– Tout dépendra de la date à laquelle viendra le procès... A moins qu'un événement nouveau et essentiel, tel que la découverte d'un autre coupable, ne vienne brusquement remettre les choses en question ?

– Pourrai-je aller lui rendre visite ?

– Certainement, mais pas tout de suite.

– Aurai-je le droit aussi un jour de lui amener son fils ?

– Ça, c'est une autre question. L'ennui, c'est qu'il n'existe aucune pièce officielle prouvant que cet enfant est bien le sien ! Mais votre question est loin d'être superflue ! Plus je pense à la situation que je connais assez bien, ayant été mis au courant de pas mal de choses par M. Revard lui-même quand il venait me rendre visite, et plus j'ai l'impression que ce sera peut-être grâce à l'existence de cet enfant miraculeux que j'aurai quelque chance, s'il y a procès, d'obtenir de la cour sinon un jugement innocentant complètement le prévenu, du moins un verdict de clémence. C'est d'ailleurs pourquoi je pense devoir faire appel à votre entière collaboration.

– Que dois-je faire ?

– Pour l'instant, continuez à vous occuper avec amour, comme vous l'avez si bien fait jusqu'à présent, de votre fils. Il a encore plus besoin de sa mère maintenant que son père, légal ou pas, se trouve dans une situation délicate. Mais, lorsque le moment du procès arrivera, il est à peu près certain que je vous ferai citer à la barre en qualité de témoin à décharge... Oui, pendant que je continuais à réfléchir sur cette affaire en attendant votre venue, j'en suis arrivé à une première certitude : l'une des plus grandes difficultés que nous allons rencontrer sera de trouver des témoins favorables à M. Revard ! A l'exception de vous, sur qui je sais pouvoir compter, qui voyez-vous dans l'entourage immédiat de votre amant – j'entends par là quelqu'un le connaissant très bien et l'appréciant – qui serait capable de nous venir en aide en témoignant également en sa faveur ? Je crois qu'il faudrait limiter vos recherches uniquement parmi des amis ou des relations très sûres.

– A première vue, je ne vois personne... Eric n'a jamais eu d'amis intimes. Depuis que nous nous sommes retrouvés, il a même fait très attention de ne pas me présenter à certaines personnes qui, connaissant sa femme, auraient pu lui rapporter que son mari avait une maîtresse et surtout un enfant d'elle ! Je suis persuadée que Mme Revard est morte sans avoir jamais eu connaissance de notre existence, à Sébastien et à moi !

– Pour elle, c'est très bien qu'il en ait été ainsi, mais pas pour la défense de M. Revard devant un jury de cour d'assises ! Je vous le répète : la seule arme capable d'inciter les membres du jury à une certaine indulgence à son égard sera peut-être justement de leur révéler que celui qu'ils risquent de condamner comme un vulgaire criminel, n'ayant cherché qu'à capter une grosse fortune pour vivre ensuite avec une autre femme, n'est dans la réalité qu'un père désespéré ne sachant comment faire pour récupérer son fils ! Mais pour en arriver là, sans doute serai-je également dans l'obligation de requérir le témoignage capital du Pr Torvay! Seulement, acceptera-t-il de déposer ?

– Vous me donnez une idée... J'ignore si le professeur consentira à venir, mais il y a peut-être quelqu'un qui est tout aussi au courant que lui, et même plus, des circonstances dans lesquelles Sébastien est venu au monde : c'est son assistante, Mlle Paule.

– Excusez-moi, madame, mais n'est-ce pas cette personne avec laquelle vous avez vécu pendant plusieurs années jusqu'à ce que vous retrouviez votre amant Eric ?

– C'est elle.

– Et vous pensez sérieusement que cette Mlle Paule consentirait à venir témoigner d'une façon ou d'une autre en faveur de M. Revard ? Cela me paraît assez improbable !

– Paule ne peut rien me refuser, si je lui demande de m'aider à sauver l'homme que j'aime. Elle est une véritable amie comme il doit en exister bien peu ! Avant de nous séparer, nous avons fait un pacte d'entraide réciproque que nous respecterons. Si j'apprenais qu'il lui est arrivé quelque chose de grave, je n'hésiterais pas à voler immédiatement à son secours, comme je sais qu'en cas inverse elle accourrait au mien... Que puis-je connaître de pire que ce qui accable aujourd'hui Eric ? Paule le comprendra. Dans son genre, c'est une femme exceptionnelle, qui possède deux qualités rares : l'intelligence et le cœur.

– Pourtant j'avais cru comprendre par M. Revard...

– Ce que vous a dit Eric sur Paule ne peut être que le reflet de sa jalousie envers une femme qui, à un moment dramatique de ma vie, a su se montrer infiniment plus généreuse que lui à mon égard ! Depuis, il s'est rattrapé, mais il reste quand même des blessures que je lui pardonne parce que je l'aime, mais qui ne se cicatriseront jamais tout à fait ! Il faut bien se rendre compte que Paule et Eric resteront toujours des antagonistes dans une lutte très secrète dont j'ai parfaitement conscience d'être l'enjeu. Chacun d'eux me veut complètement à lui ! Aussi, ne pouvant pas me partager, ai-je pris une fois pour toutes la décision de réserver l'amour au père de mon fils et l'amitié à sa marraine. Que pourrais-je faire de mieux ?

– Vous ne savez pas à quel point il est réconfortant de se trouver, dans une affaire aussi délicate, en présence d'une jeune femme telle que vous, qui sait garder son bon sens ! Et revenons à celle qui, selon vous, consentirait peut-être à rejoindre notre camp pour participer au sauvetage d'un homme qui n'est apparemment pas son ami ! Si elle agissait ainsi, elle ferait preuve d'une réelle grandeur d'âme.

– Je sais qu'elle en est capable. Mon rêve d'ailleurs serait, quand toute cette horrible histoire sera terminée, de réconcilier mon mari – pour moi Eric a toujours été mon mari – avec ma seule véritable amie. Et savez-vous qui en profiterait ?

– Sébastien !

– Mais oui ! Sébastien qui commence à découvrir de plus en plus la présence de son père, tout en continuant à aimer, j'en suis sûre, sa marraine.

– Admettons que Mlle Paule... A propos, je ne me souviens plus exactement de son nom de famille. Votre « mari » me l'avait dit, mais j'avoue l'avoir oublié.

– Bernier... Paule Bernier.

– Admettons que Paule Bernier accepte de témoigner. Pensez-vous qu'elle n'hésitera pas, si je le lui demande, à expliquer à la cour comment les événements se sont déroulés, depuis le moment où vous avez été choisie pour devenir la mère porteuse et celui où vous avez refusé de donner votre enfant alors que vous saviez pourtant l'une et l'autre que le père était M. Revard ?

– Elle le fera sans aucun doute si je le lui demande, et parce que moi aussi, je n'hésiterais pas à le dire, si cette révélation s'avérait nécessaire pour sauver Eric. Maintenant c'est son destin qui passe avant tout !

– Voilà donc un bon point d'acquis, mais vous comprendrez qu'il serait nécessaire que j'aie aussi une conversation avec votre amie, au cours de laquelle celle-ci m'apportera la confirmation de ce que vous venez de me dire et où je lui expliquerai ce que j'attends d'elle. Vous serait-il possible d'organiser dans les plus brefs délais cette entrevue à laquelle je vous demanderai, bien entendu, de ne pas assister ? Ce n'est pas que je me méfie de vous, mais j'ai toujours eu pour principe, quand je prépare un système de défense, de diviser pour régner, si j'ose dire ! Un témoin peut très bien, dans les confidences qu'il fait à un avocat, se sentir gêné par la présence d'un autre témoin, même si ce dernier est son plus grand ami. Vous comprenez ?

– Très bien. Je vais m'occuper de ce rendez-vous.

– D'avance je vous dis un grand merci pour mon client. Vous voyez, comme je vous l'ai laissé entendre au début de cet entretien, que vous pouvez nous être très utile ! Chère madame, je ne vous retiens plus. Votre fils doit vous attendre. N'oubliez jamais, dans la terrible période que vous vivez actuellement, que c'est lui votre plus grand réconfort.

A peine venait-elle de revenir quai aux Fleurs que la sonnerie du téléphone retentit.

« – Sylvaine ? C'est moi, Paule... Je m'étais bien promis de ne pas t'appeler la première, et j'aurais tenu parole si je ne venais pas d'apprendre à l'instant par mon patron l'effarante nouvelle ! Ne m'en veux pas si je ne l'ai pas fait plus tôt, mais tu sais que j'ai horreur de la télévision, que je n'écoute jamais la radio et qu'en fait de journaux, je ne lis que des magazines ou hebdomadaires... Donc j'ignorais tout ! Alors c'est vrai, ce que m'a dit le professeur : Eric a tué sa femme ?

» – Il en est accusé, mais je suis certaine que c'est faux !

» – Mais on l'a quand même arrêté ?

» – Ça ne veut pas dire qu'il soit coupable.

» – Bien sûr... Pauvre Eric ! On a beau ne pas aimer quelqu'un, ce n'est pas une raison pour ne pas le plaindre quand il se trouve dans une situation pareille ! Et toi, ma chérie, tu dois être dans un état épouvantable ? Tu l'aimais tant...

» – Mais je l'aime toujours !

» – Tu as raison : c'est quand les gens sont dans le malheur qu'ils ont le plus besoin d'affection... Veux-tu que je vienne te voir ? Si je te le propose, plutôt que de t'offrir de faire un saut chez moi, c'est parce que je me doute que tu dois avoir à t'occuper de Sébastien... Comment va-t-il ?

» – Comme se porte généralement un enfant de son âge, c'est-à-dire très bien... Ton appel tombe à pic : je comptais t'appeler ce soir. Il faut absolument que je te parle, justement à propos d'Eric... Peux-tu venir vers 20 heures, alors que Sébastien sera déjà couché ?

» – J'y serai... Ma pauvre chérie, quelle histoire ! »

A 20 heures, elle sonnait. Aussitôt entrée, elle dit, après avoir jeté un regard circulaire sur la décoration et l'ameublement :

– Tu avais raison quand tu me disais que cet appartement avait été très bien arrangé par Eric... Je me souviens : quand j'y étais venue, il y a quatre ans, pour t'aider à faire ton déménagement, c'était beaucoup moins attrayant ! Et toi ? Laisse-moi te regarder, mon amour... Une mine bien chiffonnée ! Tu n'as pas dû dormir beaucoup cette nuit ? Quand as-tu appris la nouvelle ?

– Hier matin, à mon réveil, par la radio.

– Quel choc ça a dû te faire !

– J'ai cru devenir folle... S'il n'y avait pas eu Sébastien à côté de moi, je crois que je me serais peut-être jetée pour de bon cette fois dans la Seine !

– C'eût été en effet une nouvelle folie puisque, comme tu le disais toi-même tout à l'heure au téléphone, rien ne prouve encore qu'Eric soit vraiment coupable... Et puis, je n'aurais pas été là cette fois auprès de toi pour te dire : « Ne faites pas cela ! »

– C'est vrai... C'est pourquoi aussi il faut que tu m'aides une nouvelle fois aujourd'hui, mais d'une tout autre façon... Quand tu m'as appelée, je sortais de chez l'avocat d'Eric.

– Il en a déjà pris un ?

– Il le fallait ! Heureusement, il le connaissait depuis un certain temps : il l'avait déjà consulté quand ça commençait à ne plus aller avec sa femme... Il s'appelle Me Victor Deliot et il m'a fait une bonne impression... Sais-tu ce qu'il m'a demandé ? De te joindre sans tarder pour savoir si tu acceptais éventuellement, au cas où Eric passerait devant les assises, d'être l'un de ses témoins à décharge ?

– Moi ? Quelle idée saugrenue ! Je le connais à peine, ton Eric... Je l'ai peut-être entrevu trois fois au cabinet de Torvay avant l'insémination artificielle, et je lui ai répondu au téléphone, à l'époque de ta grossesse, quand il téléphonait pour avoir de tes nouvelles. J'ai toujours pris soin de lui en dire le moins possible au bout du fil ! Ensuite, je l'ai revu le jour où je me suis rendue dans la clinique, où sa femme et lui attendaient, pour leur annoncer que tu gardais ton enfant et que je venais de déclarer sa naissance sous ton nom à une mairie. Si tu avais vu les têtes qu'ils ont faites à ce moment-là ! La seule fois enfin où je lui ai plus longuement parlé, ce fut quand il est venu faire sa scène ridicule square Louvois, un samedi...

Nous l'avons presque mis à la porte, toi et moi. Tu te souviens ?

– Oui.

– Ensuite, je l'ai aperçu de loin aux Tuileries, lorsqu'il a pris Sébastien dans ses bras. C'est strictement tout. Je ne l'ai jamais revu depuis... Et l'avocat voudrait que je témoigne en sa faveur, quand il est accusé d'avoir tué sa femme ? C'est complètement insensé ! Si c'est là tout ce que ce Deliot a trouvé pour sauver son client, ne trouves-tu pas que c'est assez inquiétant ?

– Il m'a l'air pourtant de savoir ce qu'il fait. Acceptes-tu quand même de le rencontrer, comme il le demande ?

N'obtenant qu'un silence pour toute réponse, Sylvaine insista :

– Tu refuses ?

– Tu sais très bien que, tout en compatissant sincèrement à ce qui lui arrive, je n'ai jamais éprouvé la moindre sympathie pour ton amant et que lui-même me déteste ! Alors pourquoi lui rendrais-je un pareil service ?

– Tu ne le feras pas pour Eric, mais uniquement pour moi, ton amie, qui te le demande, ainsi que pour ton filleul que tu aimes.

– Tu me mets dans une situation impossible ! Et qu'est-ce que je vais bien pouvoir dire devant une cour de justice ? Qu'Eric n'a pas tué sa femme et qu'il est innocent ? Qu'en savons-nous ? Que l'on chuchote qu'il a bien fait de la supprimer, tellement elle était odieuse ? Nous ne le savons pas non plus ! Tout ce que nous connaissons d'elle, c'est uniquement par ce qu'Eric t'en a dit : ce qui est loin d'être une source de certitude absolue ! Non vraiment, chérie, je ne vois pas du tout ce que j'irais faire dans cette galère ! Pour toi, évidemment, c'est différent : tu es sa maîtresse et la mère de son enfant... Seulement crois-tu que ce sera très indiqué et bénéfique pour Eric qu'une maîtresse, brusquement exhumée du secret de sa vie privée, vienne ainsi apporter un témoignage en sa faveur ? Ton apparition ne produira-t-elle pas un effet diamétralement opposé à celui que recherche la défense ? Je ne pense pas que, quand un homme est accusé d'avoir assassiné sa femme qui était richissime, les jurés soient enclins à croire les allégations d'une maîtresse pauvre, mais beaucoup plus jolie que l'épouse et qui a réussi de surcroît à se faire mettre enceinte par un procédé ou par un autre.

– Me Deliot est persuadé que ce sera précisément ma déposition qui attendrira les jurés.

– Mais pas la mienne, moi qui ne suis rien dans la vie de cet homme !

– Si l'avocat veut te voir, c'est qu'il doit avoir une bonne raison. Oui ou non, acceptes-tu d'aller lui rendre visite, comme il m'a priée de te le demander ? Tu verras bien : ça ne t'engagera à rien... Une conversation avec un avocat dans son cabinet n'est pas une déposition devant une cour d'assises ! Après que Me Deliot t'aura expliqué ce qu'il attend de toi, tu seras libre de donner ton accord ou de le refuser. Réponds-moi.

– Tu sais très bien que j'irai uniquement par amour pour toi et parce que je n'ai jamais rien pu te refuser. C'est d'ailleurs pourquoi tu as toujours très bien su en profiter ! Où habite-t-il, ton avocat ?

– J'inscris son adresse et son numéro de téléphone sur ce bout de papier. Appelle-le demain matin sans faute en lui disant que c'est de ma part. Tu me promets de le faire ?

– C'est promis.

– Laisse-moi t'embrasser pour Sébastien et pour moi.

– Il y a bien longtemps que tu n'as eu une pareille envie de le faire, avoue-le ?

– C'est vrai, mais je rattrape le temps perdu, puisque c'est un baiser double.

– Disons deux baisers de reconnaissance, parce qu'une fois de plus je te rends service... Malheureusement pour moi, ce ne sont pas des baisers d'amoureuse !

Puis, se libérant brusquement de l'étreinte, elle recula en demandant :

– Dis-moi : en supposant – ce que je ne souhaite pas, contrairement à ce que tu pourrais penser – que, malgré nos dépositions et tous les efforts de son avocat, Eric soit sévèrement condamné, que deviendriez-vous, ton fils et toi ?

– Je ne sais pas... Je ne veux même pas envisager cette hypothèse !

– Mais pourtant ?... Eh bien, si cela arrivait quand même, il ne te resterait plus qu'une solution... Heureusement que – la peine de mort étant supprimée –, même s'il était condamné au maximum prévu par le Code pénal pour sa faute, Eric finirait bien par être libéré un jour ou l'autre ! Seulement le temps que vous devrez attendre, Sébastien et toi... Je ne vois alors qu'un endroit où vous pourrez endurer un pareil supplice et vous sentir à l'abri de la curiosité publique – qui est une chose abominable ! – et même des ricanements imbéciles qui s'acharnent à attiser le malheur des autres : chez moi.

– Jamais je ne quitterai une seconde fois le nid d'amour où, grâce à Eric, j'ai retrouvé le vrai bonheur ! Ce ne sera que là où nous pourrons patienter dans l'espoir de son retour.

– Tu dis cela maintenant mais ne m'as-tu pas avoué toi-même, après le départ de ton amant, il y a cinq ans, que tu t'es retrouvée affreusement seule dans cet appartement du quai aux Fleurs, qui restait encore tout imprégné de sa présence ? La preuve en a été que tu n'as pas pu y rester plus de quarante-huit heures et que tu t'es réfugiée chez moi, d'où tu n'es plus repartie jusqu'au jour où Eric t'est revenu !

– C'est vrai, mais cette fois j'aurai beaucoup plus de courage ! Je ne serai plus seule : il y aura Sébastien... Maintenant, sauve-toi. Tu ne peux pas savoir à quel point ta visite m'a fait du bien ! Le fait qu'une femme aussi forte que toi consente à se joindre à nous pour la bataille qui va se livrer me réconforte. Je crois que, cette nuit, je vais peut-être pouvoir dormir.

– Tu dormiras, je l'exige ! Et ton fils, je peux aller le voir ? Sans le réveiller bien entendu.

– Viens... Mais chut !

Pendant deux longues minutes, Paule resta en contemplation devant le petit lit où son filleul dormait en tenant *Auguste* dans ses bras. Quand elle ressortit de la chambre, elle confia :

– Je t'avoue que j'aurais préféré le voir dormir avec Bagheera ! Sais-tu qui dort maintenant avec la panthère ? Moi... Eh oui ! C'est tout ce qui me reste de vous deux. Cela dit, je trouve que cette chambre de ton fils est une réussite. Tu avais raison : en l'arrangeant ainsi son père a su faire preuve d'amour pour lui. Il y a pourtant quelque chose qui y manque : la photo de sa marraine, ne serait-ce que pour lui rappeler qu'il en a une !

– Ça viendra, quand nous serons sortis de cette nouvelle épreuve... Paule, avant que tu ne partes, j'aimerais te poser une dernière question : crois-tu que ce bonheur complet, après lequel je cours depuis des années, finira par arriver un jour dans ma vie ?

– Il ne faut pas trop t'illusionner ! Ce que tu recherches, je croyais bien l'avoir atteint quand tu es venue vivre chez moi. Je me suis trompée. La réapparition d'Eric a tout bouleversé et je me suis retrouvée seule... Ma petite consolation pourrait être que lui aussi, maintenant, il est seul ! Chacun son tour ! Mais comme je t'aime trop, je ne veux plus avoir une aussi mauvaise pensée.

Quand elle se retrouva au volant de sa voiture, rentrant à son domicile, elle savait qu'elle venait de mentir à celle qu'elle couvrait de protestations d'amitié. En réalité, elle était enchantée qu'Eric fût en prison ! Quand le Pr Torvay lui avait annoncé la nouvelle, elle lui aurait presque sauté au cou de joie si le gynécologue n'avait pas été un homme avec lequel il était difficile de s'abandonner à certains excès. Ce qui arrivait n'était-il pas fantastique ? Cela ne prouvait-il pas également que le savant mécanisme conçu par elle avait admirablement fonctionné ? L'idée de meurtre était venue de son cerveau pour rejoindre celui de Sylvaine, avant d'aller ensuite de cette dernière à Eric qui allait la payer cher ! L'heure où la voie serait à nouveau libre – ceci pendant des années parce que le tarif d'un crime prémédité est très élevé devant une cour d'assises – se rapprochait... Ce jour-là, malgré toutes ses protestations de courage, Sylvaine, dont la bonne amie ne connaissait que trop la faiblesse, finirait par craquer ! A nouveau désemparée et se sentant peut-être encore plus solitaire avec l'enfant grandissant à élever, elle abandonnerait cet appartement du quai aux Fleurs qui, contrairement à ce qu'elle avait pensé, ne s'était pas révélé à la longue pour elle un nid d'amour, mais plutôt l'antichambre de sa détresse... Et elle reviendrait se blottir auprès de sa protectrice, à qui elle demanderait aussi de l'aider à surveiller l'éducation de Sébastien. L'admirable trio du vrai bonheur, tel qu'elle l'avait toujours conçu, serait reconstitué.

Ce qui était inouï, pensait-elle aussi, était que l'on fît appel à elle pour contribuer à l'acquittement d'Eric ! Cet avocat était complètement fou ou stupide... Il ne se rendait donc pas compte que, pour lui, ce serait introduire non pas le loup, mais une panthère dans la bergerie de sa défense ? On voulait qu'elle témoigne ? Elle le ferait, mais en s'y prenant d'une telle manière que ses réponses, faites au président de cour ou à l'avocat général, seraient soigneusement étudiées, sous une apparence d'aide à l'accusé, pour enfoncer encore davantage dans l'esprit du jury la conviction que celui-ci était coupable, ceci même si ce n'était pas lui qui avait commis le crime ! Réponses dans lesquelles le témoin à décharge, Paule Bernier, trouverait une prodigieuse jouissance secrète ! Pour celle qui ne pardonnerait jamais à un homme d'avoir presque réussi à la supplanter définitivement dans le cœur d'une amante, ce serait la plus exquise des vengeances.

Victor Deliot observait avec intérêt cette Paule, dont il avait tant entendu parler et qui venait de s'asseoir dans l'un des fauteuils de son cabinet. De cet examen silencieux, il conclut que, physiquement, la visiteuse était exactement celle qu'Eric lui avait décrite. Un physique assez séduisant, derrière lequel devait se dissimuler une force de caractère peu commune.

– Je vous remercie, mademoiselle, d'avoir eu l'extrême obligeance de venir, car je me doute que les exigences impératives de votre profession ne doivent pas vous laisser beaucoup de temps disponible ! Mme Sylvaine Varmet vous a certainement expliqué qu'il était dans mes intentions de vous demander de témoigner.

– Oui, maître, et cela m'a beaucoup étonnée, puisque je connais à peine ce M. Revard !

– Je le sais... Je crois aussi ne pas être dans l'erreur en disant que vous et lui n'avez même jamais sympathisé.

– Je ne suis pas son alliée et je suis persuadée qu'il

en est de même pour lui ! Par contre, j'aime beaucoup Sylvaine.

– Elle me l'a dit, et je trouve cela d'autant plus sympathique que, de son côté, elle vous rend ce sentiment. C'est précisément dans cette amitié réciproque que devrait se trouver l'élément essentiel de votre témoignage devant la cour.

– Excusez-moi, mais je ne comprends pas très bien...

– Chère mademoiselle Paule, quand deux femmes s'aiment au degré où vous en êtes arrivées toutes les deux, elles ne peuvent pas ne pas s'entraider, si l'une d'elles se trouve dans une situation dramatique. Ce qui est actuellement, vous le savez aussi bien que moi, le cas de votre grande amie... N'est-ce pas pour elle une véritable tragédie que d'être aujourd'hui la compagne d'un homme qui est accusé d'un crime et qui se trouve être aussi le père de son enfant ? La seule façon de l'arracher au désespoir, dans lequel je la sens toute prête à sombrer, est de parvenir à persuader le jury qui devra se prononcer en cour d'assises que l'amant de votre amie n'est pas totalement coupable.

– Pensez-vous sérieusement que ce sera possible ? D'après ce que l'on m'a dit et ce que je viens de lire dans les journaux, la situation de cet homme me paraît des plus compromises ?

– Elle l'est sans aucun doute, et ceci à un point tel que je ne pense pas, comme je l'ai déjà fait comprendre à votre amie Sylvaine, que je puisse obtenir un acquittement pur et simple. Par contre, je suis à peu près certain que, si vous consentez à m'aider en témoignant, je pourrais parvenir à ce que le prévenu ne soit frappé que d'une peine relativement tempérée... Ce que votre générosité naturelle – dont Mme Varmet m'a parlé avec beaucoup d'émotion – ne peut que souhaiter, puisque ça contribuera à ramener la joie de vivre chez celle qui vous aime et que vous aimez. Nous sommes bien d'accord ?

– Evidemment. Que devrai-je dire, quand on m'interrogera ?

– Uniquement la vérité... Mais entendons-nous : ce sera une vérité que l'on n'a pas encore dû entendre souvent dans un procès d'assises et qui me contraindra presque sûrement à demander le huis clos pour toute la durée de votre déposition ainsi que pour celle de Sylvaine Varmet.

– Le huis clos ?

– Cela veut dire que seuls les membres de la cour et les jurés vous entendront. Tout ce qui sera membre de la presse ou auditeur habituel de ce genre de procès sera expulsé de la salle. Cela me paraît indispensable – et j'ai la conviction que le président dirigeant les débats partagera mon avis – étant donné les questions assez spéciales qui vous seront posées...

– Quelles questions ?

– On vous demandera de raconter à la cour ce qui s'est exactement passé à partir du moment où le couple Revard s'est adressé à M. le Pr Torvay pour lui demander de trouver une mère porteuse.

– Mais... vous pensez que cet étalage, même devant une cour très avertie, de faits qui sont en principe assujettis au secret professionnel, apportera des éléments susceptibles d'atténuer la responsabilité d'un homme dans un crime qu'il a commis plusieurs années plus tard et qui paraît n'avoir aucun rapport avec une certaine façon de procéder pour l'insémination artificielle ?

– Je ne suis pas de votre avis ! Il me semble au contraire que tout se tient dans cette affaire... Si un Eric Revard vient de tuer sa femme, il y a quelques jours – en admettant que ce soit lui le coupable –, on peut se demander si ce geste homicide n'a pas été l'aboutissement presque logique d'une mésentente conjugale transformée à la longue en haine et née le jour où le couple Eric-Nicole s'est senti frustré par la manœuvre de dernière heure qui l'a privé de l'enfant qu'on lui avait formellement promis.

– Si on raisonne ainsi, bientôt ce sera Sylvaine que l'on désignera comme la véritable responsable du crime parce qu'elle a refusé de céder son enfant !

– Il y a, en effet, chez la vraie mère ainsi que chez ceux qui peuvent l'avoir alors conseillée, une certaine part de responsabilité inconsciente, mais pas la moindre culpabilité ! Mme Varmet ne pouvait pas prévoir que son refus, qui peut très bien s'expliquer par l'admirable raison de l'amour maternel, aurait des conséquences susceptibles de déclencher plus tard un véritable drame. Elle l'a d'ailleurs très bien compris, puisqu'elle a accepté de témoigner.

– A quel titre ?

– Un double titre : celui de mère porteuse et d'ancienne maîtresse du père de l'enfant.

– Elle l'avouera devant la cour ?

– Il le faudra !

– Elle révélera aussi qu'elle est redevenue l'amante de Revard ?

– Certainement pas ! Cela risquerait de produire un effet désastreux ! Aux yeux de la cour, Sylvaine Varmet ne doit être qu'une ex-maîtresse qui a réussi grâce à votre complicité – il faudra également le dire – à se faire féconder indirectement par son ancien amant sans qu'il s'en doute.

– Pour quelle raison se serait-elle fait féconder ?

– Par dépit de l'avoir vu en épouser une autre... Ou même par vengeance ? Ce qui, entre nous, semble bien avoir été le cas !

Et comme sa visiteuse se taisait, il poursuivit :

– Opération dans laquelle vous vous êtes révélée une remarquable auxiliaire.

– Mais si nous disons tout cela, on va nous faire passer en justice, nous aussi !

– Pourquoi donc ? Vous n'avez pas commis de crime, ni l'une, ni l'autre ! Votre amie a décidé au dernier moment de garder son enfant pour elle, et tout le monde ne peut qu'applaudir à cette décision qui s'est révélée d'autant plus courageuse qu'elle a restitué l'argent qu'on lui avait versé.

– Et moi ? On peut m'accuser d'abord d'avoir enfreint les règles du secret professionnel inhérent à ma profession en révélant à Sylvaine que son ancien amant était venu avec son épouse voir le Pr Torvay, pour lui demander de leur trouver une mère porteuse, et ensuite d'avoir proposé à mon patron, qui m'a toujours fait confiance, Sylvaine comme candidate !

– Ce ne sont pas là non plus des crimes ! Il y en aurait peut-être eu un si la femme choisie par vous avait été une créature abjecte et de mauvaise vie, ce qui est loin d'être le cas ! Quelle mère plus saine que votre amie pouviez-vous trouver ?

– Justement mon amie... Nous devrons révéler aussi que nous vivions ensemble à cette époque ?

– Ce n'est pas parce que deux femmes habitent sous le même toit qu'elles constituent obligatoirement un petit ménage ! Il n'y a jamais eu personne chez vous ou dans votre vie privée – du moins je le présume ! – qui ait été le témoin de vos ébats si, par hasard, ils ont existé. Ça ne regarde personne.

– J'ai toujours entendu dire qu'avant un procès, il y a une enquête préliminaire... Si on fait des recherches et qu'on découvre que Sylvaine vit en concubinage avec Eric ?

– Elle ne vit pas exactement en concubinage puisqu'ils habitent l'un et l'autre respectivement chez eux et qu'aussi bien le loyer que les quittances de l'appartement du quai aux Fleurs sont établis au seul nom de Sylvaine. Et qui peut savoir, à l'exception de vous et de moi, qu'ils sont redevenus amants ?

– Mais tout simplement leur concierge, qui doit voir Eric passer jour et nuit devant sa loge ?

– Les rapports de concierges n'ont, heureusement, plus la moindre valeur juridique depuis pas mal d'années déjà... C'était un véritable scandale ! La plupart du temps ces rapports n'étaient conditionnés que par le montant des pourboires octroyés par les locataires... D'ailleurs la concierge de vos amis n'aura aucune envie de parler : n'oubliez pas qu'elle est très heureuse que sa propre fille soit employée chez eux !

– Même en admettant que je consente, par affection pour Sylvaine, à témoigner, je ne pourrai jamais le faire sans avoir reçu l'autorisation de mon patron, le Pr Torvay, qui ne me l'accordera certainement pas ! Vous rendez-vous compte de la publicité déplorable que ferait pour son cabinet le seul fait que l'on apprenne que cette infirmière, venant expliquer devant une cour d'assises certaines choses qui devraient rester cachées, n'est autre que son assistante ! Si je passais outre à son interdiction, il me mettrait immédiatement à la porte.

– Il ne le fera pas, parce que je suis décidé à le faire citer lui aussi à ce procès comme témoin à décharge.

– Il ne viendra pas ! Je me permets de vous rappeler qu'il n'a jamais su que la porteuse, agréée par lui sur ma recommandation, était l'ancienne amante de Revard !

– Eh bien, il l'apprendra ce jour-là, même s'il doit vous en vouloir ensuite... Ceci, je vous le répète, parce qu'il viendra témoigner ! Sinon j'exigerai qu'on le fasse quérir chez lui ou à son cabinet par commission rogatoire... S'il le demande – ce sera son droit de praticien – il témoignera comme vous à huis clos.

– Qu'est-ce qu'il dira ?

– Il fera simplement votre éloge ; mais pour moi, ce sera déjà beaucoup !

– Mon éloge ? Pourquoi ?

– D'abord parce que vous le méritez depuis le temps où vous vous consacrez à la belle cause de la maternité, ensuite parce qu'il me paraît indispensable que l'on sache en justice que vous êtes la plus consciencieuse et la plus dévouée des infirmières. Comme je m'arrangerai pour faire passer votre patron à la barre avant vous, son témoignage constituera pour vous une sorte de préface comparable à celle qui annonce, au début d'un ouvrage imprimé : « Vous allez lire ce que vous allez lire... C'est admirable ! » Pour vous, la déposition du professeur voudra dire : « La femme que vous allez entendre tout à l'heure est un personnage hors du commun, en qui vous pouvez avoir la plus grande confiance ! Tout ce qu'elle vous expliquera sera rigoureusement vrai ! » Tel sera, chère mademoiselle, le thème général de la déposition du Pr Torvay. On ne lui en demandera pas plus. Ensuite, ce sera à vous d'entrer dans les détails avec toute votre expérience humaine qui, j'en suis sûr, est aussi grande que votre connaissance approfondie de la principale héroïne de l'histoire. Car celle-ci est, à mon avis, Sylvaine et non pas la défunte ! Aussi surprenant que cela puisse vous paraître, cette dernière me donne de plus en plus l'impression de n'avoir été qu'un personnage de second plan... Commencez-vous à comprendre pourquoi le cher professeur ne pourra faire aucune objection à ce que vous veniez témoigner ?

– Et vous êtes persuadé que ce défilé de gens qui raconteront comment se pratique aujourd'hui une substitution de mères dans une naissance suffira pour que votre client puisse bénéficier de circonstances atténuantes au moment du verdict ?

– Cela ne fait aucun doute, puisque je serai parvenu à faire de lui, grâce à ces témoignages exceptionnels, un homme très pitoyable, qui aura été la victime de l'un de ces complots comme seules les femmes savent les organiser ! Complot qui l'a finalement poussé à commettre trois années plus tard un crime regrettable... Thèse qui ne tiendra, bien entendu, que si mon client en est reconnu comme l'auteur.

– Pardonnez-moi, maître, de me faire l'avocat de l'accusation... Ne pensez-vous pas que le jury va se demander pourquoi cet homme a tué son épouse – qui, après tout, ne lui a causé aucun préjudice et qui l'a plutôt aidé à gravir très rapidement les échelons de la réussite sociale – plutôt que cette ancienne maîtresse qui s'est moquée de lui, au moment où tout a commencé, en refusant de lui donner son fils ? et pourquoi ce geste criminel ? Ce n'est pas en supprimant sa femme qu'il acquerra la certitude que sa maîtresse lui rendra son fils ! Elle n'a aucune raison de le faire puisque, selon votre tactique de silence sur certains points essentiels, les juges doivent ignorer qu'il a renoué avec elle...

– Question aussi pertinente qu'insidieuse ! Mademoiselle, vous feriez un redoutable avocat général. Mieux vaut donc pour mon client qu'il vous ait de son côté. Et je vous réponds : si Eric Revard a tué son épouse Nicole, ce ne pourra jamais être, dans mon argumentation, parce que, ayant renoué avec sa maîtresse, il a estimé que le seul moyen radical pour vivre à nouveau complètement avec cette dernière et – pourquoi pas ? – pour l'épouser, était d'en venir au meurtre !

» ... Plaider ainsi serait vouer irrémédiablement mon client à obtenir le maximum de peine prévu par le Code pénal, tout en accusant son amante de complicité ! Non, il y a d'autres raisons, tout aussi pertinentes, pour lesquelles Mme Revard a été tuée... En premier lieu, n'oublions pas que cette héritière, riche mais assez peu intéressante, se soûlait, se droguait et ne craignait pas de coucher ouvertement avec tout le monde : ce qui pour un homme tel que son mari Eric, légitimement soucieux de donner autour de lui une bonne impression de sa propre personne et de maintenir le standing voulu par sa situation, ne pouvait être qu'odieux ! Ensuite je n'hésiterai pas à dire devant la cour que cet homme bafoué a quand même tout essayé pour récupérer cet enfant, dont il est le père authentique, et qu'il s'est trouvé devant une double impasse : la mère porteuse, devenue mère célibataire et pour laquelle il n'éprouvait plus aucun sentiment, lui a fait savoir qu'elle ne pourrait pas continuer à élever indéfiniment un enfant n'ayant pas de père, mais que, plutôt que de se faire épouser par n'importe qui, elle préférait que ce fût par le père authentique, qui lui donnerait son nom. Seulement il fallait qu'il prenne rapidement sa décision ! Ce qui était une forme de chantage déguisée. Mais pour épouser cette femme avec le seul désir d'assurer l'avenir de l'enfant, il lui fallait bien divorcer ! Malheureusement Nicole Revard, née Varthy, lui a bien fait comprendre de son côté qu'elle ne consentirait jamais au divorce ! Ceci, non pas tellement pour l'empêcher de reconnaître un enfant dont elle ignorait que Sylvaine Varmet fût la mère, mais simplement parce que son orgueil d'épouse légitime et de fille de bonne famille catholique lui interdisait de divorcer ! Que voulez-vous qu'il fasse alors ? Il se l'est demandé pendant plus d'une année !

» ... Affolé surtout par l'idée qu'il risquait de perdre pour toujours son fils, si la mère célibataire se mariait, il a pris conscience que la seule solution restante serait que l'une des deux femmes disparût ! Mais comment, puisque jeunes encore l'une et l'autre, aucune d'elles n'avait envie de s'en aller de sa belle mort ? Il ne restait donc que le crime discret, perpétré de telle façon que la mort semblerait naturelle... Seulement laquelle fallait-il tuer ? Evidemment la femme stérile et pas l'autre qui était déjà la seule propriétaire de l'enfant qu'elle ne consentirait à partager avec le père qu'en échange d'un mariage. Voilà !

– Tout cela est horrible !

– Terrible, devriez-vous dire, pour le malheureux père ! Le jury le sentira très bien ! Vous ne vous doutez pas à quel point ceux qui seront appelés à juger le comportement de l'accusé sont naturellement enclins à comprendre les réactions d'un amour paternel lésé ! C'est là un atout de tout premier ordre dans une plaidoirie... Ne faut-il pas faire vibrer une corde très sensible ? En contrepartie, l'orgueilleuse épouse, qui a refusé systématiquement un divorce qui aurait pu tout arranger, ne devient-elle pas automatiquement antipathique ? Voyez-vous, mademoiselle, ma longue pratique du prétoire ne m'a peut-être pas appris grand-chose, à l'exception cependant d'une vérité absolue : tout l'art du défenseur doit être, quel que soit le cas jugé, de parvenir à rendre son client presque sympathique par rapport à sa victime qui ne l'était pas du tout !

– Vous êtes diabolique et vous avez réponse à tout.

– N'est-ce pas nécessaire dans ma profession ? Si vous m'estimez diabolique, puis-je vous demander qui vous êtes ?

– La meilleure amie de Sylvaine.

– C'est pourquoi vous viendrez témoigner !

– Puisque vous dites qu'il le faut...

– Merci... Non pas pour celui que vous continuerez, j'en suis certain, à haïr encore plus, s'il est acquitté, mais pour celle qui doit en effet représenter beaucoup de choses pour vous.

Pendant les mois qui précédèrent le procès, Eric reçut régulièrement dans sa cellule de la Santé son défenseur qui vint le voir chaque semaine. Il n'y eut pas une seule de ces entrevues dans le parloir où le prisonnier ne répétât :

– Mais enfin, maître, vont-ils comprendre que ce n'est pas moi qui ai fait mourir Nicole ? Je vous ai déjà expliqué à plusieurs reprises comment les choses se sont passées... Qu'il ait été dans mes intentions de la tuer, c'est vrai, mais finalement j'y ai renoncé. Certainement pas par une pitié de la dernière heure mais plutôt parce qu'il faut faire preuve de beaucoup de sang-froid pour tuer quelqu'un... Je ne dois pas avoir l'étoffe d'un criminel !

– Cela vaut mieux pour vous ! Mais quand on vous interrogera au cours du procès, évitez soigneusement de dire ce que vous venez de me confier pour la dixième fois au moins ! Que j'utilise moi une pareille assertion au cours de ma plaidoirie, parce que je l'estimerai peut-être nécessaire, ça pourra passer, mais qu'elle vienne de votre propre bouche, ce serait catastrophique ! Le seul fait d'avouer que vous avez eu l'intention de meurtre, sans avoir eu ensuite le courage de passer à l'acte, pourrait être pour vous une très mauvaise note dans l'esprit du jury. Vous vous tairez donc sur ce point et vous me laisserez faire. Je sais que vous m'avez dit la stricte vérité quand vous m'avez raconté comment les événements se sont déroulés. L'une des plus grandes preuves de cette franchise n'a-t-elle pas été pour moi qu'à chaque fois que je vous ai questionné sur la phase même du crime – ou du prétendu crime – votre récit n'a pas varié d'un mot. Mais parlons d'autre chose... J'ai pour vous une excellente nouvelle, que j'aurais pu vous apporter depuis longtemps déjà, puisque je la savais quelques jours à peine après votre incarcération. Mais j'ai jugé préférable d'attendre que le moment des débats se rapproche... Parmi les témoins à décharge qui ont accepté de témoigner en votre faveur, j'en ai un de poids : Mlle Paule.

– Ce n'est pas possible !

– Ça l'est... Elle viendra raconter à la cour comment son amie Sylvaine et elle-même s'y sont prises pour vous tromper, votre épouse et vous, ainsi que le Pr Torvay, au moment du choix de la mère porteuse.

– Je savais que Sylvaine viendrait témoigner – elle me l'a dit dès la première visite qu'elle m'a faite – mais que la Paule, qui ne peut pas me voir, en fasse autant, j'avoue que ça me dépasse !

– Elle vous déteste toujours autant, mais elle sera quand même là !

– C'est vous qui avez obtenu un pareil geste de générosité de sa part ? Pourtant je suis sûr que cette femme très dure n'a aucun cœur !

– Détrompez-vous ! Elle en a, mais pas pour tout le monde... Par exemple, elle ne peut jamais résister à ce que lui demande Sylvaine. C'est ce qui s'est passé.

– Sylvaine l'a donc revue ?

– Il le fallait.

– Pourquoi ne m'en a-t-elle pas parlé au cours de ses visites ici ?

– Elle a bien fait. Vous auriez pu vous imaginer des choses qui ne sont pas. Dites-vous une fois pour toutes que la maman de votre fils saura vous rester fidèle quoi qu'il arrive. C'est une jeune femme en or, qui est encore plus riche d'amour que votre épouse disparue ne l'était d'argent !

– Pourquoi, lorsqu'elle vient dans ce parloir et malgré mes demandes réitérées, ne m'amène-t-elle pas Sébastien ?

– Je lui ai interdit de le faire pour deux raisons. La première est que la place d'un enfant de trois ans n'est pas dans un parloir de prison. La deuxième, que la plus grande des erreurs serait de faire voir votre enfant aux gardiens et à tous ceux qui vous surveillent continuellement ici. Vous ne savez peut-être pas que ces messieurs doivent rédiger des rapports quotidiens sur le comportement de leurs pensionnaires. Ne pensez-vous pas que si l'un de ces rapports, où il serait mentionné que votre ancienne maîtresse vient vous rendre visite avec votre fils, atterrissait dans le dossier vous concernant qui se trouve déjà dans les mains de l'avocat général, cela produirait un effet déplorable ? On en déduirait aussitôt que ce père malheureux, pour lequel je me bats à seule fin qu'il puisse récupérer son enfant dont il a été privé depuis sa naissance, n'est pas tellement sevré de cette chère présence, puisque même quand il est derrière les barreaux, on la lui apporte à domicile ! Je vous l'ai déjà dit : il faut vous résigner à ne revoir le jeune Sébastien qu'après le jugement.

– Mais sa mère vient bien me voir ?

– Vous allez bientôt me reprocher de m'être donné autant de mal pour qu'elle reçoive l'autorisation de venir vous faire de temps en temps une visite ! Ça n'a pas été facile de faire admettre par le juge d'instruction qu'étant donné votre situation actuelle de prévenu, présumé innocent puisque vous n'avez pas été jugé, vous aviez le droit de recevoir au moins une visite : celle d'une femme qui, tout en n'ayant plus eu le moindre contact avec vous depuis des années déjà, est la seule personne qui puisse vous apporter des nouvelles directes de votre fils. J'ai fait valoir aussi que – vos parents étant décédés et n'ayant ni frère, ni sœur, ni cousins proches – vous étiez un homme complètement solitaire qui n'avait plus pour toute famille que cet enfant, que vous n'avez pas encore pu reconnaître, mais qui représente tout pour vous ! Votre unique raison d'espérer et d'avoir envie de continuer à vivre... Mais oui, cher monsieur, ce n'est que grâce à cette supplique – dont l'excellent M. Rousseau votre juge d'instruction a consenti à admettre le bien-fondé – que vous avez déjà pu revoir celle que j'appelle maintenant « votre femme secrète ».

– Je vous en ai une immense reconnaissance ! Je ne sais pas ce que je pourrai faire pour vous la témoigner si vous parvenez à me sortir de ce guêpier.

– C'est en effet un guêpier, surtout quand on sait que l'on est innocent ! Ce qui est assez sympathique c'est que nous nous y trouvions pratiquement tous les deux piégés ensemble... Mais oui ! Le prévenu et son défenseur ! Vous, c'est moi, et moi, c'est vous ! C'est pourquoi nous en sortirons ! Vous souvenez-vous de m'avoir entendu dire un jour que l'union faisait la force ?... Or nos adversaires sont divisés. Qui allons-nous avoir en face de nous ? D'abord une partie civile représentée par un confrère que je connais de longue date et qui est loin d'être une lumière : un certain Me Dugnac, payé grassement par un père qui veut défendre la mémoire de sa fille, ce qui est normal. Une attitude contraire de sa part serait scandaleuse mais, entre nous, pensez-vous que Jacques Varthy, qui est toujours votre P.-D.G., vous en veuille tellement que cela, même s'il est convaincu de votre culpabilité ? N'a-t-il pas, comme vous, été le témoin consterné des débordements de toutes sortes de sa fille Nicole et ne s'est-il jamais demandé si, se trouvant à votre place, il aurait pu supporter une pareille caricature de vie commune ? Je suis persuadé que cet homme, qui est un père aussi malheureux que vous, se sent plus près de son gendre que nous ne le pensons ! N'a-t-il pas été successivement votre allié, après vous avoir donné une grosse situation, puis votre ennemi, ayant découvert la supercherie de la naissance, à nouveau votre confident quand il s'est agi de tenter de guérir votre femme, votre ennemi enfin aujourd'hui, parce qu'il ne peut pas faire autrement ?

– Pendant les longues heures que je viens de passer ici, j'ai eu le temps de réfléchir et je me suis souvent posé les mêmes questions que vous... Jacques Varthy souhaitant ma condamnation ? Je n'en suis pas certain non plus... Qu'est-ce que ça lui rapporterait ? Ça ne lui rendrait pas sa fille qui, plutôt que de finir misérablement ses jours dans un asile, ce qui aurait certainement fini par arriver, a été enlevée brusquement en pleine jeunesse, alors qu'elle portait encore l'auréole entourant son nom. Aux yeux de tout le monde – et Jacques Varthy attache une immense importance à l'opinion des autres – elle est morte, si l'on peut dire, en pleine gloire, telle une victime expiatoire, parce qu'il fallait bien que quelqu'un payât pour l'insolente ascension de la firme.

– Voilà ce que j'appelle une analyse juste. J'ai souvent remarqué, quand je rendais visite à des clients incarcérés comme vous, que les murs d'une prison apportent aux détenus une vision de la réalité beaucoup plus nette que celle qu'ils avaient quand ils étaient en liberté ! Venons-en maintenant au deuxième adversaire qui va se dresser face à vous. Il se nomme le ministère public et sera incarné par l'avocat général Melissier, un personnage difficile à manier, parce qu'il a une très haute opinion de ses prérogatives. Seulement, dans cette affaire, il va être terriblement gêné par le problème de l'enfant... Et vous pouvez compter sur moi pour que j'exploite ce filon jusqu'au bout ! Voilà ceux contre lesquels nous allons avoir à nous battre. Je n'ai pas encore pu prendre connaissance de la liste des témoins à charge, mais tout ce qu'ils pourront dire sur vous ne sera qu'un agglomérat de broutilles. Vous connaissez-vous des ennemis irréductibles ou des jaloux, qui seraient ravis de venir à la barre pour contribuer à vous faire mordre la poussière ?

– Aucun... à l'exception cependant d'une seule personne qui, elle, sera toujours une irréductible : Mlle Paule.

– C'est donc un fameux coup de chance qu'elle soit passée dans notre camp !

– Je n'en suis pas encore revenu.

– Attendez et vous verrez. J'aime beaucoup bavarder avec vous, monsieur Revard, mais hélas vous n'êtes pas mon seul client ! J'ai encore, dans cette maison même, deux visites à rendre... A un voleur et à un assassin, un vrai, celui-là, et de la pire espèce ! Ce qui n'est pas une raison pour que je le fasse trop attendre... A mercredi prochain et continuez à conserver ce calme qui prouve que vous avez la conscience tranquille.

Que pouvaient bien se confier des amants dans un parloir de prison en présence d'un gardien qui les observait, tout en faisant semblant de ne pas les entendre ? Qu'ils s'aimaient ? Cela, Eric et Sylvaine n'avaient pas le droit de se le dire, par prudence, puisqu'ils étaient justement censés ne plus s'aimer ! Seuls leurs yeux parlaient pour eux. L'unique sujet de conversation possible était Sébastien... Mais là aussi, il fallait savoir le faire sur le ton impersonnel de gens divorcés ou séparés depuis longtemps, pour qui c'est assez pénible de se retrouver pour avoir l'air de s'intéresser au sort d'un enfant. On parlait de sa santé, de sa gourmandise, de ses petites colères, de toutes les sottises de son âge, de ses réflexions cocasses aussi, mais en évitant de prêter à sa bouche le mot *papa*. Il ne fallait jamais perdre de vue qu'il n'était encore que l'enfant d'une mère célibataire et qu'il ne connaissait pas son père.

Pourtant, à la dernière visite qu'elle fit quelques jours avant que le procès ne commence, Sylvaine dit à voix basse avant de repartir :

– Cette fois, nous nous reverrons dans moins d'un mois, mais ce ne sera pas ici...

– Ce ne sera pas non plus un gardien que j'aurai auprès de moi, mais deux ! Tu me verras entre eux dans le box.

– Dès que j'aurai fait ma déposition, j'essaierai de revenir dans la salle, et je te regarderai tout le temps, pour que tu sentes que je suis près de toi.

– Ne fais pas cela surtout ! Ce serait étaler notre amour devant la cour... Quand tu déposeras, moi aussi je m'efforcerai de rester impassible, comme si ta présence m'indifférait.

– Ce sera atroce !

– Il faudra bien écouter ce que te dira Deliot au dernier moment, avant qu'on ne t'appelle à la barre. Il a une telle pratique de son métier que je suis persuadé qu'au moment même où le président de la cour annoncera que les débats s'ouvrent, il aura déjà une petite idée sur la façon dont les choses se passeront... Mais en ce qui concerne ton projet de revenir prendre place au milieu de l'assistance après ta déposition, n'y compte pas trop ! Deliot m'a dit qu'il demanderait le huis clos pour ta déposition. Il n'y aura donc pas d'assistance. Tu ne passeras que devant la cour et ensuite, tu devras attendre dans une pièce contiguë le moment où le jugement sera rendu.

– En somme ce huis clos, ça voudra dire que je ne suis qu'une réprouvée ?

– Ça signifiera au contraire que tu as des déclarations capitales à dire, des choses qui ne regardent pas n'importe qui ! N'est-ce pas un peu toute notre histoire ? Reconnais-le : elle n'est pas celle de tout le monde !

La lecture de l'acte d'accusation était terminée. La voix ferme du président Darnal ordonna :

– Introduisez le premier témoin cité par l'accusation.

Témoin qui avait été le premier à découvrir le crime : Pierre Vasseur, le jardinier de « La Tilette ». Ayant décliné son identité et « juré de dire la vérité, toute la vérité » en levant la main droite, selon le rituel judiciaire, l'homme répondit très simplement au président, qui lui avait demandé : « Monsieur Vasseur, veuillez raconter à la cour dans quelles circonstances, en compagnie de Mlle Emilie Ménart et de Mme Adèle Fourtier que vous aviez été chercher à l'office après avoir repéré la fumée s'échappant du garage, vous avez trouvé le corps de Mme Nicole Revard affaissé sur le volant de sa voiture. »

Ses explications correspondirent exactement à ce qui venait déjà d'être relaté dans l'acte d'accusation.

– Quand, la fumée et les émanations d'oxyde de carbone s'étant suffisamment dissipées, vous avez pu enfin pénétrer tous les trois dans le garage, est-ce vous qui avez tourné la clé de contact pour que le moteur s'arrête ?

– C'est moi, monsieur le président.

– Que s'est-il passé ensuite ?

– Ayant compris qu'il n'y avait plus grand-chose à faire pour ranimer Madame, je suis resté auprès de la voiture en attendant l'arrivée de Monsieur, qu'Emilie, la femme de chambre, et Adèle, la cuisinière, étaient parties réveiller.

– Quelle a été la réaction de M. Revard, lorsqu'il s'est trouvé devant le corps de sa femme ?

– Sa réaction ? Monsieur, qui était encore en pyjama, avait le visage très pâle et répétait sans cesse : « Ce n'est pas possible... Ce n'est pas possible... » Il était comme quelqu'un qui ne comprend pas ce qui a pu arriver. C'était terrible ! Madame, dont il venait de relever la tête plaquée contre le volant, avait les yeux grands ouverts et exorbités, comme s'ils voyaient quelque chose d'horrible ! Quand je dis : « Il faudrait prévenir la gendarmerie », Monsieur m'a aussitôt répondu : « Téléphonez vite en disant également aux gendarmes de faire venir d'urgence un médecin. » J'ai couru au téléphone qui se trouvait dans le vestibule du rez-de-chaussée. Une demi-heure plus tard, ils étaient là : gendarmes et médecin.

– Il y avait longtemps que vous étiez jardinier de cette propriété ?

– Cinq ans. J'avais été engagé par les précédents propriétaires qui m'ont cédé pour ainsi dire avec la maison... Donc je m'y trouvais déjà quand, celle-ci ayant été achetée par le père de Madame, elle et son mari sont venus s'y installer.

– Ils y venaient souvent ?

– Seulement pour les fins de semaine.

– Ils y recevaient ?

– Personne. Comme ils venaient pour quarante-huit heures, Monsieur amenait généralement dans sa voiture Emilie et Adèle, qu'il ramenait à Paris le lundi matin de très bonne heure.

– Et Madame ?

– Elle arrivait avec sa voiture, mais beaucoup plus tard, dans le courant de l'après-midi du vendredi.

– Ce n'était donc pas elle qui se chargeait du transport des deux domestiques ?

– Pas plus que ce n'était elle qui surveillait la marche de la maison. Monsieur avait l'œil à tout.

– Même quand Madame était là ?

– Elle restait enfermée dans sa chambre où, m'a dit Adèle, elle dormait la plupart du temps ! Ceci le jour, parce que, dès que le soir commençait à tomber, elle allait chercher sa voiture au garage et elle partait pour ne revenir que très tard dans la nuit et souvent même au petit jour.

– Et Monsieur ?

– Il sortait dans la journée pour faire une promenade dans le jardin où il me parlait presque à chaque fois... Il s'intéressait beaucoup aux fleurs, sur lesquelles il est très compétent.

– Il arrivait que Madame vous parle ?

– Non. D'ailleurs elle ne venait jamais dans le jardin.

– Le soir, il sortait lui aussi ?

– Il se couchait tôt : c'était rare que la lumière ne s'allumât pas dans sa chambre peu de temps après qu'il avait fini de dîner. Je la voyais du petit pavillon où j'habite, au fond du jardin. Au bout d'une demi-heure, elle s'éteignait : ça voulait dire qu'il dormait. C'était réglé comme un mécanisme d'horlogerie. Par contre, le matin, il se levait à la même heure que tout le monde, pendant que Madame, revenue très tard, reposait encore.

– Comment pouviez-vous savoir qu'elle rentrait aussi tard ?

– J'entendais sa voiture, un bolide qui était loin d'être silencieux, et la lumière des phares balayait aussi bien la cour que le jardin. Oh ! elle ne prenait aucune précaution pour éviter de réveiller Monsieur ou le personnel ! Par exemple, je me souviens très bien que la nuit qui a précédé sa mort, je l'ai entendue crier au volant de sa voiture, parce que le rideau de fer électronique du garage ne s'ouvrait pas assez vite... J'ai très bien perçu aussi le bruit de ce rideau de fer qui retombait, après que la voiture eut pénétré dans le garage. Ensuite ce fut le silence et je me suis rendormi.

– Quelle heure pouvait-il être, à votre avis ?

– Au moins 4 heures... Je me suis réveillé deux heures plus tard, à 6 heures, comme tous les jours.

Après un brin de toilette et m'être fait chauffer mon café, j'ai mangé un petit bout – dame ! il faut ça le matin ! – avant de sortir pour un tour d'inspection du jardin : c'est la meilleure heure... Et c'est en traversant la cour que j'ai repéré la fumée qui provenait du garage, au ras du sol, en dessous du rideau de fer. La suite, je l'ai expliquée.

– Quand vous avez pu enfin pénétrer dans le garage, la voiture de Monsieur s'y trouvait-elle ?

– Non. Comme il n'y a pas assez de place dedans pour deux voitures, Monsieur a toujours laissé le garage à Madame et a pris l'habitude de ranger sa voiture dans la cour, devant la maison.

– Une dernière question, monsieur Vasseur... Nous savons que vous aviez de meilleurs rapports avec M. Revard qu'avec son épouse. Pouvez-vous nous dire, en toute objectivité, ce que vous pensez de lui ?

– C'est un monsieur qui s'est toujours montré aimable à mon égard et qui comprenait très bien ce qu'il fallait faire ou dépenser pour que le jardin – qui est, sans me vanter, certainement un des plus beaux de la région – soit toujours bien tenu. Il ne lésinait pas... Pour moi, il est ce qu'on appelle un homme sérieux. Quand il venait à « La Tilette », c'était pour se reposer et non pas pour donner des réceptions. On sentait qu'il devait être harassé par tout le travail qu'il avait à Paris et que les deux jours passés dans sa résidence secondaire étaient sa vraie détente.

– Et Mme Revard, qu'est-ce que vous pensez d'elle ?

– Pour moi, c'est une femme de nuit.

– Que voulez-vous dire par là ?

– C'est pourtant bien simple ! Une femme qu'on ne peut pas voir le jour, parce qu'elle se lève à 4 heures de l'après-midi, qui part de chez elle quand l'obscurité est déjà tombée pour aller rouler en voiture je ne sais où et qui revient tout juste avant que le soleil ne se lève, c'est pour moi une femme de nuit... Pendant tous les week-ends où elle est venue, je ne l'ai pour ainsi dire pas vue, mais entrevue seulement, et de loin ! Aussi je ne peux pas prétendre l'avoir bien connue. C'est pourquoi il m'est très difficile d'avoir une opinion sur elle, maintenant qu'elle n'est plus.

– Vous n'avez pas d'autres déclarations à faire à la cour ?

– Non, monsieur le président.

– Je vous remercie. Vous pouvez vous retirer.

L'huissier annonça le témoin suivant :

– Mademoiselle Emilie Ménart...

Après qu'elle eut juré comme le jardinier, la main droite levée en l'air, la vieille femme, assez intimidée de se trouver devant autant de monde, attendit.

– Mademoiselle, commença le président, depuis combien de temps étiez-vous au service de Mme Revard ?

– Mais j'y suis toujours, monsieur le président ! Enfin je m'entends : puisque ma petite fille n'est plus là... Son papa, M. Varthy, m'a demandé de rester dans l'appartement de l'avenue Foch qui est bien triste maintenant : M. Eric, lui aussi, n'y habite plus.

– Et pour cause ! Disons que vous êtes la gardienne du foyer et répondez à ma question.

– Je suis entrée au service de M. et Mme Varthy il y a maintenant vingt-huit ans, c'est dire que j'ai vu naître et mourir Nicole, puisque j'étais là au moment où sa chère maman a rendu l'âme en la mettant au monde et, il y a un an, lorsque M. Vasseur, le jardinier de « La Tilette », est venu nous trouver à l'office où nous prenions notre déjeuner, Adèle la cuisinière et moi, pour nous dire ce qui se passait au garage. Et là...

– Nous savons.

– C'était affreux ! Voir asphyxiée celle que j'avais été la première à porter dans mes bras, quand le Dr Fontan, l'accoucheur, s'en était rapidement débarrassé pour tenter de sauver cette pauvre Mme Varthy qui hélas !... C'est pourquoi je me considère comme étant de la famille, pourquoi aussi je ne peux pas m'habituer, bien qu'il y ait déjà une année de passée, à l'idée que ma petite Nicole n'est plus là ! C'est épouvantable !

Elle fondit en larmes.

– La cour compatit à votre grand chagrin qu'elle comprend très bien, mademoiselle, et qui est la preuve de votre attachement à la défunte... Mais nous avons besoin de votre témoignage qui peut apporter beaucoup d'éclaircissements sur les derniers moments de Mme Revard. Il y a particulièrement un point qui nous paraît avoir une réelle importance... Vous étiez à « La Tilette », n'est-ce pas, quand le triste événement s'est produit, mais vous deviez être en train de dormir ?

– C'est-à-dire, monsieur le président, que je ne dormais pas complètement quand Nicole est rentrée avec sa voiture. Parce que, depuis deux années déjà, j'étais inquiète à son sujet... A la suite du terrible choc nerveux qu'elle a eu, après la fin tragique d'un petit garçon – il aurait été son premier enfant et elle l'avait attendu avec fébrilité après trois années de mariage sans espérance – qui est venu au monde mort-né, elle n'a plus été la même... Pour elle, ce fut un vrai drame et Dieu sait pourtant si son époux, M. Eric, pour qui je continue à avoir la plus grande estime, a su se montrer attentif ! Il eut beau faire, elle s'obstina à rester enfermée dans sa chambre, ne se montrant que de temps en temps pour des repas où elle restait silencieuse, s'emprisonnant volontairement dans un désespoir où elle paraissait se complaire... Pendant toute cette période, j'ai beaucoup plaint M. Revard, dont la patience a été admirable. Et puis voilà qu'un beau soir, personne n'a jamais compris pourquoi, elle a commencé à sortir toute seule, et ceci de façon effrénée ! Quand elle rentrait au petit jour et parfois même au milieu de la matinée, alors que son mari était déjà parti à son travail, elle était, je dois l'avouer, complètement ivre ! Ce qui m'affola tout autant que son époux et que son père, M. Jacques Varthy, qu'il avait bien fallu mettre au courant... L'un et l'autre firent tout ce qu'ils purent pour qu'elle guérisse. Elle fut même confiée à un très grand psychiatre, qui expliqua qu'elle était atteinte d'un tel complexe de refoulement maternel à la suite de la perte de son enfant, qu'elle pouvait devenir folle.

» ... Il n'en fut rien, apparemment, mais elle continua à sortir, à boire et à mener une vie de débauchée indigne d'une jeune femme de son rang ! C'est pourquoi chaque nuit, quand je la savais lancée sur les routes dans son état, au volant d'une voiture très rapide, je ne parvenais plus à trouver le sommeil, restant aux aguets et attendant avec angoisse le moment où je percevrais le bruit de sa voiture qu'elle ramenait au garage. Pour cela, je laissais toujours ma fenêtre entrouverte jusqu'à ce que le ronronnement du moteur s'arrête dans le garage. Je l'entendais très bien, de ma chambre située au deuxième étage, juste au-dessus de celle de Nicole. Alors seulement je fermais la fenêtre pour ne plus être incommodée par les bruits provenant de l'extérieur. Par contre, j'attendais encore quelques minutes avant de m'endormir, pour être sûre que « ma petite fille » avait bien rejoint sa chambre. Souvent, ça se passait assez mal pour elle, ce qui voulait dire qu'elle avait encore trop bu. Elle chantonnait, elle se cognait dans les meubles, elle tombait parfois sur le sol où je la retrouvais le lendemain vers midi allongée, cuvant sa cuite... Heureusement pour Monsieur, sa chambre, qui était située également au premier, se trouvait à l'autre bout du couloir. Il n'entendait peut-être pas tout ce vacarme ! En tout cas, il ne m'en a jamais parlé.

– Ils faisaient chambre à part ?

– Depuis longtemps, monsieur le président ! Exactement à dater du jour où Madame était revenue de la clinique dans laquelle son enfant venait de mourir.

– Parlons maintenant de la dernière nuit où Mme Revard est rentrée dans sa voiture à la propriété. Votre fenêtre étant ouverte, vous avez distinctement entendu comme d'habitude le bruit du moteur cesser dans le garage après que le rideau de fer se fut baissé ?

– Oui, monsieur le président.

– Vous avez refermé votre fenêtre, mais vous avez attendu, avant de vous endormir, que votre patronne eût rejoint sa chambre placée au-dessous de la vôtre en faisant le vacarme dont vous venez de parler ?

– Oui, monsieur le président, et c'est justement à ce moment-là que quelque chose de bizarre s'est passé... Je n'ai pas entendu Nicole revenir dans sa chambre. Et pourtant, je vous jure que je ne dormais pas ! Par contre, dix minutes plus tard, j'ai très nettement perçu que Monsieur marchait dans le couloir du premier et descendait l'escalier. J'ai pensé alors qu'ayant entendu lui aussi le retour de la voiture, il avait été aussi surpris que moi de ce que Madame ne remontait pas l'escalier, et qu'il s'était levé pour aller voir ce qui se passait au garage. J'ai rouvert ma fenêtre et je me suis penchée pour écouter... Les pas de Monsieur franchissant l'espace séparant la maison de la petite porte latérale du garage, ainsi que le grincement de l'ouverture de cette dernière, étaient très nets. Fatiguée, je refermai ma fenêtre, je me couchai et je m'endormis.

– Vous venez bien de dire, mademoiselle, qu'au moment où vous avez refermé cette fenêtre, le moteur de la voiture était arrêté ?

– Sûrement !

L'avocat général Melissier s'était dressé au banc du ministère public :

– Je vous prie de m'excuser, monsieur le président, d'interrompre cette déposition, mais je tiens à attirer dès maintenant l'attention du jury sur l'importance de la déclaration qui vient d'être faite.

Il se rassit, pendant que le président répondait :

– Le jury en a certainement pris conscience, monsieur l'avocat général... Et la défense ? Elle n'a pas de remarque à faire ?

– Aucune remarque, monsieur le président, répondit Victor Deliot qui ne bougea pas sur son banc.

– Le jury en prend également note, dit Darnal en poursuivant à l'adresse d'Emilie : Que s'est-il passé ensuite, mademoiselle ?

– Mon réveil a sonné à 6 heures, et je suis descendue à l'office rejoindre Adèle qui m'attendait pour notre petit déjeuner. C'est là que M. Vasseur est venu nous chercher.

– Je vous remercie, mademoiselle, vous pouvez vous retirer... Au témoin suivant !

C'était Adèle la cuisinière qui, elle, n'avait rien entendu pendant la nuit et dont la déposition, très courte, ne fit que confirmer ce qu'Emilie et le jardinier avaient déjà dit. Le brigadier de gendarmerie Renaud lui succéda. Dès qu'il eut prêté serment, le président demanda :

– Veuillez préciser devant la cour les constatations que vous avez faites, quand vous vous êtes trouvé en présence du corps.

– J'étais accompagné par deux de mes subordonnés et par le médecin de Dampierre, le Dr Dupas, que nous étions passés chercher chez lui avant de venir. J'ai pris toutes dispositions pour que l'on ne touche à rien, ni à la voiture, ni au corps qui s'y trouvait toujours affaissé sur le volant, avant que l'Identité judiciaire – que j'avais fait avertir – n'arrive pour prendre les photographies et surtout pour relever les empreintes.

– Il ressort des documents qui se trouvent ici dans ce dossier, précisa le président, qu'on a pu relever sur la clé de contact, restée enfoncée à sa place normale sur le tableau de bord, les empreintes distinctes de trois personnes : celles de Mme Revard, de son mari et du jardinier. Les premières et les dernières s'expliquent par les faits : dès que sa voiture s'est trouvée rangée dans le garage, sa conductrice a tourné la clé pour arrêter le moteur et le jardinier – qui a constaté plus tard que le moteur était encore en marche – a eu un premier réflexe : tourner lui aussi la clé pour interrompre l'émanation pestilentielle des gaz d'échappement. Par contre, on ne comprend pas la raison exacte de la présence des empreintes de M. Revard sur cette clé, et ceci d'autant plus que ses empreintes sont doubles. Ce qui laisserait supposer qu'il aurait manipulé deux fois la clé, alors qu'aussi bien Mme Revard que le jardinier Vasseur n'y ont touché chacun qu'une seule fois. C'est bien ainsi, brigadier, que les empreintes se sont présentées ?

– Oui, monsieur le président.

– Continuez.

– Tout s'est déroulé selon le processus habituel. Après que le Dr Dupas en eut fini avec son examen médical et que l'Identité judiciaire eut terminé son travail, j'ai fait enlever le corps qui a été transporté à l'institut médico-légal de Paris, étant donné que la résidence principale de Mme Revard se trouvait dans cette ville. Ensuite, j'ai procédé à un premier interrogatoire des témoins : le jardinier Jacques Vasseur, la femme de chambre Mlle Emilie Ménart, la cuisinière Mlle Adèle, et, pour finir, le mari de la défunte, M. Eric Revard. Dépositions qui ont toutes été consignées dans le rapport établi par mes soins et transmis à M. le juge d'instruction Rousseau, commis pour l'enquête.

– Elles sont dans ce dossier, dit le président en désignant une chemise cartonnée, placée sur son bureau. La cour en a pris connaissance. Il y a cependant un détail, brigadier, que vous n'avez pas mentionné dans ce rapport : dans quel état était M. Revard quand vous l'avez interrogé ?

– Celui d'un homme accablé, qui donnait l'impression de ne pas se rendre compte de ce qui venait de se passer.

– La cour vous remercie. Vous pouvez vous retirer.

Le cinquième témoin fut le Dr Dupas, médecin généraliste de Dampierre, qui avait été appelé le premier sur les lieux pour faire les constatations.

– Pouvez-vous, docteur, confirmer devant la cour les termes du rapport médical que vous avez établi avant que l'institut médico-légal n'entérine point par point votre diagnostic.

– Monsieur le président, il n'y avait aucune hésitation possible : le décès était dû à l'asphyxie venue de la combinaison de l'oxyde de carbone avec l'hémoglobine du sang. La position même de la tête affaissée sur le volant semble prouver qu'il n'y a pas eu d'effort de la victime pour essayer de sortir de la voiture, alors que l'asphyxie la paralysait progressivement. Ce qui s'explique très bien par le fait – prouvé ultérieurement par l'analyse de sang – que la conductrice avait un taux d'alcoolémie qui lui interdisait la moindre réaction d'autodéfense. C'est même à se demander comment, s'étant rendue à Paris comme l'ont prouvé les investigations faites après son décès, elle a pu ramener sa voiture jusqu'à la propriété de la vallée de Chevreuse et même la rentrer dans le garage sans avoir eu d'accrochage ou d'accident en cours de route ! Cela tient du miracle.

– Il n'y avait pas traces de violences sur sa personne, indiquant que l'on aurait peut-être pu l'obliger à rester assise à son volant après qu'elle se fut immobilisée dans le garage ?

– Pas la moindre trace. D'ailleurs, dans l'état où elle devait se trouver au moment où l'asphyxie commença à produire son effet, il n'a sûrement pas été nécessaire de la contraindre à rester là où elle était !

– Connaissiez-vous M. ou Mme Revard avant ce jour-là ?

– Je n'avais jamais eu l'occasion de les rencontrer.

– Merci, docteur. Vous pouvez vous retirer.

L'annonce par l'huissier-audiencier du nom du témoin suivant produisit plus d'effet.

– Monsieur Jacques Varthy...

Mais ce ne fut rien en comparaison du fait que le témoin ne parut pas, alors que Me Dugnac, l'avocat de la partie civile – qui, tout autant que Deliot, était resté jusque-là silencieux à sa place –, se levait en disant :

– Monsieur le président, à mon grand regret je suis dans l'obligation d'annoncer à la cour que l'on vient de me remettre un message du témoin, que j'avais fait citer, dans lequel celui-ci m'informe qu'ayant été pris brusquement d'un malaise ce matin, il s'excuse de ne pouvoir se présenter devant la cour. Mais il ajoute que, tenant à montrer son entière bonne volonté, il joint à ce mot une déclaration rédigée de sa main qu'il me demande de lire à la cour.

Après une rapide consultation avec ses assesseurs et avoir demandé à l'avocat général s'il ne faisait pas d'objection à une pareille lecture, le président répondit :

– Maître, la cour vous écoute.

L'avocat lut aussitôt :

Monsieur le président, messieurs de la cour, messieurs les jurés, je tiens d'abord à vous remercier pour l'attention que vous voulez bien accorder à l'audition de cette déclaration dans laquelle je pense pouvoir résumer les raisons pour lesquelles j'étais très désireux de venir témoigner moi-même devant vous... Malgré l'immense chagrin qui m'a envahi et qui m'obsède depuis la tragique dispariton de ma fille unique, Nicole, si mon état de santé ne m'en avait pas empêché, je serais venu vous dire que je ne m'explique pas le crime gratuit que vous allez être appelés à juger.

En effet, Eric Revard n'avait aucune raison de commettre un acte pareil. Ayant pu constater – après l'avoir vu à l'œuvre pendant les premières années où il a travaillé au poste de directeur commercial de l'affaire que j'ai créée et qui porte mon nom – qu'il possédait les solides qualités permettant à un homme jeune d'accéder à une très belle situation, je n'ai pas hésité à lui faire entière confiance en lui confiant la direction générale de l'entreprise.

Choix qui me paraissait doublement heureux, puisque ma fille, que j'adorais et dans le souvenir de qui je continue à vivre, a manifesté le désir de l'épouser après que je le lui eus présenté au cours d'un déjeuner. Et j'ai tout lieu de penser que je me trouvais alors en présence de ce merveilleux événement qu'est un coup de foudre réciproque. Je pouvais donc envisager l'avenir avec le plus grand optimisme, en me disant qu'un jour viendrait où je céderais à mon gendre les fonctions de P.-D.G. des usines Varthy que j'occupe encore actuel-

lement. Bonheur familial qui dura pendant trois années, jusqu'au jour où j'appris par mon gendre – cela dans de douloureuses circonstances que je n'ai pas à relater ici – que malheureusement sa femme ne pourrait jamais devenir mère par suite d'une malformation congénitale. J'avoue que je crus devenir fou à l'idée de ne pas avoir de descendance assurant la double prolongation du nom et de ma réussite commerciale.

Je dois reconnaître également, ceci à la décharge de celui qui était encore alors mon gendre, que ma pauvre Nicole fut tellement frappée par la pensée de ne jamais être maman – elle que j'ai toujours entendue dire quand elle n'était encore qu'une petite fille : « Papa, quand je serai grande, j'aurai beaucoup d'enfants » – qu'elle commença à se laisser aller et à ne plus s'intéresser à rien ni à personne, y compris à son mari qui en fut, j'en ai été le témoin, assez malheureux.

Ce fut à ce moment que je pensai qu'une résidence secondaire, proche de Paris, permettrait peut-être à ce couple, qui était encore très jeune, de se ressaisir et de se retrouver au cours de week-ends éloignés de la vie trépidante et exténuante de la capitale. Ce fut pourquoi j'achetai cette propriété de « La Tilette » que j'ai mise à leur disposition... Si j'avais pu supposer à ce moment que quelques mois plus tard elle deviendrait le cadre de la plus horrible des tragédies, jamais, bien sûr, je ne l'aurais acquise ! N'ayant plus eu le courage d'y retourner depuis, je viens d'ailleurs de la faire mettre en vente. Mais, quand Nicole et son mari commencèrent à s'y rendre presque à chaque fin de semaine, je fus assez content parce que j'eus l'impression que les choses s'arrangeaient entre eux... La suite des événements a prouvé hélas que j'étais dans l'erreur la plus complète !

Pourquoi Eric Revard – qui avait eu à supporter l'année précédente les sautes d'humeur de son épouse et qui, je tiens à le répéter, avait su le faire avec un certain stoïcisme – s'est-il brusquement décidé, à un moment où l'apaisement semblait venu, à la tuer en camouflant son crime de façon telle que l'on aurait pu croire à un accident, je ne me l'explique pas ! Il savait très bien que sa femme l'adorait. Je ne veux apporter qu'une seule preuve de cet amour, mais elle me paraît suffisante. Un après-midi où je demandais à Nicole à qui j'avais été rendre visite chez elle : « – Bien que tu n'aies pas eu d'enfant, ce qui était je le sais ton plus grand rêve, es-tu quand même heureuse avec ton mari ? » elle me répondit spontanément : « – Si je ne l'étais pas, papa, il y a longtemps que je serais en instance de divorce ! Ce qui n'est pas le cas. Et dis-toi bien que je suis décidée à ne jamais divorcer d'Eric ! Je ne pourrais pas supporter un autre mari que lui... » Que pourrais-je ajouter de plus sur ce point ?

Je sais aussi que ma fille, que j'ai peut-être eu tort de trop gâter – mais quel est le père, devenu brutalement veuf à la naissance de son premier et unique enfant, qui n'en ferait pas autant, surtout quand cette enfant est une fille ressemblant trait pour trait à sa chère maman disparue en la mettant au monde ? –, n'avait pas toujours un caractère très facile, mais ses emportements ne duraient jamais longtemps ! Nous sommes un peu tous ainsi chez les Varthy, des « soupe au lait », ceci de père en fils et, en ce qui me concerne, de père en fille... Mais cela n'empêchait pas Nicole d'avoir un excellent fond et un cœur d'or ! Quelle plus merveilleuse épouse pouvait rêver d'avoir un Eric Revard, garçon de valeur, certes, mais d'extraction assez modeste, ce que d'ailleurs je ne lui reproche pas ! Nicole ne lui avait-elle pas tout apporté : la beauté, la fantaisie, la féminité et – pourquoi ne pas le dire ? – une chose qui compte beaucoup aujourd'hui : la fortune ? Fortune agrémentée d'une situation d'avenir... Que pouvait-il souhaiter de plus alors qu'il n'avait même pas atteint la quarantaine ? C'est dire qu'il n'avait aucune raison de vouloir la disparition de sa femme !

Ce n'est pas à moi, mais à vous, messieurs de la cour, que va revenir la responsabilité de juger son acte, mais c'est quand même un père désespéré qui vous supplie de ne pas oublier, au moment où vous rendrez votre verdict, qu'il ne pourra jamais se consoler d'avoir perdu le seul être au monde sur lequel il avait reporté toute son affection. Et quel que soit votre jugement, j'estime qu'il est de mon devoir de prendre des sanctions personnelles à l'égard de l'assassin de ma fille qui semble n'avoir jamais manifesté – au cours des interrogatoires qu'il a subis – le moindre regret, aussi bien pour son geste criminel que pour la mort de son épouse ! La seule chose qu'il s'est borné à répéter a été qu'il n'était pas l'auteur du crime ! Pourtant, malgré une attitude aussi méprisable de sa part, je n'ai pas voulu, alors qu'il se trouvait en détention sans avoir encore été jugé, l'accabler davantage, pour lui laisser la possibilité d'avoir les moyens de se défendre. C'est pourquoi j'ai donné des ordres formels à mes services de comptabilité pour qu'ils continuent à virer régulièrement chaque mois à son compte personnel les appointements inhérents à ses fonctions de directeur général. Ce ne sera que quand votre verdict aura été rendu que je ferai annoncer publiquement, aussi bien au personnel de l'entreprise par une note intérieure de service qu'au grand public par voie de presse, les deux décisions suivantes :

Premièrement, la révocation définitive de M. Eric Revard du poste de directeur général des Etablissements Varthy qu'il se trouvera alors dans l'incapacité d'assumer étant devenu un condamné de droit commun.

Deuxièmement, la disparition à jamais sur le marché de la marque Varthy dans un délai maximal de douze mois, la société venant d'être vendue par mes soins à un groupe concurrent qui l'absorbera entièrement en conservant cependant la totalité des emplois au dévoué personnel. Sans doute apparaîtra-t-il assez peu intéressant à la majorité des gens que le nom d'une fabrique de produits d'entretien disparaisse ainsi ? Ils auront raison ! Le seul pour qui il n'en sera pas de même sera moi qui ai créé cette affaire, dont la progression n'a pu se faire que parce que j'y ai consacré trente années de ma vie. Mais pourquoi continuer à prolonger son existence, puisqu'il n'y a plus de succession familiale ? Ma firme ayant commencé à prendre son grand essor au moment de mon mariage, soit une année avant la naissance de Nicole, n'est-il pas normal qu'elle disparaisse une année après sa mort ?

Si je me suis permis de vous faire part de ces dernières décisions, c'est uniquement pour vous permettre, messieurs de la cour, d'apprécier l'ensemble du préjudice dont je subirais les conséquences jusqu'à ma propre fin par la seule faute d'un homme que je me refuse désormais à considérer comme mon gendre.

Sa lecture terminée, Me Dugnac remit la lettre au président Darnal avant de retourner s'asseoir à la place qui lui était dévolue. Après un temps de silence, le président annonça :

– Les débats reprendront demain à 14 heures, mais j'attire dès ce soir l'attention de l'assistance sur le fait que l'accès de cette salle lui sera formellement interdit, l'audition des témoins cités par la défense devant se faire à huis clos. L'audience est levée.

Il y eut dans la foule un flot de protestations, auquel ni la cour, ni les jurés, ni les avocats ne semblèrent attacher la moindre importance.

Ayant rapidement rejoint son client dans la petite salle où il attendait, toujours sous la surveillance des deux gendarmes qui l'avaient encadré dans le box des accusés pendant l'audience, le moment où on le conduirait jusqu'à la voiture cellulaire devant le ramener à la Santé, Victor Deliot put s'entretenir avec lui pendant quelques minutes.

– Vous voyez comme on a tort d'estimer, avant qu'un procès ne commence, que certaines dépositions de témoins secondaires seront sans importance ! Ce sont parfois eux qui font basculer le plus savant des systèmes de défense... Sans le vouloir aucunement, la vieille Emilie vient de nous en apporter une preuve terrible ! Au commencement de sa déposition, ce qu'elle a dit en vantant vos mérites d'époux à la patience exemplaire a plutôt été bénéfique pour vous : cela ne peut pas ne pas avoir fait comprendre aux jurés que votre épouse était véritablement odieuse ! Mais ensuite, quand elle a raconté comment s'est passée pour elle la nuit du crime, elle est devenue très gênante pour nous... Surtout que, de sa fenêtre ouverte, elle n'a perçu en réalité que certaines bribes de cette nuit ! C'est bien regrettable que – persuadée que tout s'arrangeait entre vous puisque, selon elle, vous deviez bavarder avec votre femme dans le garage – elle ait refermé cette fenêtre juste au moment où, à mon avis, les événements les plus importants se sont passés ! Il n'y a rien de pire que des témoignages approximatifs ou incomplets : ils sèment un doute détestable... Enfin ! Nous essaierons de réparer ça au cours de la plaidoirie.

– Qu'avez-vous pensé de la lettre du beau-père ?

– Le seul fait qu'il ne soit pas venu en personne, comme il l'avait formellement promis à mon adversaire Dugnac, est déjà chez lui un signe de lâcheté... Cela indique qu'il ne devait pas tellement avoir envie de se retrouver en votre présence, alors qu'il sait très bien que sa fille buvait, se droguait et découchait ! Car je suis persuadé que son malaise de la dernière heure n'est qu'un prétexte ! S'il avait été là pour faire oralement l'éloge de la défunte et dire devant la cour qu'il n'existait aucune raison pour que vous ayez eu envie de vous débarrasser d'elle, je serais monté à l'assaut pour lui rabattre immédiatement son caquet ! Malheureusement il n'était pas là... Comment voulez-vous répondre devant des tiers à une lettre écrite par un absent, autrement qu'en expliquant que cette missive n'est qu'un tissu de mensonges voulus ? Là aussi, je me réserve de remettre les choses au point dans ma plaidoirie. Il y a d'ailleurs, dans cette lettre, une chose qui ne m'a pas plu du tout et qui n'a pas dû non plus, je pense, entraîner l'adhésion du jury : c'est qu'il s'y soit glorifié d'avoir joué à votre égard les bons Samaritains pendant toute la durée de votre incarcération, en vous faisant octroyer des moyens financiers vous permettant de payer votre défenseur ! Car c'est exactement cela qu'il a cherché à dire à mots couverts... Ce qui est assez désagréable pour moi ! Reconnaissez que je ne vous ai pas encore demandé un centime de provision, non seulement depuis que vous êtes accusé de meurtre, mais aussi du premier jour où vous êtes venu me consulter pour savoir s'il existait un moyen de vous sortir de l'imbroglio dans lequel vous vous trouviez par la faute d'une certaine mère porteuse... Je me souviens de vous avoir fait comprendre ce jour-là que nous parlerions finances plus tard... Pour moi, ce plus tard n'arrivera que quand tout sera terminé : ce qui ne me paraît pas encore être le cas ! Quant à la lettre du sieur Varthy, elle ne présente pour nous qu'un seul intérêt : elle prouve que le bonhomme ignore absolument que vous avez été l'amant de la future mère porteuse avant d'épouser sa fille... C'est là un effet de surprise que les dépositions de demain – celles de Sylvaine et de son amie Paule – apporteront à la cour, en omettant soigneusement, comme nous en sommes convenus elles et moi, de révéler que vous êtes redevenu après la naissance l'amant de la mère de votre enfant. J'attends beaucoup de ces dépositions qui devraient contribuer à faire de vous une victime presque excusable d'avoir recouru au crime.

– Mais, maître, je n'ai pas tué ! Vous le savez bien !

– Je le sais, bien sûr, mais au cas où je n'arriverais pas à le prouver, malgré les éléments que vous m'avez apportés, il faudra bien qu'il me reste quelques atouts en main pour parvenir à arracher un verdict de demi-clémence, étant donné la gravité du délit qui vous est reproché ! Je ne vous dis pas, comme cela se passait quand vous veniez me voir à mon cabinet : « Rentrez chez vous », mais plutôt : « Essayez de dormir en oubliant tout ce que vous venez déjà d'entendre aujourd'hui et en rêvant que c'est votre vieux défenseur qui vous ramène lui-même triomphalement chez vous... Un chez-vous dont nous ne confierons l'adresse à personne et qui se trouve du côté du quai aux Fleurs. » A demain.

Le lendemain, quand le président dit, à quatorze heures précises : « L'audience est ouverte », il n'y avait dans la grande salle que ceux dont la présence était indispensable : le président et ses deux assesseurs, l'avocat général, le greffier, les jurés désignés, l'avocat de la partie civile, celui de la défense, l'accusé et ses gardes, l'huissier-audiencier enfin qui, après en avoir reçu l'ordre, alla quérir le premier des témoins cités par la défense, en annonçant :

– Monsieur le professeur Torvay...

C'était un homme d'une cinquantaine d'années, que Victor Deliot – qui avait été lui rendre visite trois fois de suite pour le convaincre de venir témoigner devant la cour – retrouva égal à lui-même, tel qu'il l'avait vu quand il avait été reçu au cabinet de gynécologie : calme, le regard froid, l'apparence glaciale, paraissant décidé à faire preuve de la plus grande réserve dans ses réponses aux questions qui allaient lui être posées. Après lui avoir laissé décliner son identité, sa qualité professionnelle et prononcer le serment fait avec la main droite levée, le président commença :

– Monsieur le professeur, pouvez-vous avoir l'obligeance d'expliquer à la cour dans quelles circonstances vous avez fait la connaissance de M. et Mme Revard ?

– Le plus normalement du monde. Ayant appris – ce qui n'est d'ailleurs un secret pour personne – que je m'étais spécialisé depuis un certain temps déjà dans la technique de l'insémination artificielle, ils sont venus me trouver il y a trois ans, comme l'avaient déjà fait avant eux quelques couples mariés et comme l'ont fait depuis beaucoup d'autres, pour me demander si je ne connaîtrais pas une mère porteuse, dont je serais absolument sûr médicalement, qui pourrait remplacer Mme Revard. Comme ces personnes m'étaient recommandées par un confrère éminent, j'acceptai de leur rendre service. Je les fis revenir ensuite pour les examiner séparément à seule fin de vérifier leurs états physiologiques respectifs. Il s'avéra que, normalement constitué, M. Revard pouvait procréer, alors que son épouse en serait toujours incapable, ayant malheureusement une malformation congénitale de certains organes générateurs. Ces examens préliminaires ayant été faits, les différentes phases du procédé à suivre pour pouvoir remédier dans les meilleures conditions possibles au manque d'enfant suivirent le cours habituel. Il me paraît superflu de m'appesantir sur certains détails... Toujours est-il que la mère porteuse idéale, répondant entièrement aux qualités physiques et aux garanties médicales que l'on a le devoir d'exiger d'une femme destinée à enfanter, fut trouvée. Tout cela fut fait avec la plus grande discrétion : les futurs parents avaient accepté, par une déclaration écrite, qui se trouve en ma possession, de ne jamais chercher à connaître l'identité de la mère porteuse, de même que cette dernière ne saurait pas non plus de qui était la semence qui la féconderait. Il n'y eut donc aucun incident pendant toute la durée de la grossesse. Ce ne fut que le lendemain de la naissance de l'enfant, qui se passa dans les meilleures conditions, qu'un fait nouveau et parfaitement insensé – dont je n'avais jamais été le témoin jusqu'à ce jour et qui ne s'est plus représenté depuis – se produisit : la mère porteuse refusa catégoriquement de se séparer de l'enfant qu'elle venait de mettre au monde, et ceci malgré l'engagement moral qu'elle avait pris de le faire.

– Avait-elle le droit d'agir ainsi ?

– Aucune loi, monsieur le président, n'interdit à une femme, célibataire ou non, de conserver l'enfant auquel elle vient de donner la vie, à moins, bien entendu, qu'elle ne l'ait abandonné à la naissance et qu'elle n'ait laissé passer un délai de deux mois avant d'aller le reprendre à l'Aide sociale à l'Enfance qui l'a pris en charge entre-temps. En ce qui concernait l'enfant destiné à assurer le bonheur du couple Revard, il n'y eut rien à faire, la mère porteuse ayant immédiatement reconnu son enfant par une déclaration de naissance faite en bonne et due forme et lui ayant donné son nom. Si j'ai consenti à venir témoigner à cette barre, à la demande de M. l'avocat de la défense, c'est uniquement pour que la cour puisse comprendre ce qu'a dû être, au moment de cette lourde déception, le désarroi de ceux qui souhaitaient ardemment avoir enfin un enfant dans leur foyer. Sur le moment, ce fut terrible, surtout pour Mme Revard. D'ailleurs je peux l'avouer : après que je leur eus expliqué qu'en dépit de tous mes efforts de persuasion la mère porteuse n'avait rien voulu savoir, ils ne sont jamais revenus me voir. Ils m'ont certainement rendu responsable de ce qui leur arrivait, alors que je n'y étais pour rien ! Ce doit même être le seul de tous les couples dont je me suis occupé à être devenu pour moi un couple d'ennemis ! Tous les autres sont restés des amis qui viennent me rendre régulièrement visite pour me faire examiner « leurs » enfants : ce qui m'apporte une réelle joie, doublée de la fierté légitime que peut ressentir un gynécologue à l'idée d'être indirectement l'auteur d'un bonheur retrouvé.

– La cour comprend très bien, monsieur le professeur, le sentiment qui vous anime, quand il vous est donné d'assister à une telle réussite mais ne pensez-vous pas que cette brutale absence d'héritier souhaité a pu influer depuis aussi bien sur le psychisme de Mme Revard que sur celui de son mari ?

– C'est très possible... De toute façon, c'est là, à mon avis, qu'il faut rechercher le début de la regrettable mésentente qui s'est établie entre eux et qui n'a fait ensuite que s'intensifier, les conduisant pratiquement à une séparation morale à défaut d'une séparation physique, puisque, m'a-t-on dit, ils ont continué à cohabiter. La séparation morale est parfois, sous des apparences trompeuses, infiniment plus grave qu'une séparation de fait ! Je la crois irréparable.

– Pensez-vous qu'elle aurait pu conduire un homme jusqu'au désir de faire disparaître sa femme ?

– Je n'irai pas jusque-là... Beaucoup d'autres causes, que nous ignorons, peuvent être entrées en ligne de compte depuis trois années ! De toute façon, quand j'ai fait la connaissance de M. Revard, il m'avait paru être un homme tout ce qu'il y a de plus normal.

– Et il l'est toujours, monsieur le professeur ! déclara brusquement Victor Deliot qui venait de se dresser au banc de la défense. S'il y a eu quelqu'un dont le comportement psychique s'est dégradé dans le couple – presque certainement à la suite du drame familial qui vient d'être évoqué –, ce fut Mme Nicole

Revard et non pas son époux ! La déposition de la femme de chambre, Mlle Emilie Ménart, que nous avons entendue hier, ainsi que la lecture même de la lettre écrite par le propre père de la victime, ont prouvé qu'il n'y a aucun doute à se faire sur ce point. Mme Revard n'était plus quelqu'un de normal : elle buvait exagérément, trouvant peut-être dans cette regrettable pratique une façon d'oublier son désespoir de ne pas être mère. Je me permets d'ailleurs de rappeler à la cour qu'aussi bien le Dr Dupas que les spécialistes de l'institut médico-légal ont expressément mentionné dans leurs rapports, établis immédiatement après le décès, que le taux d'alcoolémie relevé sur la défunte prouvait sans discussion possible qu'elle avait conduit sa voiture de Paris à « La Tilette » dans un état d'ivresse avancé... Monsieur le professeur, pourrais-je à mon tour vous poser quelques questions ?

– Je vous écoute, maître.

– Comment a été recrutée cette mère porteuse dont l'attitude, il y a trois ans, s'est trouvée être à la base de tout le désastre qui a suivi ? Vous la connaissiez bien ? Est-ce vous-même qui l'aviez trouvée ou quelqu'un d'autre ?

– Elle m'a été recommandée par mon assistante, Mlle Paule Bernier, qui m'a d'ailleurs dit être appelée à témoigner également dans le procès.

– C'est exact, reconnut Deliot. La cour recevra sa déposition qui me paraît devoir être déterminante. C'est pourquoi il me paraît important de connaître votre opinion, monsieur le professeur, sur cette personne qui travaille à vos côtés depuis déjà un bon nombre d'années, je crois ?

– Mlle Bernier est entrée dans mon cabinet en qualité d'assistante, il y a exactement neuf ans. Avant, elle était infirmière-chef dans le service de maternité d'un hôpital parisien où j'avais été frappé par son sérieux et par sa compétence.

– Ce qui signifie que vous aviez la plus grande confiance en elle ?

– Cela va de soi.

– Et maintenant votre confiance est-elle toujours la même ?

– Elle n'a fait que grandir ! S'il n'en avait pas été ainsi, vous devez bien vous douter qu'il y aurait longtemps que Mlle Bernier n'appartiendrait plus à mon cabinet !

– J'en suis persuadé, monsieur le professeur... Aussi vais-je me permettre d'attirer l'attention de la cour et de messieurs les jurés sur le fait qu'un praticien, ayant une réputation aussi grande et aussi justifiée, a une confiance absolue dans un témoin dont nous entendrons bientôt la déposition.

– Avez-vous d'autres questions à poser à monsieur le Pr Torvay, maître ? demanda le président.

– Encore une mais ce sera la dernière... Monsieur le professeur, vous est-il arrivé, au cours de votre longue et belle carrière, qui vous a contraint à vous pencher sur le sort de tellement de couples en mal d'héritier, de rencontrer un homme dont vous auriez reçu les confidences et qui, à votre avis, aurait pu se montrer capable de tuer son épouse pour l'unique raison qu'elle ne pouvait pas lui donner d'enfant ?

– Jamais.

– Je vous remercie doublement, monsieur le professeur, poursuivit Deliot, pour une réponse aussi catégorique ainsi que pour l'extrême obligeance dont vous avez bien voulu faire preuve en vous arrachant à vos travaux pour venir témoigner ici.

Il se rassit pendant que la voix du président disait :

– Monsieur le professeur, vous pouvez vous retirer.

Le témoin suivant fut Sylvaine... Une Sylvaine toujours jolie, mais assez intimidée, qui n'osa pas regarder le box où se trouvait son amant et qui baissa pudiquement les yeux en appuyant ses deux mains sur la barre, comme si elle se sentait prête à défaillir. Le président lui demanda de décliner ses nom et prénoms, ses date et lieu de naissance qui était à Paris, sa profession de styliste de mode, mais au moment où il posa la question : « Etes-vous parente à un degré quelconque de l'accusé ? » la jeune femme eut, avant de répondre : « Aucune parenté », une légère hésitation qui ne fut perceptible que de Deliot et peut-être aussi d'Eric. Ne savaient-ils pas tous deux que, pour Sylvaine, maman d'un enfant disparu et de Sébastien, l'accusé ne pouvait être et ne serait jamais que son mari même si ce n'était pas encore reconnu officiellement.

Quand elle eut juré, comme tous ceux qui l'avaient précédée, de ne dire que la vérité, toute la vérité, le président lui dit d'une voix aimable, ce qui semblait indiquer qu'il n'était pas insensible au charme d'une jolie femme :

– Mademoiselle Varmet, la défense a tenu à vous faire citer parce que vous auriez d'importantes révélations à faire ?

– Monsieur le président, après avoir été la mère porteuse choisie, à la suite d'examens médicaux, par M. le Pr Torvay, je suis depuis deux années la mère célibataire de mon fils qui se nomme Sébastien.

Ni la cour, ni les jurés, ni personne à l'exception de Deliot et de l'accusé ne s'attendaient à une pareille révélation. Les quelques mots, prononcés par une voix douce mais décidée, produisirent l'effet d'un coup de tonnerre. Que venait donc faire cette femme dans une affaire criminelle qui s'était perpétrée trois années après qu'un gynécologue eut fait appel à ses services pour un enfantement ? Le moment de stupeur passé, le président reprit :

– Si vous êtes ici, mademoiselle, cela semblerait indiquer que le secret entourant le choix d'une mère porteuse, dont vient de nous parler M. le Pr Torvay, n'a pas été gardé en ce qui vous concerne et que vous connaissiez, lorsque vous avez été choisie pour remplir ces fonctions, l'identité du père dont vous alliez recevoir la semence ?

– Je la connaissais en effet... Je n'ai pas à cacher à la cour qu'avant de devenir cette mère porteuse volontaire, j'avais vécu avec Eric Revard pendant deux années, liaison qui a pris fin le jour où il m'a annoncé ses fiançailles avec Mlle Nicole Varthy.

– Par qui avez-vous su trois années plus tard que M. et Mme Revard avaient pris la décision de recourir au procédé de l'insémination artificielle ?

– Grâce à une extraordinaire coïncidence : ma meilleure amie, Paule Bernier, était alors et se trouve d'ailleurs être toujours l'infirmière assistante du Pr Torvay auquel les Revard se sont adressés.

– Avait-elle le droit de vous révéler leur nom ?

– Il existe, bien sûr, ce que l'on appelle le secret professionnel pour ce genre de tractation assez spéciale, mais il n'y a aucune loi enjoignant le silence. Ce n'est qu'un usage, qui d'ailleurs est presque toujours respecté.

– Pourquoi votre amie ne s'est-elle pas conformée à cet usage ?

– Parce qu'elle me savait malheureuse et déprimée depuis qu'Eric m'avait quittée... Aussi a-t-elle pensé, en apprenant que mon ancien amant et son épouse recherchaient un enfant, que je pourrais peut-être jouer le rôle de la mère porteuse. Combien de fois ne m'avait-elle pas entendue dire : « Ah ! Si seulement j'avais aujourd'hui auprès de moi un enfant que m'aurait fait Eric ! » Ce manque de maternité était devenu chez moi un complexe tout aussi fort que celui de Mme Revard, à cette différence près cependant que, moi, je pouvais être fécondée... Pourquoi alors ne ferais-je pas cet enfant dont Eric n'avait jamais voulu entendre parler pendant tout le temps où nous avions été amants ? Ne serait-ce pas merveilleux pour moi d'avoir un enfant du seul homme que j'avais aimé, et ceci sans qu'il le sache ? J'ai tellement insisté auprès de Paule qu'elle a fini par admettre mon idée et qu'elle m'a présentée au professeur...

– ... en lui révélant que vous aviez été la maîtresse de ce père prêt à donner sa semence à une inconnue pour satisfaire les désirs de son épouse ?

– Elle s'est bien gardée de le lui dire ! Le Pr Torvay n'aurait jamais admis de se prêter à une telle manœuvre !

– Vous pourriez presque dire « machination » ! Donc il n'a rien su de ce passé ?

– C'est pourquoi l'enfant a pu venir au monde dans les conditions habituelles qui se pratiquent en pareil cas.

– Mademoiselle Varmet, ce que vous venez de révéler à la cour est en effet très grave. Cela jette un jour tout nouveau et, disons-le, un peu sordide sur cette affaire... Je vous demande maintenant de répondre aux questions que je vais vous poser. N'oubliez pas que vous avez juré de dire la vérité ! Vous me comprenez bien ?

– Oui, monsieur le président.

– Première question : M. Revard ignorait-il, lui aussi, que vous étiez la mère porteuse ?

– Absolument. Je ne tenais d'ailleurs pas du tout à ce qu'il l'apprenne pendant la durée de ma grossesse, cela pour lui réserver ensuite la surprise qu'il méritait après la naissance de l'enfant.

– Quelle surprise ?

– La révélation que j'étais la mère de cet enfant

que lui et sa femme voulaient pour eux et que je ne leur donnerais jamais !

– C'est là, mademoiselle, un calcul abominable de votre part !

– Je ne le pense pas, monsieur le président. Je n'ai fait qu'appliquer la loi du talion : non seulement Eric Revard m'avait abandonnée mais, s'il l'avait pu, il aurait fait cet enfant à sa femme, alors qu'il s'y était toujours refusé avec moi !

– Mais c'était très différent : vous n'étiez pas mariés, tous les deux !

– C'est vrai, monsieur le président. Je n'ai jamais exigé, moi, de me faire épouser... Tout ce que je voulais, c'était un enfant d'Eric. Ne pensez-vous pas que c'était là faire preuve de beaucoup plus d'amour que celles qui n'acceptent un enfant que si leur situation est régularisée ?

– Ne nous égarons pas ! En somme, vous vouliez avoir cet enfant d'Eric Revard pour le punir de vous avoir laissée seule ?

– Pour le punir, mais aussi parce que je l'aimais toujours, malgré tout.

– Et maintenant ?

– Après ces cinq années de séparation, il m'indiffère complètement ! J'ai l'enfant qui me suffit largement. J'ai reporté sur lui tout ce que je ressentais pour son père.

– Mesurez-vous exactement, mademoiselle, la portée des paroles que vous venez de prononcer en présence d'un homme qui, après avoir été votre amant et se trouvant actuellement, par la force des choses, le vrai géniteur de votre enfant, est là, seul dans ce box, sous la menace d'une peine infamante qui risque d'être très lourde pour lui ?

– J'ai eu tout le temps de réfléchir aux relations que cet homme et moi nous avons eues... Pour moi, il a payé tout le mal qu'il m'a fait le jour où il a appris deux mois après la naissance de l'enfant que j'en étais la mère. Le reste ne me concerne pas ! Je n'ai rien à voir avec le meurtre dont on l'accuse et qui s'est passé plusieurs années après que nous nous sommes vus pour la dernière fois.

– Croyez-vous, mademoiselle Varmet ? demanda Deliot qui venait de se dresser à nouveau au banc de la défense.

Interloquée, Sylvaine se retourna pour le regarder, muette de surprise.

– Monsieur le président, messieurs de la cour, messieurs les jurés, reprit Deliot, nous nous rapprochons, grâce aux révélations que vient de faire le témoin avec un réel courage, auquel je me dois de rendre hommage, de ce qui constituera la base même de ma plaidoirie. Cela fait trois années – exactement depuis que le couple Revard a été trompé aussi bien sur l'identité de la mère porteuse prétendument anonyme qu'au moment où cette dernière a refusé de donner son enfant comme vous l'a expliqué le Pr Torvay – que mon client est victime de toute cette abominable affaire ! Sachez qu'Eric Revard a poussé l'élégance de cœur jusqu'à ne jamais révéler à son épouse Nicole, pas plus d'ailleurs qu'à son beau-père, Jacques Varthy, ou à qui que ce soit, la vérité sur la personnalité de la mère de cet enfant qui leur était destiné. S'il s'est tu, c'est uniquement pour éviter que l'état de santé de sa femme, déjà très ébranlé par l'absence de l'enfant, n'empire dans de telles proportions qu'il aurait probablement fallu la faire interner. Pour moi, cet homme, qui est aujourd'hui sous le coup d'une accusation grave, a su se conduire en véritable héros jusqu'à la disparition de son épouse ! Apprenez aussi que Mme Revard a quitté ce monde sans s'être jamais doutée qu'une Sylvaine Varmet avait été à un moment donné la maîtresse de son mari, ni que celle-ci était devenue par la suite la mère de l'enfant tant attendu ! D'ailleurs, il est heureux pour la mémoire de la défunte qu'il en ait été ainsi.

– Mademoiselle Varmet, reprit le président, comment avez-vous fait savoir à M. Revard que vous étiez la mère de l'enfant auquel vous veniez de donner la vie grâce à la fécondation dont il était l'auteur ?

– Malgré mon désir de vengeance que j'estimais des plus légitimes, monsieur le président, j'ai fini par me dire après la naissance de Sébastien qu'après tout, ça ne servirait à rien de faire cette dernière révélation à Eric ! N'était-il pas déjà assez puni, lui qui était tellement orgueilleux, de ne pas avoir d'héritier ? Et je pris la décision, suivant en cela les conseils de mon amie Paule, de ne rien lui faire savoir, ni à lui, ni à personne ! Mon fils n'avait pas besoin de père, et, de toute façon, comme Eric n'aurait pas pu le devenir légalement, ça n'aurait servi à rien ! Mieux valait faire le silence sur mon bonheur de mère célibataire.

– Qu'est-ce qui vous a donc fait changer d'avis, le jour où vous avez quand même informé M. Revard ?

– C'est lui qui a fini par me retrouver, après avoir découvert mon identité et mon adresse.

– Vous l'avez alors revu ?

– Une fois chez mon amie Paule, qui a été le témoin d'une scène très pénible.

– Ensuite, vous ne vous êtes plus retrouvés !

– Je n'ai revu le père de mon fils qu'au parloir de la Santé à la demande et sur l'insistance de son défenseur, Me Deliot, qui vous le confirmera... Ceci, après que ce dernier m'eut convoquée, quand la nouvelle du meurtre de Mme Revard s'est répandue dans la presse et à la radio.

– Pourquoi avoir agi ainsi, maître ?

– Parce qu'il le fallait, monsieur le président ! Je demande à la cour de réfléchir à la situation dans laquelle s'est trouvé M. Revard au lendemain de son incarcération... Il était seul, n'ayant pas de famille, ni aucun ami véritable à qui il aurait pu se confier au cours de visites autorisées. Il n'avait que moi ! Un avocat, nous le savons tous, ce n'est pas toujours le personnage dont a uniquement besoin un prisonnier ! Il lui faut une autre sorte de chaleur humaine, ne serait-ce que pour qu'il parvienne à surmonter son effroyable isolement ! Je demandai donc à mon client s'il n'y aurait pas, parmi ses relations, quelqu'un qu'il souhaiterait voir. Savez-vous quelle a été sa réponse ?... « Mon fils ! » Oui, son fils, cet enfant qu'il n'avait même pas pu apercevoir le jour où il y avait eu la scène dont vous a parlé le témoin... Son fils qu'il n'a jamais vu et qui existait cependant ! N'ayant plus de compagne, il ne lui restait que cet enfant, dont il savait qui était la mère, mais qu'il ne connaissait pas et qu'il ne connaîtrait peut-être jamais ! Malheureusement, je savais que je n'obtiendrais pas l'autorisation qu'un enfant en aussi bas âge soit amené dans un parloir de prison ! Mais je sentais pourtant, ayant pleine conscience de cette force mystérieuse qui est contenue dans l'instinct paternel et qui peut brusquement éclater, qu'il était absolument nécessaire que ce père puisse au moins parler de son enfant avec quelqu'un... Quelqu'un qui connaîtrait bien le petit Sébastien. Je ne vis qu'une personne au monde qui serait capable de jouer ce rôle d'intermédiaire entre le prisonnier et l'enfant : la mère ! Aussi ai-je pris sur moi de demander à Sylvaine Varmet de consentir à aller rendre visite au père de l'enfant à la Santé, ceci uniquement pour parler du bambin pendant quelques instants avec l'isolé, pour lui dire n'importe quoi : que les dents de lait poussaient, qu'il avait un appétit d'ogre, qu'il dormait comme un ange... Je ne sais pas, moi ! Vous, monsieur le président, que vos hautes fonctions contraignent à vous pencher souvent sur la misère humaine, savez mieux que personne que ce sont de petites choses de ce genre qui peuvent amener un homme, se croyant perdu et abandonné, à croire qu'il n'est plus tout à fait seul et qu'il y a encore quelqu'un après lui qui le prolongera... Je dois avouer que j'eus du mal à décider Mlle Varmet à rendre visite à un homme qui ne l'intéressait plus du tout et qu'elle ne voulait pas voir ! Finalement, j'y parvins, et elle eut le grand mérite de subir la corvée de se rendre au parloir de la Santé. De cela, je la remercie sincèrement au nom de mon client tout en m'excusant devant la cour d'avoir fait une aussi longue digression.

– La cour ne vous en tient aucun grief puisqu'elle était nécessaire, dit le président, alors que Deliot se rasseyait et avant de s'adresser à nouveau à Sylvaine :

– Nous aimerions connaître l'impression que vous avez ressentie quand vous vous êtes trouvée à la Santé en présence de votre ancien amant accusé du meurtre de sa femme ?

– Il m'a fait pitié... Je crois que n'importe quelle femme dans une situation identique aurait éprouvé le même sentiment... Selon les conseils que m'avait donnés son défenseur, j'ai évité de lui parler du crime qui lui était reproché.

– Evidemment vous n'aviez jamais vu Mme Revard ?

– Jamais. Pourquoi aurais-je eu envie de rencontrer la femme qui m'avait volé l'homme de ma vie ? Et si quelqu'un pouvait avoir eu le désir de la tuer, c'eût été moi plutôt qu'Eric, que je ne parviens pas à imaginer dans la peau d'un meurtrier, monsieur le président, cet homme – que j'ai bien connu puisque j'ai vécu avec lui pendant deux années ! – est incapable de commettre un crime ! Ce que je vais dire va sans doute paraître assez méchant à son égard, mais tant pis ! Eric Revard est trop faible pour avoir le courage de tuer ! Je n'ai qu'à me souvenir de la façon ignoble et veule avec laquelle il s'est conduit quand il m'a plaquée. Il s'est enfui en moins de deux heures, ne se donnant même pas la peine de me demander ce que j'allais devenir ! Lui un assassin ? Dites tout au plus un petit voleur de sentiments.

– Vous êtes dure, mademoiselle... Pourtant vous avez tout mis en œuvre pour vous faire faire indirectement un enfant par cet homme ?

– C'est vrai, mais sans qu'il le sache ! Quand il l'a appris, ça ne l'a d'ailleurs pas tellement ému... Ce qui m'a beaucoup déçue, moi qui croyais l'avoir puni pour sa trahison !

– Je proteste contre cette affirmation ! s'exclama Deliot. Vous n'avez pas le droit, mademoiselle Varmet, de dire une chose pareille ! Que M. Revard ne vous ait pas réellement aimée comme vous semblez le croire, c'est possible, mais qu'il n'ait pas souffert atrocement de ne pas voir son fils, c'est certain ! La preuve en est que lorsqu'il a consenti lui aussi à recevoir votre visite dans le parloir de la Santé, ça a été uniquement parce qu'à ses yeux, vous incarniez un trait d'union – bien faible, il faut le reconnaître, étant donné les sentiments d'indifférence que vous nourrissez maintenant l'un vis-à-vis de l'autre ! – entre son fils et lui... Sinon il ne vous aurait jamais accueillie ! Croyez-moi, monsieur le président, de ce côté-là aussi, il m'a fallu faire preuve d'une grande diplomatie ! Ce n'est pas facile de faire se rencontrer deux êtres qui se détestent ! Que Sylvaine Varmet ait aimé, comme elle nous l'a dit, son amant encore pendant un certain temps après la rupture, on peut l'admettre, mais je puis vous assurer que cette passion est bien terminée ! Les propos désobligeants qu'elle vient de tenir n'en sont hélas qu'une triste confirmation !

– Mais si moi, dit Sylvaine, je l'ai adoré à un moment, lui ne m'a jamais aimée ! Malheureusement, je ne l'ai compris que trop tard, le jour où j'ai appris qu'il venait d'en épouser une autre, six mois à peine après notre séparation !

– Seulement, reprit le président, vous vous êtes quand même débrouillée pour devenir la mère porteuse ?

– Pour l'ennuyer ! Je l'ai déjà expliqué... A moins que je n'aie été prise d'une crise de folie ? Mais je ne regrette rien : j'aime mon enfant qui n'est qu'à moi ! Vous m'avez demandé tout à l'heure, monsieur le président, de vous dire ce qui s'est passé en moi, quand j'ai revu M. Revard derrière les barreaux d'une prison ? Eh bien, je vais être franche : je me suis dit que finalement mon enfant avait beaucoup de chance de ne pas avoir de père légal : il aurait pu être le fils d'un assassin ! C'est tout. Je n'ai plus rien à dire.

– Pardon, mademoiselle, dit Deliot. Vous ayant fait citer, je vous demande de rester encore quelques instants pour bien écouter ce que je vais dire à la cour et qui pourrait être la juste conclusion de votre déposition... Monsieur le président, messieurs, vous venez d'avoir, avec l'audition de ce témoin, la confirmation de ce que j'ai déjà essayé de vous faire comprendre : pris entre une épouse débauchée et une ancienne maîtresse qui a tout fait pour lui ravir son fils unique, Eric Revard n'a été qu'un homme perdu auquel on doit pardonner beaucoup de choses, même une certaine forme de crime qui, dans la situation infernale où il s'est trouvé, a peut-être pris dans son esprit angoissé l'apparence d'une libération. Monsieur le président, j'en ai terminé.

– Mademoiselle Varmet, vous pouvez vous retirer.

S'il n'y avait pas eu le huis clos, il est à peu près certain que Sylvaine aurait quitté la salle sous des murmures plus que réprobateurs. Et, par contraste, toute la sympathie apitoyée de l'assistance se serait portée sur Eric. Le témoin avait scrupuleusement suivi la ligne soigneusement tracée par Deliot. Elle et lui venaient de faire devant la cour un extraordinaire numéro où le dialogue échangé entre eux ne pourrait produire que le meilleur effet en faveur de l'accusé. La défense continuait à marquer quelques points.

– Mademoiselle Paule Bernier, annonça l'huissier.

Elle avança jusqu'à la barre avec le pas assuré d'une femme qui sait très bien pourquoi elle est là. Aucun signe d'émotion ne se lisait sur son visage. La tête altière, relevée dans une attitude de défi, elle regardait la cour et les jurés avec une sorte d'indifférence frisant l'insolence. On sentait que le majestueux spectacle de l'appareil judiciaire d'une cour d'assises ne l'impressionnait pas et n'aiguisait même pas sa curiosité. Le fait de se trouver seule face à ces juges, ce procureur général en robes rouges et à ces avocats en toges noires semblait lui paraître normal. De son box, Eric, qui ne l'avait plus revue depuis près de deux années, quand elle lui avait ouvert la porte de l'appartement du square Louvois, se souvenait très bien que ce jour-là elle était vêtue d'un chemisier noir et d'un pantalon gris. Aujourd'hui, elle portait un strict tailleur noir, où la jupe avait remplacé le pantalon. Le chemisier était blanc. Sans doute s'était-elle dit qu'une pareille tenue conviendrait mieux à la dignité d'un témoin de son importance ? L'avocat de Revard ne lui avait-il pas fait comprendre que ses déclarations seraient essentielles et n'était-elle pas – elle qui venait d'attendre pendant plus d'une heure, assise sous la surveillance d'un agent, sur la banquette inconfortable d'une petite pièce où se trouvaient également son patron le Pr Torvay et Sylvaine avec lesquels elle n'avait pas échangé une seule parole – la grande vedette puisqu'on lui avait réservé la meilleure place : la dernière ? Elle clôturait le défilé.

Après son passage devant cette barre, on baisserait le rideau qui ne se relèverait que pour le deuxième acte – celui où le procureur et les avocats s'époumoneraient pour défendre chacun sa vérité – dont le premier rôle serait alors tenu par l'accusé... Un personnage que Paule ne détestait pas voir encadré de gendarmes : ça lui rabattait l'arrogance dont il avait fait preuve le jour où il avait eu l'aplomb de venir lui faire une scène chez elle et même de crier au moment de partir : « *Je vous jure sur la tête de mon fils que ce rapt d'enfant vous coûtera très cher !* » On a toujours tort de jurer ainsi à la légère ! Aujourd'hui Paule avait l'impression que ce serait plutôt à son ennemi que l'aventure allait coûter horriblement cher...

Ce fut pourquoi elle répondit en levant la main droite et avec une complète sérénité par un « *Je le jure !* » très clair à celui qui venait de lui demander de dire la vérité, toute la vérité. Elle était bien décidée – malgré les recommandations que lui avait prodiguées Deliot, ce vieil avocat madré qui manigançait tout pour que son client s'en tire avec le moins de dégâts possible – à dire l'entière vérité, celle qui, à son avis, avait été cachée jusqu'à ce moment à la cour. Il ne fallait pas que l'amant de Sylvaine puisse bénéficier de la moindre indulgence due à de prétendues circonstances atténuantes ! Il devait être condamné au maximum pour le meurtre de sa femme. C'était regrettable que la peine de mort ait été supprimée ! La guillotine, voilà ce qu'il aurait fallu à cet Eric ! Il la méritait mille fois, non pas pour avoir tué une épouse insignifiante, mais pour s'être permis de lui voler, à elle Paule la généreuse, celle dont elle avait réussi à faire son amante ! C'était là le vrai crime de cet homme ! Dès que commenceraient pour lui les interminables années de détention, Sylvaine n'en pourrait plus de vivre une nouvelle solitude. La connaissant, c'était certain ! Et elle reviendrait vite square Louvois avec Sébastien, son filleul.

– Mademoiselle Bernier, commença le président, nous venons d'apprendre par la déposition de M. le Pr Torvay le rôle éminent que vous occupez auprès de lui dans ses travaux de recherche. C'est ainsi que nous savons que vous êtes à l'origine du choix de Sylvaine Varmet en qualité de mère porteuse pour l'enfant qui était destiné à M. et Mme Revard. Est-ce bien exact ?

– Oui, monsieur le président.

– Dans sa déposition, Mlle Varmet nous a confié que c'était parce qu'elle avait beaucoup insisté auprès de vous que vous aviez fini par accepter de servir d'intermédiaire entre le professeur et elle-même ?

– C'est également vrai, avec cependant cette réserve que, personnellement, j'estimais indispensable pour le moral de Sylvaine – qui se trouvait au plus bas, après la rupture avec Eric Revard – qu'elle fût à nouveau enceinte. Comme beaucoup de femmes que ma longue expérience des services de maternité m'a fait connaître, Sylvaine Varmet appartient à la catégorie qui a impérieusement besoin d'être mère pour atteindre le plein épanouissement.

– Vous avez bien dit « à nouveau enceinte » ?

– Oui, monsieur le président. Sylvaine, qui sait très bien que je suis sa plus grande amie, me pardonnera, j'espère, de révéler qu'elle possède un grand défaut : elle a trop de pudeur ! C'est peut-être la raison pour laquelle elle a volontairement omis de révéler à la cour qu'à l'époque où elle vivait avec M. Revard, celui-ci l'avait mise enceinte. Mais comme il ne voulait pas alors entendre parler d'enfant – ce qui prouve, quand on sait ce qui s'est passé par la suite, que l'on peut changer d'opinion selon que la personne qui partage votre existence a de l'argent ou n'en a pas ! –, Sylvaine n'a pas osé le mettre au courant de sa situation par crainte de le voir la quitter... Ce qu'il a d'ailleurs fait un peu plus tard ! Elle a profité de ce qu'il était absent de Paris quelques jours pour recourir aux offices d'un spécialiste qui a fait disparaître cet enfant qui était, paraît-il, un garçon... Quelques mois plus tard, Revard l'abandonnait pour épouser une riche héritière : Mlle Nicole Varthy. Voilà, je pense, monsieur le président, une première précision qu'il m'a paru indispensable de donner. Elle explique mieux que, le jour où j'ai appris à Sylvaine que son ancien amant était venu en compagnie de son épouse demander au Pr Torvay de leur trouver une mère porteuse, mon amie ait bondi sur l'occasion inespérée d'avoir un nouvel enfant de celui qui, pour elle, était le seul homme de sa vie ! Son raisonnement, qui était aussi simple qu'émouvant, fut le suivant : « Eric n'a pas voulu que je lui donne un enfant quand j'étais sa maîtresse... Eh bien ! J'en aurai quand même un de lui sans qu'il le sache, maintenant qu'il est marié avec une autre ! » Cela peut paraître aberrant mais ce fut pourtant ainsi ! L'enfant vint au monde. La suite a sûrement été déjà expliquée à la cour.

– Estimez-vous qu'une fois qu'elle fut maman, Mlle Varmet s'est sentie pleinement heureuse ?

– Sans aucun doute ! Il faut dire que je suis restée auprès d'elle pour l'aider. Si je dis cela, ce n'est nullement pour vanter mon dévouement mais seulement parce que je tiens à ce que l'on sache que j'ai toujours fait passer avant tout mon devoir d'infirmière spécialisée.

– Le Pr Torvay nous a déjà fait de vous les plus grands éloges... Maintenant, mademoiselle Bernier, pouvez-vous nous dire, puisque vous êtes un témoin cité à la requête de la défense, ce que vous pensez de M. Eric Revard ?

– Ce que j'en pense, monsieur le président ? Mais la relation même que je viens de vous faire de la façon dont il a abandonné Sylvaine prouve qu'hélas il ressemble à beaucoup d'hommes : c'est un égoïste.

– Est-ce le seul jugement que vous puissiez porter sur lui ?

– Je le connais assez peu, mais j'ai l'impression qu'il est, également, comme beaucoup d'hommes, un menteur... Quand on pense que le jour où il a revu Sylvaine – que j'avais recueillie chez moi avec son enfant – quatre années après ne plus lui avoir donné le moindre signe de vie, il a essayé de lui faire croire que, malgré son mariage, il l'aimait toujours ! Un homme de cette espèce, aimer à deux reprises différentes la même femme alors qu'il n'est capable que de s'aimer lui-même ? Permettez-moi d'être sceptique.

– Comment pouvez-vous le juger ainsi, puisque vous venez de nous dire que vous l'avez très peu connu ?

– Je ne fais que répéter ce que mon amie Sylvaine m'a dit de lui... Vous savez, monsieur le président, les femmes entre elles ne se cachent rien !

– A-t-il réussi dans cette nouvelle entreprise de charme ?

– Partiellement...

– Que voulez-vous dire ?

– Il y a une autre chose qui n'a probablement pas dû être révélée à la cour : c'est que M. Revard était redevenu, six mois avant que le crime qui est jugé aujourd'hui ne soit commis, l'amant de Sylvaine...

– Je n'ai pas très bien compris...

– C'est pourtant la vérité comme vous m'avez fait jurer de la dire, monsieur le président !

– Vous rendez-vous compte de la gravité de vos paroles, mademoiselle Bernier ?

– Parfaitement !

– Cela signifierait que, quand votre amie a témoigné tout à l'heure à cette barre avant vous, elle nous aurait menti ?

– Comment voudriez-vous qu'elle ait fait autrement, puisqu'elle aime quand même cet homme qui a réussi à la reprendre ? Avant qu'on ne l'arrête, il y a un an, ils se voyaient régulièrement. Il suffirait de faire une enquête pour le vérifier.

– Mademoiselle Bernier, s'exclama Deliot, je suis au regret de devoir vous rappeler qu'étant un témoin cité par la défense, il me paraît d'assez mauvais goût que vous vous posiez en accusatrice d'un homme qui ne vous a fait aucun tort et que vous avanciez des faits pour lesquels vous n'avez pas la plus petite preuve !

– Pas de preuve, maître ? Et que pensez-vous de la façon dont Sylvaine est partie en emmenant son fils de chez moi, où elle avait habité pendant cinq années, pour retourner s'installer quai aux Fleurs dans l'ancien appartement où elle avait vécu avec Eric Revard au temps où il était son amant ? Appartement qu'il a fait entièrement rénover pour l'y accueillir avec l'enfant ?

– Contrairement à ce que vous semblez insinuer, M. Revard n'y a jamais habité, continuant à vivre avenue Foch avec son épouse. De plus, je peux certifier à la cour qu'après avoir fait cette enquête, que le témoin préconise, j'ai eu la preuve formelle que le bail de l'appartement a été établi au nom de Sylvaine Varmet, qui est seule à en payer les loyers... Mais pourquoi diable, mademoiselle Bernier, vous acharnez-vous à salir la personnalité de M. Revard ? Ce n'est pas ce que l'on vous a demandé, quand on a pris la décision de vous faire venir à cette barre !

Et comme elle se taisait, il reprit :

– Vous ne répondez pas ? Eh bien, je vais me permettre de le faire à votre place devant la cour... Vous haïssez Eric Revard parce que, toujours amoureuse de Sylvaine Varmet, vous ne pouvez supporter l'idée qu'elle puisse avoir dans sa vie quelqu'un d'autre que vous et surtout un homme ! Croyez bien que je suis désolé – et je m'en excuse devant la cour – d'être contraint d'en venir à un tel déballage public, mais puisque c'est vous qui avez commencé, mademoiselle, et qu'en fin de compte tout se passe à huis clos, j'aurais tort de me gêner ! Aussi allons-nous parler de vous plutôt que de mon client... Figurez-vous, mademoiselle Paule – c'est ainsi que l'on vous appelle, non seulement dans le monde médical où vous travaillez, mais aussi dans un tout autre milieu qui est le vôtre et où vous évoluez – qu'avant de faire citer un témoin en justice, j'ai toujours eu pour principe de pratiquer ma propre enquête sur les agissements et surtout sur la moralité de ceux auxquels il est dans mes intentions de faire appel. Je n'ai pas failli à cette règle en ce qui vous concerne ! Et j'en suis arrivé très vite à découvrir que vous êtes avantageusement connue dans un établissement particulièrement spécialisé, qui s'appelle *La Réserve* et dont le moins qu'on puisse dire est que l'entrée en est strictement réservée à une clientèle féminine ! Que vous soyez une habituée de cette boîte, c'est votre droit le plus absolu, mais n'essayez pas de nous faire croire que vous aimez la fréquentation des hommes au point de venir en défendre un dans un procès... Je dis bien : la fréquentation de tous les hommes, quels qu'ils soient !

– Je les déteste ! C'est aussi mon droit !

– J'aime vous entendre parler ainsi !

– Je vous en prie, maître Deliot, dit le président. Un peu de modération...

– Hélas, monsieur le président, je voudrais bien en faire preuve, mais dans le cas présent cela me paraît assez difficile ! Je pense sincèrement qu'il faut que l'abcès qui empoisonne toute cette triste affaire finisse par crever... Puisque cette demoiselle a l'habitude d'opérer dans les milieux médicaux, elle ne sera certainement pas surprise si à mon tour j'utilise le bistouri ! Oui, uniquement par sa faute, nous en sommes là... Mademoiselle Paule, vous détestez les hommes, mais vous haïssez particulièrement Eric Revard qui est, à vos yeux de femme à femmes, le pire des ennemis ! Ne vous a-t-il pas repris – et je l'approuve – cette charmante Sylvaine qu'il avait abandonnée, il y a cinq ans, et dont vous vouliez vous attribuer après lui l'exclusivité ? Nous sommes d'accord ?

– Je vous hais, vous aussi !

– Tant mieux ! Ce sera plus net... Et je continue : votre haine pour Revard n'a fait que grandir le jour où Sylvaine vous a quittée... La haine, vous le savez aussi bien que moi, sécrète l'idée de vengeance. Celle-ci a commencé à cheminer et à mûrir dans votre esprit... Quand j'ai entendu votre amie Sylvaine me confier dans mon cabinet qu'elle s'en voulait d'avoir répété plusieurs fois à Eric que le meilleur moyen de les débarrasser l'un et l'autre de celle qui bloquait tout par son entêtement à ne pas vouloir divorcer, c'est-à-dire l'épouse légale Nicole, ce serait de la faire disparaître, je ne l'ai crue qu'à moitié ! Comment une idée aussi malfaisante pouvait-elle avoir germé dans le cerveau d'une jeune femme aussi douce ? Elle lui avait sûrement été suggérée, mais par qui ? Je ne vis qu'une personne se trouvant dans son entourage immédiat qui fût capable de lancer sournoisement cette idée de meurtre : vous, mademoiselle ! Vous, la détestable conseillère qui, avec ce génie du mal que vous possédez, aviez très bien compris que si l'on parvenait à amener progressivement par le canal de la seule personne qu'il aimait, l'époux, excédé par l'interminable attente d'une solution qui ne se présenterait jamais, à l'idée de crime, on aurait franchi un pas fantastique ! Votre raisonnement était lumineux : sans même en prendre conscience, la gentille Sylvaine a transmis le message de mort et Eric a fini par céder... Oui, il fallait qu'il tue sa femme, mais en prenant toutes les précautions pour que son crime ait l'apparence d'un accident... Il n'avait plus qu'à attendre l'occasion propice qui, immanquablement, se présenterait un jour ou l'autre...

» ... Elle arriva la fameuse nuit de “La Tilette”, où les choses auraient dû se passer au mieux si... Mademoiselle, je vous sens un peu inquiète ? Une certaine lueur d'angoisse semble même passer depuis quelques instants dans votre regard pendant que je parle. Vous vous demandez : “Ce vieux bonhomme coriace serait-il en train de se rapprocher de la vérité ?”

– Je ne me demande rien du tout, maître Deliot, pour la bonne raison que tout ce que vous racontez ne me concerne pas !

– Vraiment ? Je reprends : j'ai dit si... Si Eric Revard avait eu l'étoffe d'un assassin en puissance ! Seulement voilà, il ne l'avait pas ! Et son épouse serait sans doute encore de ce monde s'il n'y avait pas eu cette nuit-là une deuxième personne qui, elle, n'a pas hésité à se substituer au mari défaillant... Maintenant, mademoiselle, ce n'est plus avec inquiétude que vous me regardez, mais avec effarement ! Vous vous dites : « Comment diable ce bougre d'avocat est-il parvenu à découvrir cela ? » Eh bien, je l'avoue : je n'ai rien découvert du tout, mais seulement imaginé... A force de concentrer ses réflexions sur un même sujet, l'imagination finit par venir à votre secours avec autant de force que celle de l'esprit de vengeance qui naît dans la haine... Et j'ai vu surgir dans mes visions la silhouette inquiétante de l'unique personnage qui avait un intérêt beaucoup plus passionné que l'amour contrarié d'un Eric et d'une Sylvaine à ce qu'une Nicole disparaisse ! Silhouette qui était la vôtre, mademoiselle Paule ! Eh oui ! Une rivale amoureuse au bord de la folie qui ne cessait plus de se dire : « *Si Revard est accusé du meurtre de la femme, il sera jugé et condamné pour des années ! Il ne pourra pas épouser Sylvaine, ni même vivre avec elle en secret... Que deviendra mon amante adorée ? Je la récupérerai avec son enfant, qui me sera très utile pour continuer à faire pression sur la fibre maternelle : Sylvaine ne me quittera plus jamais !* » C'était une manœuvre d'une habileté démoniaque... L'ennui, c'est que, malgré tout ce que vous auriez pu penser et créer, vous aussi, dans votre imagination destructrice, cela n'aurait servi à rien ! Savez-vous pourquoi ? Contrairement à votre raisonnement, votre conquête, Sylvaine, m'a avoué également dans mon cabinet que même si Eric était condamné, elle ne retournerait jamais avec vous, parce qu'elle ne pouvait plus supporter une vie en commun avec une lesbienne ! Vous m'entendez ? Elle m'a dit *jamais* !

Paule s'était agrippée à la barre en hurlant :

– C'est faux ! Vous mentez ! Elle m'aime toujours ! Elle serait revenue auprès de moi...

– *Revenue ?* J'ai gagné, mademoiselle ! Ce seul petit mot dans votre bouche est plus qu'un aveu... C'est vous et non pas Eric Revard qui avez fait mourir Nicole !

Hagarde, haletante, l'infirmière donna brusquement l'impression qu'elle allait s'effondrer. Et, finalement, elle balbutia à mi-voix dans une sorte de râle :

– Oui, c'est moi...

Deliot s'était précipité pour la soutenir, en demandant :

– Monsieur le président, peut-on apporter une chaise et un verre d'eau pour le témoin qui doit entendre tout jusqu'au bout ! Et il est de mon devoir de révéler maintenant à la cour comment a fonctionné le mécanisme très subtil du crime.

Dès que Paule fut assise et eut bu, il reprit :

– Vous vous sentez mieux, mademoiselle ? Avant d'expliquer vos agissements, il me paraît indispensable, si monsieur le président y consent, de demander à M. Eric Revard auquel aucune question n'a encore été posée jusqu'à présent de redire à la cour ce qu'il m'a toujours expliqué à moi au sujet de son rôle pendant la nuit du crime.

– L'autorisation est accordée. Accusé, levez-vous !

– Monsieur Revard, continua Deliot, voulez-vous avoir l'obligeance de répéter mot pour mot le récit de cette nuit de « La Tilette » que vous m'avez déjà fait maintes fois avec une remarquable précision et que je pense connaître maintenant à peu près par cœur ! Ensuite seulement, nous pourrons demander à Paule Bernier de nous donner sa version des faits.

– La cour vous écoute, monsieur Revard, dit le président.

Eric s'était levé :

– Je vous remercie, monsieur le président et vous aussi, messieurs de la cour, de bien vouloir m'écouter... Ce samedi-là, Nicole s'était montrée particulièrement pressée de finir de dîner. Dès que le repas fut terminé, il pouvait être 21 heures, elle remonta dans sa chambre pour se changer, comme elle le faisait presque tous les soirs aussi bien à Paris qu'à « La Tilette », pendant que j'allais m'installer dans la bibliothèque pour y fumer tranquillement mon cigare quotidien, en faisant la récapitulation mentale de tout ce qui s'était passé pendant la semaine écoulée à la direction de Varthy. Ensuite, j'entendis très nettement ma femme passer dans le vestibule et rejoindre le garage. Trois minutes plus tard, selon le rite immuable de ses sorties nocturnes, j'entendis la *Porsche* traverser la cour et s'éloigner. Il y avait longtemps que j'avais renoncé à demander à Nicole où elle se rendait, parce qu'à chaque fois que je lui avais posé la question, quand avaient commencé ses escapades, elle s'était contentée de me répondre sur un ton très désagréable : « Ça ne te regarde pas ! » Après tout, elle pouvait bien faire ce qu'elle voulait, puisqu'elle avait imposé cette ligne de conduite depuis deux années déjà et qu'elle se refusait à écouter qui que ce fût : son mari, son père ou sa vieille nounou !

» ... Mon cigare fini, je rejoignis ma chambre, où je ne tardai pas à me coucher et à éteindre la lumière pour faire ma provision de sommeil, après toutes les fatigues de la semaine. Mais je dois l'avouer : bien qu'il n'y eût plus rien entre Nicole et moi, il était rare que je m'endorme sans me dire, non pas : "Où peut-elle bien aller ?", ce qui m'indifférait, puisque je savais que je ne pourrais plus rien changer à ses fantasmes, mais : "Pourvu qu'elle n'ait pas un accident grave, quand elle reviendra en état d'ivresse au petit jour !" Je sais très bien que l'on peut penser qu'une telle inquiétude de ma part ne se justifiait plus guère puisque – depuis que Sylvaine me l'avait mise en tête – l'idée de voir disparaître Nicole commençait à me hanter... Et l'accident de voiture, dû à la conduite en état d'ivresse, ne serait-il pas rêvé pour arranger nos affaires ? Seulement l'ennui dans ce genre d'accident est que l'on n'est jamais sûr qu'il soit mortel ! Ne serait-ce pas pire que tout pour moi si Nicole en sortait seulement défigurée – ayant déjà à supporter son exécrable caractère, que serait-ce pour moi si la monstruosité physique s'y ajoutait ? – ou handicapée jusqu'à la fin de ses jours ? Innombrables sont les gens paralysés par un grave accident, qui continuent à vivre pendant des années, rendant difficile l'existence de ceux qui, justement parce qu'ils sont bien portants, se trouvent condamnés à les soigner ! Ne me voyant pas du tout dans ce rôle de garde-malade d'une épouse qui n'avait aucun sentiment pour moi et que je n'aimais pas non plus, je pouvais être inquiet, quand je la savais roulant en pleine nuit dans Paris ou sur les routes ! Mon seul espoir, je l'avoue, restait l'accident mortel qui l'aurait tuée d'un seul coup... Malheureusement celui-ci semblait ne pas vouloir se présenter ! Même ivre, Nicole avait une chance insolente au volant.

» ... Je me doute de l'effet déplorable que ces dernières paroles peuvent produire devant la cour, qui me considère comme le plus cynique des époux, mais pourquoi mentirais-je ? Je le confirme : plus les jours passaient et plus je souhaitais ardemment le décès de ma femme ! Si je fais un tel aveu, c'est parce que je pense qu'il va permettre de mieux comprendre ce qui s'est passé pour moi pendant la nuit fatidique.

» ... Je m'étais donc endormi, sachant très bien cependant que le retour peu discret de la *Porsche* me réveillerait sur le coup de 4 ou 5 heures du matin. Ce qui m'horripilait, car je ne demandais qu'à me reposer au moins jusqu'à 8 ou 9 heures dans le calme de "La Tilette", alors qu'à Paris j'étais contraint de me lever à 7 heures pour me trouver à mon bureau, comme tout bon patron qui se doit de donner l'exemple, avant l'arrivée de mes subordonnés. Je n'ai jamais fait la moindre remarque à Nicole sur le sans-gêne dont elle faisait preuve en rentrant à la maison, et ceci pour deux raisons : d'abord toute récrimination de ma part n'aurait strictement servi à rien, ensuite parce que le fait de savoir l'incorrigible vagabonde de retour m'apportait une sorte d'apaisement. Pensant toujours à sa mort possible, je me disais : "Ça n'a pas encore été pour cette nuit !" Et j'attendais, pour me rendormir, de l'avoir entendue remonter dans sa chambre qui se trouvait à l'opposé de la mienne, au bout du couloir du premier. Elle faisait un tel bruit en claquant sa porte que c'était impossible de ne pas la savoir enfin chez elle ! Je me suis d'ailleurs toujours demandé, aussi bien avenue Foch qu'à la campagne, comment elle parvenait – ivre comme elle l'était – à rejoindre son lit. C'était une sorte de prodige quotidien ! Parfois d'ailleurs la brave Emilie la retrouvait affalée et ronflant sur le tapis.

» ... Le commencement de la nuit qui vous intéresse se passa comme le début de toutes les nuits précédentes. Selon une habitude prise, je regardai la pendulette placée sur ma table de chevet : il était exactement 4 heures, lorsque la *Porsche* se fit entendre et j'attendis ensuite le claquement de la porte de la chambre. Mais pour la première fois, il n'eut pas lieu ! Au bout d'une douzaine de minutes, pensant que Nicole devait être dans un tel état qu'il lui était impossible de s'extraire de sa voiture pour sortir du garage et revenir dans la maison, je décidai de descendre et de l'aider. A seule fin que l'on ne se méprenne pas sur la nature de mes sentiments, je tiens à préciser que ce geste ne fut nullement dicté par la pitié ! Je redoutais simplement qu'elle ne réveillât nos deux vieilles servantes, en hurlant comme elle en était coutumière lorsqu'elle était ivre.

» ... Ayant pénétré dans le garage dont le rideau de fer électronique était baissé, je la trouvai affalée, le nez plaqué sur son volant et déjà endormie sous l'effet de l'alcool qu'elle avait ingurgité. Comme je l'avais pressenti, elle n'avait pas trouvé la force de sortir de la voiture, mais elle avait quand même eu le réflexe de tourner la clé de contact pour arrêter le moteur. Ce fut à ce moment précis que l'idée libératrice de toute ma détresse jaillit dans mon cerveau : pourquoi ne la laisserais-je pas dans la voiture, dont la vitre de la portière gauche était baissée, dans la position où elle se trouvait, les mains agrippées au volant ? Pourquoi ne pas tourner la clé de contact pour remettre le moteur en marche ? Pourquoi ne pas ressortir du garage par la petite porte en prenant bien soin de la refermer derrière moi ? Ainsi les gaz, ne pouvant plus s'échapper du garage, s'accumuleraient et envahiraient l'intérieur de la *Porsche* grâce à la vitre baissée ! Et Nicole mourrait asphyxiée ; sans même s'en apercevoir... Fin qui serait très douce, pour une femme ivre qui ne se rendait déjà plus compte de rien. Quand on la trouverait quelques heures plus tard, et lorsqu'on ferait ensuite la prise de sang, on comprendrait qu'étant dans un état de demi-inconscience, il ne lui était même pas venu à l'idée d'arrêter le moteur qui avait continué à ronronner, accomplissant son œuvre de mort... Ce serait le crime parfait, dans lequel la seule responsable semblerait être la victime ! Sans plus réfléchir, je remis le contact et je sortis du garage mais, au moment de refermer la porte qui allait devenir celle d'un tombeau, je fus pris d'un remords subit : je ne pouvais pas, je n'avais pas le droit de faire une chose pareille ! Même si cette femme me faisait encore beaucoup plus de mal et brisait complètement mon bonheur, je n'avais pas le droit de la tuer ! Je n'étais pas un assassin !

» ... Affolé par le geste que je venais d'avoir, je rouvris la porte et je me précipitai dans le garage qui commençait à s'enfumer, pour courir jusqu'à la portière dont la vitre baissée me permit de passer le bras et la main, pour tourner la clé dans l'autre sens. Le moteur s'arrêta et je m'enfuis, laissant Nicole toujours endormie sur son volant. A quoi cela aurait-il servi d'essayer de la transporter jusqu'à sa chambre ? Dans l'état de prostration totale où elle se trouvait, je n'y serais pas arrivé seul. Mieux valait la laisser dormir et attendre qu'il fasse plein jour pour la ramener dans sa chambre avec l'aide du jardinier. Elle cuverait son vin tout aussi bien là où elle se trouvait, puisqu'en sortant cette fois du garage, j'avais pris soin de laisser la petite porte ouverte pour que l'air extérieur pût y pénétrer. Je rejoignis ma chambre encore plus écœuré de la vie que j'allais être obligé de continuer à mener ! Honteux aussi d'avoir eu un geste homicide, ulcéré enfin de penser que la présence maléfique de cette femme allait peut-être se prolonger encore pendant des années, alors que tout aurait pu se terminer dans les meilleures conditions pour moi, si j'avais eu la force de caractère d'aller jusqu'au bout !

» ... Pendant l'année que je viens de passer en prison, j'ai eu le temps, monsieur le président, de réfléchir à ce qu'a été mon crime : un meurtre d'intention que je n'ai pas eu le courage de réaliser... Je sais que vous avez le droit de me juger et même de me condamner à une certaine peine pour ce genre de crime parce que j'ai eu, je le reconnais, l'intention de tuer, mais je sais aussi que ce n'est pas moi finalement qui ai commis l'assassinat ! La preuve en est que quand Emilie est venue me chercher dans ma chambre où – assommé par le désespoir – j'avais fini par me rendormir et lorsqu'elle m'annonça ce qui venait de se passer, quand surtout le jardinier m'eut expliqué que le moteur tournait toujours à 6 h 30 du matin et que c'était lui qui venait de l'arrêter en fermant le contact, je fus stupéfait ! Deux questions se présentèrent aussitôt à mon esprit : qui, entre-temps, avait bien pu rétablir le contact et qui avait refermé la porte que j'avais intentionnellement laissée ouverte ? Jusqu'à ce jour, personne n'ayant pu donner d'explication, c'est moi seul qui ai dû supporter tout le poids du crime ! Moi dont les empreintes furent relevées à deux reprises – ce qui est normal, après ce que je viens de relater – sur la clé de contact alors que celles de ma femme et du jardinier ne s'y trouvent qu'une fois... Mais comment se fait-il que l'on n'en ait pas retrouvé d'autres ? Celles du véritable assassin, qui a remis le moteur en marche et qui a refermé la porte pour que Nicole soit sûrement asphyxiée ?

Epuisé, des perles de sueur au front, l'homme s'était laissé tomber sur son siège dans le box.

Sans attendre, Deliot s'adressa à Paule Bernier, toujours assise sur la chaise placée à proximité de la barre, et dont le visage avait retrouvé son impassibilité.

– Vous avez bien entendu ce que vient de dire le prévenu ?

Après avoir pris tout son temps pour se lever et pour se rapprocher de la barre, celle qui avait cessé de n'être qu'un témoin pour devenir, à la suite de son aveu, l'auteur du crime, répondit de sa belle voix grave redevenue calme :

– C'est à peu près ainsi que les choses ont dû se passer pour M. Revard...

– Et pour vous, mademoiselle ?

– Pour moi, ce fut différent. Le plus difficile ne fut pas l'acte lui-même, mais ses préliminaires. Je m'explique...

Et elle commença à parler, sur un ton détaché et mesuré, comme si elle racontait une étrange aventure dont elle aurait été plutôt l'observatrice que le personnage principal :

– Ayant très vite compris que l'amour et le courage d'Eric Revard, comme celui de la majorité des hommes, étaient des plus relatifs, j'ai pris la décision de venir en cachette à son aide, si cela s'avérait nécessaire, quand le moment viendrait pour lui de supprimer celle qui devait être la victime du grand projet qu'il avait élaboré sur les instances de Sylvaine Varmet, sans se douter le moins du monde que j'en étais la véritable instigatrice ! C'est là une vérité que cet avocat que je hais a, je le reconnais, très bien décelée.

– Merci, mademoiselle, pour cet hommage public que vous voulez bien rendre à ma sagacité ! dit Deliot. Mais pourquoi semblez-vous mettre en doute les capacités d'amour et de courage de mon client ?

– Le récit qu'il vient de faire prouve que s'il avait réellement aimé Sylvaine, comme doit le faire un authentique amant, il n'aurait pas hésité à laisser tourner le moteur pour que celle qu'il n'aimait pas disparaisse... Qui veut la fin veut les moyens et particulièrement dans le domaine d'un grand amour qui doit passer avant tout.

– Vous, vous n'avez pas hésité ?

– Parce que j'aime Sylvaine comme personne au monde ne saura jamais le faire !

– Et le courage de M. Revard ?

– S'il en avait eu, il n'aurait pas connu, au moment où il est ressorti du garage la première fois, ce brusque revirement qui l'a fait changer d'avis ! Un homme courageux va jusqu'au bout de ses décisions, même si elles peuvent lui coûter très cher !

– C'est là un point de vue qui me paraît s'accorder assez bien avec votre personnalité... Donc, ayant pris conscience d'une déficience possible du criminel que vous aviez choisi à son insu, vous avez décidé de voler à son secours... Comment vous y êtes-vous prise ?

– Pendant près d'un mois, chaque soir, quand je sortais de mon travail au cabinet du Pr Torvay, je me suis rendue avec ma voiture à proximité du domicile des Revard, avenue Foch, pour étudier les habitudes de Mme Revard. Elles correspondaient exactement à la description qu'en avait faite son mari à Sylvaine qui me l'avait ensuite retransmise à l'époque où nous vivions ensemble square Louvois. Nicole Revard sortait pratiquement tous les soirs vers 23 heures au volant de sa *Porsche*, pour se rendre dans des boîtes de nuit ou des discothèques à la mode, où elle retrouvait chaque nuit un homme différent, avec qui elle dansait, buvait, s'affichant sans se soucier le moins du monde d'être repérée ou pas. Presque tous les soirs aussi, la nuit aussi bien commencée s'achevait soit au domicile de l'homme de rencontre qu'elle emmenait dans sa belle voiture, soit même dans l'un de ces hôtels accueillants que l'on trouve dans les VIIIe, XVIe ou XVIIe arrondissements. Même si le lieu de la première rencontre se trouvait sur la rive gauche, il était rare que la nuit ne se terminât pas sur la rive droite... A chacun ses habitudes ! J'avais parfaitement repéré celles de l'épouse légale du brillant Eric Revard.

» ... En fin de semaine, chacun des époux se rendait séparément, au volant de sa propre voiture, dans une assez jolie propriété située dans la vallée de Chevreuse, "La Tilette". Propriété que j'ai eu tout le temps d'admirer au cours des nombreuses séances d'attente que j'y fis, soit dans ma voiture dissimulée non loin du portail d'entrée, soit même – quand la nuit était belle – cachée dans un coin du jardin qui ne manquait pas de charme. Les choses se passaient exactement comme à Paris : c'était à croire que la vie nocturne de Nicole Revard était réglée par une sorte d'ordinateur, qui l'obligeait à sortir sa voiture du garage à 21 heures et à filer vers Paris où elle retrouvait "ses" boîtes de prédilection, "ses" amants de rencontre et "ses" aventures de passage, aussi variées que l'inspiration du moment. Heureusement pour moi, elle ne conduisait pas trop vite, sinon jamais je n'aurais pu suivre la *Porsche* avec ma modeste *Austin* ! Car je l'ai suivie tous les soirs pendant plus d'un mois. Ce n'était nullement d'ailleurs pour la surveiller, mais pour me familiariser avec son comportement.

» ... Parfois même, j'entrais prendre un verre dans l'une des discothèques où j'étais presque toujours importunée par des dragueurs qui ne m'intéressaient absolument pas et où je pouvais vérifier que Nicole Revard n'hésitait pas à boire whisky sur whisky... Je dois dire que les nuits où ma filature s'exerçait vers les 4 heures du matin, j'étais assez perplexe de voir comment s'y prenait la conductrice du bolide. Constatant qu'elle ne craignait ni les queues de poisson, ni les virages à la corde, ni les freinages aussi brusques qu'imprévus, je me demandais si ce ne serait pas sur la route que se produirait le coup du destin qui mettrait fin à une existence aussi mouvementée ! Ce qui n'aurait pas arrangé mes affaires, puisque Eric Revard, n'étant pas responsable d'une pareille mort, n'aurait pas été condamné et que, devenu veuf, il aurait très bien pu amener son beau-père – qui tenait toujours les cordons de la bourse – à l'idée qu'un homme encore aussi jeune que son gendre pouvait se remarier avec celle à qui il avait fait un fils par insémination artificielle... Pour moi, c'eût été un véritable désastre ! Sylvaine ne serait jamais revenue vivre à mes côtés. C'était exactement ce que je pensais alors mais Me Deliot m'a fait comprendre tout à l'heure que je me leurrais complètement et que, contrairement à mes espérances, jamais celle qui avait été pendant cinq années "ma" Sylvaine ne me serait revenue ! C'est bien parce que j'ai acquis la certitude qu'il me disait la vérité que j'ai fini par craquer devant vous et que j'en suis maintenant à vous raconter comment les événements se sont vraiment passés.

» ... Quand j'ai bien connu "La Tilette", cet instinct assez mystérieux – que nous possédons, nous les femmes, à un beaucoup plus haut niveau que les hommes – m'amena assez vite à penser que ce serait plutôt dans cette résidence secondaire que le mari mettrait à exécution le projet qui le hantait déjà depuis quelques mois... Cette "Tilette" se prêtait beaucoup mieux à un meurtre camouflé que l'appartement avenue Foch ! Lorsqu'il y a eu crime, les constats de la police se font plus facilement dans un appartement parisien que dans une propriété à la campagne... Tout en me disant que les choses auraient plus de chances de se passer pendant la nuit qu'en plein jour, je me demandais : "Mais quand ? Quel vendredi ? Quel samedi ? Quel dimanche ?", et je persévérais, attendant patiemment dans ma voiture ou cachée dans le jardin, guettant ce qui pourrait survenir dans la maison, ayant le cœur qui battait plus fort dès que je voyais une lumière s'y allumer, aiguillonnée aussi par la certitude absolue – et logique – que si l'heure H du crime sonnait enfin, ce ne pourrait être que quand la *Porsche* et sa conductrice à demi ivre rentreraient juste avant le lever du jour. Ce serait l'heure propice et le moment idéal pour le crime ! Si elle était attaquée, Nicole serait, dans l'état physique où elle se trouverait alors, incapable de se défendre ou même d'appeler au secours !

» ... Evidemment, je m'étais dit aussi que l'époux – qui pour moi était déjà l'assassin en puissance – pourrait peut-être préparer sur la route et non loin de la propriété un accident de voiture ? Seulement, c'est très aléatoire, un accident d'automobile ! On ne sait jamais s'il réussira complètement.

– M. Revard l'a déjà dit tout à l'heure, remarqua le président. C'est même étrange de constater à quel point votre implacable volonté est parvenue à téléguider ses pensées meurtrières au point de lui inspirer à distance ce qu'il devait faire ou ne pas faire pour réussir dans son projet ! On pourrait presque croire à un complot.

– Mais c'en fut un, monsieur le président, avec ce raffinement suprême qui fait que l'on ne sait pas qui en est le chef ! Celui-ci reste toujours dans l'ombre... C'eût été moi, si Me Deliot ne m'avait pas démasquée ! J'aime l'ombre... Puis-je continuer ?

– La cour allait vous le demander.

– Donc, ayant laissé de côté la probabilité de l'accident de voiture, j'en revins à la certitude que le crime ne pourrait se faire qu'à partir de l'instant où la *Porsche* serait rentrée dans le garage et que tout devrait se jouer entre ce garage et la maison. Je ne sais pas encore en ce moment pourquoi j'avais acquis une pareille conviction !

» ... Ce qui me fit pressentir que le jour ne se lèverait pas avant que Nicole Revard n'ait rendu son dernier soupir fut un signal assez étrange... Alors qu'ayant pénétré dans la cour, la voiture venait de stopper devant l'entrée du garage, elle poussa un cri qui n'était qu'un juron assez grossier et qui aurait dû réveiller toute la maison. Je compris qu'il s'adressait au grand rideau métallique qui mettait trop de temps à se lever pour que la voiture puisse rentrer dans le garage ! Cri qui me parut être un appel voulant me dire : "Qu'est-ce que vous attendez, vous qui m'espionnez ? Vous ne comprenez donc pas que c'est cette nuit que je dois mourir ?..." Je sortis aussitôt de l'*Austin*, que je laissai garée sur la route à proximité du portail d'entrée, et je courus dans la cour jusqu'à quelques mètres du garage, en faisant très attention de longer le mur de la maison pour que l'on ne puisse pas me remarquer. Pendant ce temps, le rideau métallique se leva enfin et la *Porsche* rentra dans le garage. J'entendis distinctement le moteur s'arrêter et le rideau de fer redescendre. Ensuite j'attendis, cachée dans l'ombre, pendant cinq ou six minutes... Prudence qui m'était commandée par le fait qu'au moment où la conductrice avait crié, deux fenêtres s'étaient allumées : l'une au premier et l'autre au second. Et, chose qui me parut bizarre, Nicole Revard ne ressortit pas de ce garage par la porte latérale qui lui aurait permis de rejoindre la maison comme elle le faisait généralement vers la même heure. Qu'est-ce qui se passait ? Peut-être avait-elle été prise d'un malaise au volant et ne parvenait-elle pas à s'extirper de la voiture ? Réflexion qui dut être la même que celle que se fit son mari en ne l'entendant pas rentrer dans la maison, puisque je le vis en sortir vêtu d'une robe de chambre et se diriger vers la petite porte qu'il ouvrit pour pénétrer dans le garage. Il passa à trois mètres de moi tout au plus sans déceler ma présence. J'attendis à nouveau, non sans avoir remarqué que si la fenêtre du premier était restée allumée, par contre celle du second venait de s'éteindre. J'en conclus que la première devait être celle de la chambre du maître de maison, alors qu'au second c'était celle de l'une des domestiques.

» ... Qu'est-ce que Revard pouvait bien faire dans le garage ? Il me paraissait invraisemblable qu'il eût engagé une conversation avec son épouse qui, ivre selon son habitude, devait être incapable de lui répondre, sinon par des injures ! Et tout à coup le moteur de la *Porsche* se remit en marche... Je me demandai pendant un instant si le couple ne venait pas de décider d'aller faire ensemble un tour en voiture. La nuit était sans lune, mais pour eux qui n'avaient jamais été amoureux l'un de l'autre, ça n'avait pas une grande importance ! Le moteur tournait toujours et le rideau métallique ne se relevait quand même pas. Par contre, je vis Revard ressortir seul par la petite porte et la refermer soigneusement derrière lui. Là, je compris tout ! Enfin le timoré venait de réaliser que l'heure H s'était présentée brusquement pour lui dans des conditions idéales, qu'il ne retrouverait plus jamais s'il laissait passer l'occasion ! Il avait tout simplement remis le contact et vérifié que les deux ouvertures donnant sur l'extérieur resteraient bien fermées, pour que son épouse ivre et presque certainement affalée sur le volant soit asphyxiée par l'oxyde de carbone le plus doucement et le plus gentiment du monde ! Pendant que le miracle s'opérerait, il n'aurait plus qu'à retourner tranquillement se coucher... Au matin, quand le jour reviendrait, ce serait pour lui le soleil d'Austerlitz ! Il serait enfin libéré ainsi que sa chère Sylvaine et que leur tendre héritier. Ensuite une vie nouvelle pourrait commencer pour le trio. Seulement comme ça ne m'arrangeait pas du tout, j'enverrais une lettre anonyme pour informer le procureur de la République que si Mme Nicole Revard, née Varthy, était morte asphyxiée au volant de sa voiture après des émanations de gaz, ce n'était pas dû à un regrettable accident, mais à un geste criminel de son époux, qui n'avait pas hésité à tourner la clé rétablissant le contact... L'assassin serait arrêté, et je n'aurais plus qu'à attendre le retour chez moi d'une Sylvaine et d'un enfant qui avaient à nouveau besoin d'une protection.

» ... Toutes ces pensées défilèrent dans mon esprit avec la rapidité qu'ont les pensées, bonnes ou mauvaises... Ceci pendant un laps de temps qui ne fut même pas celui qu'il fallait à l'homme pour franchir l'espace séparant le garage de sa maison... Ce fut à cette seconde précise que le destin bascula, uniquement par une faute de faiblesse de celui qui était sur le point de réussir ! Il s'était brusquement arrêté à mi-chemin entre le garage et la maison avant de se précipiter comme un véritable fou sur la petite porte qu'il rouvrit. Puis il s'engouffra à nouveau dans le garage. Le moteur cessa de tourner... Celui qui n'avait même pas eu le courage de devenir un criminel réapparut et courut cette fois vers la maison, dans laquelle il disparut en laissant derrière lui la petite porte ouverte... Toutes mes chances de récupérer mon amante s'envoleraient encore plus vite que cette fumée qui commençait à s'échapper du garage par la porte restée ouverte si je commettais la sottise de laisser les événements s'enchaîner ! J'entrai à mon tour dans le garage où l'âcreté de la fumée déjà accumulée me piqua tellement les yeux que j'en pleurai... Je m'approchai de la portière gauche de la porte où je vis, grâce à la vitre baissée, Nicole endormie sur le volant. La seule chose que je remarquai fut qu'elle avait la bouche entrouverte... Et je tournai la clé. Le moteur recommença à ronronner... Sans attendre, je revins vers la petite porte que je refermai sur mes pas avec beaucoup plus de soin que n'en avait pris, après sa première fuite vers la liberté, le pseudo-criminel qui était redevenu le lâche que j'avais subodoré.

» ... A nouveau, je longeai le mur de la maison pour traverser la cour, non sans remarquer que la lumière s'était également éteinte derrière la fenêtre du premier. Sans doute son occupant venait-il de se coucher pour s'endormir avec la conscience tranquille ? Une fois dans l'*Austin*, je tournai une autre petite clé et, tout en remerciant le Ciel d'avoir une voiture beaucoup plus silencieuse que la *Porsche*, je m'éloignai rapidement de "La Tilette" pour regagner Paris. Mes pensées étaient très paisibles.

» ... Alors que je réfléchissais au texte lapidaire mais précis que je devais employer pour rédiger la lettre anonyme adressée au procureur, je me dis tout à coup qu'un tel message ne serait peut-être pas nécessaire... Quand Eric Revard, sortant de la maison, m'était apparu en robe de chambre, il n'avait certainement pas eu l'idée de se munir de gants, ne sachant pas encore ce qui se passait dans le garage. Donc ses empreintes devaient se trouver sur la clé de contact... Alors que moi, qui ne me sépare jamais de gants pour conduire parce que j'ai trop pris l'habitude d'en porter d'autres en caoutchouc dans l'exercice de ma profession, je ne m'en étais pas débarrassée quand j'avais quitté ma voiture pour venir rôder autour du garage... Ce qui faisait que je n'avais pas laissé d'empreintes ! Je pense, monsieur le président, n'avoir plus d'autres explications à apporter à la cour sur la façon dont est morte Nicole Revard. Par contre, je tiens à préciser que si j'ai choisi de révéler l'entière vérité, ce n'est nullement parce que j'éprouve le moindre remords à l'égard d'une disparue qui ne m'a jamais intéressée ! Si je viens de parler – je voudrais que Sylvaine, qui ne se trouve pas en ce moment dans la salle, puisse le savoir –, c'est uniquement pour lui donner une dernière preuve de mon amour... Je sais que ces aveux vont faire libérer celui avec qui elle veut vivre désormais. N'ayant toujours pensé qu'à son bonheur, je continue à me sacrifier comme je l'ai fait pour elle dès le premier jour où je l'ai rencontrée. Je demande à maître Deliot de lui transmettre ce dernier message.

Elle s'était tue, restant debout et immobile, s'appuyant de la main gauche à la barre, attendant digne et calme.

– Gardes, ordonna le président. Arrêtez le témoin !

Mais au moment où ces derniers s'approchèrent d'elle, Paule s'exclama :

– M'arrêter, moi ? Je ne suis pas une femme que l'on arrête... Laissez ce privilège infamant aux filles de petite vertu qui ont réglé leurs comptes avec le Milieu ou aux bourgeoises qui ont tué leur mari, parce que ça les vexait d'avoir été trompées ! Le vrai drame d'une Nicole Revard est d'avoir été incapable d'aimer, alors que moi je sais très bien ce que c'est ! Ma passion pour Sylvaine a été trop absolue pour se terminer par un stupide internement ! Et puisque notre liaison doit prendre fin, ce ne peut être que pour toujours...

D'un geste rapide elle avait porté sa main droite à sa bouche. Immédiatement son beau visage parut se décomposer en une grimace hideuse et elle s'écroula, la main gauche encore crispée sur la barre.

– Gardes, cria le président, empêchez-la !

C'était trop tard. Le cachet absorbé avait fait son œuvre. Mandé d'urgence, un médecin ne put que constater :

– Morte... Sans doute du cyanure.

– Le procès est ajourné, annonça le président. Inutile d'ouvrir les portes de la salle au public qui l'apprendra bien assez tôt ! Emmenez le corps dès que possible. L'audience est levée.

Eric et Sylvaine s'apprêtaient à prendre congé de Victor Deliot auquel ils étaient venus rendre visite pour le remercier.

– Finalement, leur dit ce dernier en les raccompagnant jusqu'à la porte de son cabinet, vous avez eu, monsieur Revard, une idée de génie en recourant aux bons offices d'une mère porteuse ! Il n'y a qu'à penser au résultat : ce jeune Sébastien que, j'espère, vous finirez bien par me présenter un jour !

– Il faudra venir déjeuner quai aux Fleurs, maître. Ce n'est pas loin du palais...

– Soyez heureuse, chère madame !

Puis s'adressant à Eric :

– Cher monsieur Revard, je ne vous fais qu'un souhait : c'est d'aimer à l'avenir votre compagne autant qu'elle l'a été par une Mlle Paule, sinon...

– Sinon quoi ?

– Je crains que l'ombre vengeresse de la disparue ne revienne rôder autour de « sa » Sylvaine et de son filleul...

TABLE

Littérature

extrait du catalogue

Cette collection est d'abord marquée par sa diversité : classiques, grands romans contemporains ou même des livres d'auteurs réputés plus difficiles, comme Borges, Soupault. En fait, c'est tout le roman qui est proposé ici, Henri Troyat, Bernard Clavel, Guy des Cars, Frison-Roche, Djian mais aussi des écrivains étrangers tels que Colleen McCullough ou Konsalik.

Les classiques tels que Stendhal, Maupassant, Flaubert, Zola, Balzac, etc. sont publiés en texte intégral au prix le plus bas de toute l'édition. Chaque volume est complété par un cahier photos illustrant la biographie de l'auteur.

ADAMS Richard	Les garennes de Watership Down 2078/6*
ADLER Philippe	C'est peut-être ça l'amour 2284/3*
	Les amies de ma femme 2439/3*
AMADOU Jean	Heureux les convaincus 2110/3*
AMADOU J. et KANTOF A.	La belle anglaise 2684/4*
AMADOU, COLLARO & ROUCAS	Le Bêbête show 2824/5* & 2825/5* Illustré
ANDREWS Virginia C.	Fleurs captives :
	-Fleurs captives 1165/4*
	-Pétales au vent 1237/4*
	-Bouquet d'épines 1350/4*
	-Les racines du passé 1818/4*
	-Le jardin des ombres 2526/4*
	-Les enfants des collines 2727/5*
	L'ange de la nuit 2870/5*
ANGER Henri	La mille et unième rue 2564/4*
APOLLINAIRE Guillaume	Les onze mille verges 704/1*
	Les exploits d'un jeune don Juan 875/1*
ARCHER Jeffrey	Kane et Abel 2109/6*
	Faut-il le dire à la Présidente ? 2376/4*
ARSAN Emmanuelle	Les débuts dans la vie 2867/3*
ARTUR José	Parlons de moi, y a que ça qui m'intéresse 2542/4*
ATWOOD Margaret	La servante écarlate 2781/4*
AUEL Jean M.	Les chasseurs de mammouths 2213/5* et 2214/5*
AURIOL H. et NEVEU C.	Une histoire d'hommes / Paris-Dakar 2423/4*
AVRIL Nicole	Monsieur de Lyon 1049/3*
	La disgrâce 1344/3*
	Jeanne 1879/3*
	L'été de la Saint-Valentin 2038/2*
	La première alliance 2168/3*
	Sur la peau du Diable 2702/4*
AZNAVOUR-GARVARENTZ	Petit frère 2358/3*
BACH Richard	Jonathan Livingston le goéland 1562/1* Illustré
	Illusions / Le Messie récalcitrant 2111/2*
	Un pont sur l'infini 2270/4*
BALLARD J.G.	Le jour de la création 2792/4*
BALZAC Honoré de	Le père Goriot 1988/2*
BARBER Noël	Tanamera 1804/4* & 1805/4*
BARRET André	La Cocagne 2682/6*
BATS Joël	Gardien de ma vie 2238/3* Illustré
BAUDELAIRE Charles	Les Fleurs du mal 1939/2*

BÉARN Myriam et Gaston de	L'Or de Brice Bartrès 2514/4*
	Gaston Phébus - Le lion des Pyrénées 2772/6*
	Gaston Phébus - Les créneaux de feu 2773/6*
BÉART Guy	L'espérance folle 2695/5*
BEAULIEU PRESLEY Priscilla	Elvis et moi 2157/4* Illustré
BECKER Stephen	Le bandit chinois 2624/5*
BELLEMARE Pierre	Les dossiers extraordinaires 2820/4* & 2821/4*
	Les dossiers d'Interpol 2844/4* & 2845/4*
BELLETO René	Le revenant 2841/5*
BELLONCI Maria	Renaissance privée 2637/6* Inédit
BENZONI Juliette	Un aussi long chemin 1872/4*
	Le Gerfaut des Brumes :
	-Le Gerfaut 2206/6*
	-Un collier pour le diable 2207/6*
	-Le trésor 2208/5*
	-Haute-Savane 2209/5*
BERBEROVA Nina	Le laquais et la putain 2850/2*
BERG Jean de	L'image 1686/1*
BERTRAND Jacques A.	Tristesse de la Balance... 2711/1*
BEYALA Calixthe	C'est le soleil qui m'a brûlée 2512/2*
	Tu t'appeleras Tanga 2807/3*
BINCHY Maeve	Nos rêves de Castlebay 2444/6*
BISIAUX M. et JAJOLET C.	Chat plume (60 écrivains...) 2545/5*
	Chat huppé (60 personnalités...) 2646/6*
BLIER Bertrand	Les valseuses 543/5*
BOMSEL Marie-Claude	Pas si bêtes 2331/3* Illustré
BORGES et BIOY CASARES	Nouveaux contes de Bustos Domecq 1908/3*
BORY Jean-Louis	Mon village à l'heure allemande 81/4*
BOULET Marc	Dans la peau d'un Chinois 2789/5* Illustré
BOURGEADE Pierre	Le lac d'Orta 2410/2*
BRADFORD Sarah	Grace 2002/4*
BROCHIER Jean-Jacques	Un cauchemar 2046/2*
	L'hallali 2541/2*
BRUNELIN André	Gabin 2680/5* & 2681/5* Illustré
BURON Nicole de	Vas-y maman 1031/2*
	Dix-jours-de-rêve 1481/3*
	Qui c'est, ce garçon ? 2043/3*
	C'est quoi, ce petit boulot ? 2880/4*
CARRERE Emmanuel	Bravoure 2729/4*
CARS Guy des	La brute 47/3*
	Le château de la juive 97/4*
	La tricheuse 125/3*
	L'impure 173/4*
	La corruptrice 229/3*
	La demoiselle d'Opéra 246/3*
	Les filles de joie 265/3*
	La dame du cirque 295/2*
	Cette étrange tendresse 303/3*
	La cathédrale de haine 322/3*
	L'officier sans nom 331/3*
	Les sept femmes 347/4*
	La maudite 361/3*
	L'habitude d'amour 376/3*

	La révoltée 492/4*
	Amour de ma vie 516/3*
	Le faussaire 548/5*
	La vipère 615/4*
	L'entremetteuse 639/4*
	Une certaine dame 696/4*
	L'insolence de sa beauté 736/3*
	L'amour s'en va-t-en guerre 765/2*
	Le donneur 809/2*
	J'ose 858/2*
	La justicière 1163/2*
	La vie secrète de Dorothée Gindt 1236/2*
	La femme qui en savait trop 1293/2*
	Le château du clown 1357/4*
	La femme sans frontières 1518/3*
	Le boulevard des illusions 1710/3*
	La coupable 1880/3*
	L'envoûteuse 2016/5*
	Le faiseur de morts 2063/3*
	La vengeresse 2253/3*
	Sang d'Afrique 2291/5*
	Le crime de Mathilde 2375/4*
	La voleuse 2660/3*
	Le grand monde 2840/8*
	La mère porteuse 2885/4*
CARS Jean des	*Sleeping Story* 832/4*
	Elisabeth d'Autriche ou la fatalité 1692/4*
	La princesse Mathilde 2827/6*
CASSAR Jacques	*Dossier Camille Claudel* 2615/5*
CATO Nancy	*L'Australienne* 1969/4* & 1970/4*
	Les étoiles du Pacifique 2183/4* & 2184/4*
	Lady F. 2603/4*
CESBRON Gilbert	*Chiens perdus sans collier* 6/2*
	C'est Mozart qu'on assassine 379/3*
CHABAN-DELMAS Jacques	*La dame d'Aquitaine* 2409/2*
CHEDID Andrée	*La maison sans racines* 2065/2*
	Le sixième jour 2529/3*
	Le sommeil délivré 2636/3*
	L'autre 2730/3*
	Les marches de sable 2886/3*
CHOW CHING LIE	*Le palanquin des larmes* 859/4*
	Concerto du fleuve Jaune 1202/3*
CHRIS Long	*Johnny* 2380/4* Illustré
CLANCIER Georges-Emmanuel	*Le pain noir* 651/3*
	La fabrique du roi 652/3*
CLAUDE Catherine	*Le magot de Josepha* 2865/2*
CLAUDE Hervé	*L'enfant à l'oreille cassée* 2753/2*
	Le désespoir des singes 2788/3*
CLAVEL Bernard	*Le tonnerre de Dieu* 290/1*
	Le voyage du père 300/1*
	L'Espagnol 309/4*
	Malataverne 324/1*
	L'hercule sur la place 333/3*
	Le tambour du bief 457/2*

CLAVEL (suite)	***L'espion aux yeux verts*** *499/**3****
	La grande patience :
	1-La maison des autres *522/**4****
	2-Celui qui voulait voir la mer *523/**4****
	3-Le cœur des vivants *524/**4****
	4-Les fruits de l'hiver *525/**4****
	Le Seigneur du Fleuve *590/**3****
	Pirates du Rhône *658/**2****
	Le silence des armes *742/**3****
	Tiennot *1099/**2****
	Les colonnes du ciel :
	1-La saison des loups *1235/**3****
	2-La lumière du lac *1306/**4****
	3-La femme de guerre *1356/**3****
	4-Marie Bon Pain *1422/**3****
	5-Compagnons du Nouveau-Monde *1503/**3****
	Terres de mémoire *1729/**2****
	Qui êtes-vous ? *1895/**2****
	Le Royaume du Nord :
	-Harricana *2153/**4****
	-L'Or de la terre *2328/**4****
	-Miséréré *2540/**4****
	-Amarok *2764/**3****
CLERC *Christine*	***L'Arpeggione*** *2513/**3****
CLOSTERMANN *Pierre*	***Le Grand Cirque*** *2710/**4****
COCTEAU *Jean*	***Orphée*** *2172/**2****
COLETTE	***Le blé en herbe*** *2/**1****
COLLINS *Jackie*	***Les dessous de Hollywood*** *2234/**4**** *& 2235/**4****
COLOMBANI *M.-F.*	***Donne-moi la main, on traverse*** *2881/**3****
COMPANEEZ *Nina*	***La grande cabriole*** *2696/**4****
CONROY *Pat*	***Le Prince des marées*** *2641/**5**** *& 2642/**5****
CONTRUCCI *Jean*	***Un jour, tu verras...*** *2478/**3****
CORMAN *Avery*	***Kramer contre Kramer*** *1044/**3****
	50 bougies et tout recommence *2754/**3****
COUSTEAU *Commandant*	***Nos amis les baleines*** *2853/**7**** *Illustré*
	Les dauphins et la liberté *2854/**7**** *Illustré*
CUNY *Jean-Pierre*	***L'aventure des plantes*** *2659/**4****
DANA *Jacqueline*	***Les noces de Camille*** *2477/**3****
DAUDET *Alphonse*	***Tartarin de Tarascon*** *34/**1****
	Lettres de mon moulin *844/**1****
DAVENAT *Colette*	***Daisy Rose*** *2597/**6****
	Le soleil d'Amérique *2726/**6****
DHOTEL *André*	***Le pays où l'on n'arrive jamais*** *61/**2****
DICKENS *Charles*	***Espoir et passions (Un conte de deux villes)*** *2643/**5****
DIDEROT *Denis*	***Jacques le fataliste*** *2023/**3****
DJIAN *Philippe*	***37°2 le matin*** *1951/**4****
	Bleu comme l'enfer *1971/**4****
	Zone érogène *2062/**4****
	Maudit manège *2167/**5****
	50 contre 1 *2363/**3****
	Echine *2658/**5****
	Crocodiles *2785/**2****
DORIN *Françoise*	***Les lits à une place*** *1369/**4****
	Les miroirs truqués *1519/**4****

Photocomposition Assistance 44-Bouguenais
Impression Brodard et Taupin
à La Flèche (Sarthe) le 24 octobre 1990
1523D-5 Dépôt légal octobre 1990
ISBN 2-277-22885-0
Imprimé en France
Editions J'ai lu
27, rue Cassette, 75006 Paris
diffusion France et étranger : Flammarion